Arnulf Zitelmann
Ich, Tobit, erzähle diese Geschichte

Arnulf Zitelmann

Ich, Tobit, erzähle diese Geschichte

Ein Roman aus der Jesus-Zeit

Sauerländer

Bibliografische Information der Deutschen Nationalbibliothek
Die Deutsche Nationalbibliothek verzeichnet diese Publikation in der
Deutschen Nationalbibliografie; detaillierte bibliografische Daten
sind im Internet über http://dnb.d-nb.de abrufbar.

2. Auflage 2009

© 2009 Patmos Verlag GmbH & Co. KG, Düsseldorf
Verlag Sauerländer, Düsseldorf
Alle Rechte vorbehalten.
Umschlaggestaltung: h. o. pinxit, Basel unter Verwendung einer
Illustration von Peter Knorr
Printed in Germany
ISBN 978-3-7941-8093-3
www.sauerlaender.de

Inhalt

Tobit von Alexandria schreibt dieses Vorwort 7

Tobit von Alexandria schrieb dieses Buch 11

    Caesarea am Meer 11
    Galiläa 26
    Sepphoris 39
    Von Sepphoris nach Reina und Nazareth 61
    Kapernaum 89
    Bei Jesus und seinen Begleitern 111
    Tiberias 125
    Im Jordantal 139
    Über Jerusalem hinauf 163
    Jerusalem hinab 184

Tobit von Alexandria schreibt dieses Nachwort 217

Nachwort von Arnulf Zitelmann 223

Tobit von Alexandria schreibt dieses Vorwort

Melchior betritt meinen Schreibraum. Auf Zehenspitzen, um mich nicht zu stören. Er versorgt mich mit dem nötigen Schreibmaterial, mit Tinte und zugespitzten Rohrfedern aus seinem Büro. Ich bedanke mich wortlos. Mit einem kurzen Kopfnicken. So hat es sich zwischen uns beiden in den zurückliegenden Wochen eingespielt: Ich höre hinter mir die Tür gehen, Melchior kommt, legt einen neuen Stapel Papyrus-Blätter hinten auf den Tisch, die Tür schließt sich wieder und Melchior ist gegangen. Er wagt es nicht, meine Schreibarbeit zu unterbrechen.
Doch heute bleibt Melchior hinter mir stehen. Er räuspert sich verhalten, und ich schaue mich nach ihm um.
Alt ist er geworden, unser guter Diener, denke ich flüchtig. Doch er hält sich aufrecht, sein Gewand ist makellos weiß und ich rieche eine Spur von dem Zedernöl, mit dem Melchior, seit ich denken kann, seinen kurz geschorenen weißen Backenbart pflegt.
Er räuspert sich abermals. Die hellen Augen in seinem zerknittertem Gesicht sehen mich besorgt an.
»Junger Herr«, sagt er, »eure Körpersäfte halten das nicht länger aus. Geht in ein Dampfbad. Schwitzt den ganzen Tintenruß und den Papyrusstaub einmal gründlich aus. Oder trefft eure Freunde auf dem Sportplatz, besucht wieder mal die Pferderennbahn. Ihr ruiniert eure Gesundheit!«
Unvermittelt hält er inne, als hätte er schon zu viel, zu lange auf mich eingeredet.

Ich weiß, der Alte hat recht. Doch ich muss an mich halten, ihn nicht mit einer barschen Antwort vor die Tür zu weisen. Nach wochenlanger Arbeit an meinem Buch bin ich mit meinen Kräften fast am Ende. Versunken in meine Erinnerungen, im Kampf mit den Bildern in meinem Kopf, bin ich noch nicht bereit, in die Gegenwart zurückzukehren. Aber ich muss.
»Vor einem weißen Haupt sollst du aufstehen und sein Ansehen ehren«, sagt die Torah*. Ein Befehl ist das, der keinen Widerspruch duldet.
Also verbeuge ich mich vor dem Alten und antworte: »Danke für Papyrus und die Tinte. Morgen brauche ich kein neues Schreibmaterial. Und danke, dass du dich um mich sorgst, mein Guter! Mein Buch ist fertig, ich bin gerade dabei, die letzten Zeilen zu schreiben. Danach sehe ich weiter.«
Ein Lächeln huscht über Melchiors Gesicht.
»Dein Buch wird den guten Ruf unseres Hauses vergrößern, junger Herr«, sagt er.
Und ehe ich es abwehren kann, greift er nach meinen Händen, küsst sie, eilt aus dem Schreibraum und schließt sacht hinter sich die Tür.
Ich atme aus, strecke meine Arme und begebe mich an meine Arbeit. Zurück. Ich schreibe den ganzen Tag hindurch, ungeduldig, um endlich ans Ende zu kommen, und nach einer kurzen Nachtruhe stehe ich wieder an meinem Schreibpult.
Und jetzt ist das letzte Wort geschrieben. Schön aufeinandergeschichtet liegen die beschriebenen Papyrus-Blätter auf dem Tisch. Links neben meinem Schreibpult.
Jedes Blatt ist vier Handbreit hoch, drei Handbreit weit. Es enthält jeweils drei Textspalten. Gleich werde ich mich daranmachen und die einzelnen Blätter aneinanderkleben. Die volle Papyrus-Bahn wird etwa fünfzehn Schritte messen. Ihre beiden Enden

---

* Torah, oder auch Thora und Tora, bedeutet »Gebot« und ist die hebräische Bezeichnung für die fünf Bücher des Mose.

befestige ich an zwei Holzstäben, sechs bis sieben Handbreit hoch. Um beim Lesen die Papyrus-Bahn daran auf- oder abzurollen.

Über ein Vierteljahr habe ich an dem Buch geschrieben. Von Parmouthi, dem letzten Saatmonat Ägyptens, bis in den Monat Epiphi, dem dritten Erntemonat. Manchmal bis in die Nacht hinein, wenn der Pharos von Alexandria sein Leuchtfeuer den Schiffen übers Meer entgegenschickt. Während ich diese Zeilen schreibe, ist heller Vormittag. Mein Fenster im Obergeschoss unseres Hauses öffnet sich zum Hafengelände. Der Pharos auf der vorgelagerten Halbinsel steht mir in seiner ganzen Größe vor Augen. Wir Alexandriner lieben unseren Pharos. Und wir sind stolz auf unseren monumentalen Leuchtturm, denn er ist ein technisches Wunderwerk. Er erreicht die Höhe von Ägyptens Pyramiden. Zu Recht rechnet man ihn unter die Sieben Weltwunder. Wir Israeliten in Alexandria lieben unseren Pharos noch aus einem anderen Grund. Vor hunderten von Jahren wurde die Torah bei uns aus der hebräischen in die griechische Sprache übersetzt. Und das feiern wir bis heute alljährlich am Fuß des Pharos mit einem mehrtägigen Fest. Ist doch auch die Torah ein Leuchtfeuer. Inmitten des Meeres menschlicher Unwissenheit erleuchtet uns die Torah mit göttlichem Licht.

Während meiner Schreibarbeit war der Pharos mein einziger, mein stummer Begleiter. Melchior wird unsere Dienstboten streng angehalten haben, Tobit, den jungen Herrn, nicht zu stören. Auch sie brachten mir die Tages-Mahlzeiten auf Zehenspitzen und zweimal täglich angewärmtes Waschwasser ins Obergeschoss. Selten nahm ich einen von ihnen wahr. Denn ich stehe mit dem Rücken zur Tür an meinem Pult, den Pharos im Blick. Wenn ich nicht gerade auf der Suche nach einem Wort in meinem Schreibraum auf und ab wandere.

Mehrmals beziehe ich mich in meinem Buch auf Philon, meinen verehrten Torah-Lehrer. Er hat mir das Herz und die Seele für unsere heiligen Schriften geöffnet. Doch auch Philon hatte ich während meiner Schreibarbeit nicht aufgesucht. Auch nicht meine Eltern Nathanael und Johana. Sie haben sich vor anderthalb Jahren in ein philosophisches Dorf zurückgezogen. Und sie leben dort so weltabgewandt, dass sie mich kaum vermisst haben werden. Meine täglichen Gebete verrichte ich in der vorgeschriebenen Form, morgens und abends. Doch seit ich von meiner Reise nach Jerusalem zurück bin, habe ich auch keine der vielen Synagogen Alexandrias wieder besucht. Selbst nicht am Sabbath. Ich musste mit mir allein sein, solange ich schrieb.

Jetzt liegt meine Schreibarbeit hinter mir. Morgen, wenn die Klebestellen abgetrocknet sind, rolle ich die Papyrus-Bahn zusammen. Und werde anfangen zu lesen. Aufmerksam, Wort für Wort.

Ich war sehr erleichtert, als das letzte Wort gestern geschrieben war. Erleichtert, durchgehalten zu haben, Woche um Woche. Wieder und wieder konfrontiert mit den Begebenheiten dieses halben Jahres. In die ich hineingezogen wurde. Ich schrieb, um zu verstehen, was mir geschehen ist. Und ich bin froh, dass meine Hand die Schreibstrapaze heil überstanden hat. Mit einer Geschwulst auf dem rechten Handrücken, dicht am Gelenk, die mich sehr beunruhigt hatte, war ich von Alexandria nach Jerusalem aufgebrochen. Bei der Begegnung mit Jesus, dem Propheten aus Nazareth, wurde meine Hand heil.

Ich versuche zu verstehen, was das Zusammentreffen mit dem Nazarener mit mir gemacht hat. Deswegen schrieb ich dieses Buch. Ich werde es wissen, wenn ich die Schriftrolle im Zusammenhang gelesen habe. Hoffentlich. Wenn nicht, werde ich mich, wie meine Eltern, in das Philosophendorf zurückziehen. Um mein weiteres Leben dem Studieren und Meditieren zu widmen.

Tobit von Alexandria schrieb dieses Buch

Caesarea am Meer

Die Katze war von Bord, mit einem Satz, noch bevor das Schiff richtig angelegt hatte. Mit lang gestrecktem Schwanz rannte sie die Mole entlang. Zwischen zwei Baukränen verschwand sie. Womöglich werden Katzen nicht seekrank.
Mein Magen dagegen rumorte immer noch. Auch als ich schon wieder festen Boden unter den Füßen hatte. Ich breitete die Hände zum Gebet aus, segnete den Heiligen Israels und sprach: »Gelobt seist du, Ewiger, unser Gott, du regierst die Welt. Du hast den Erdkreis fest gegründet!« Zum Brechen übel war es mir während der mehrtägigen Fahrt nicht gewesen. Doch ich war ein paarmal fast so weit, dass sich mir, über die Bordkante gelehnt, mein Magen umgestülpt hätte.
Mit rauer See hatte ich rechnen müssen, als ich in Alexandria an Bord gegangen war. Wenn die Tage kürzer werden, setzen die Herbststürme ein, der Schiffsverkehr kommt zum Erliegen. Die *Hestitia* war das einzige Schiff gewesen, dessen Kapitän sich traute, den Hafen noch zu verlassen. Jetzt lag sie sicher vertäut an der Mole von Caesarea. Dem nördlichsten Hafen des Landes Israel. Hier würde die *Hestitia* ihre Ladung Datteln löschen, dieselben Datteln, zwischen denen die schwarzweiß gefleckte Katze auf Mäusejagd gegangen war.
Auch ich hatte wohlbehalten mein Ziel erreicht. Von Caesarea aus wollte ich zu meiner Pilgerreise nach Jerusalem aufbrechen. Mein erstes Ziel war die Provinz Galiläa. Deren Berge ich östlich,

jenseits der Stadt, im Abendlicht gerade noch ausmachen konnte.
Ich zog meinen Kapuzenmantel gegen den zugigen Wind um mich, warf mein Bündel über den Rücken. Mein Herz schlug vor Erwartung. Und vor großer Freude. Zum ersten Mal betrat ich heute den heiligen Boden Israels.
Zum Passahfest* würden hunderttausende von Pilgern nach Jerusalem strömen. In ein weißes Gewand gekleidet würde ich inmitten der Pilgerscharen den Tempel betreten. Und würde mit ihnen einstimmen in den Gesang der Priester Israels: »Wer darf den Ewigen Berg ersteigen, wer darf stehen an seiner heiligen Stätte? Wer unsträfliche Hände hat und reinen Herzens ist, der wird den Segen des Ewigen empfangen.« Laut hörte ich im Inneren den Gesang der vieltausend Münder, während ich langsam die Hafenmole entlangging. Gezaust vom Wind, begleitet vom Rauschen der Wellen, die gegen die Mole schlugen.
Jenseits vom Hafengelände erhob sich, von Säulen umfasst, ein römischer Tempel. Unübersehbar, auf einer Anhöhe inmitten der Stadt. Zwei kolossale Standbilder überragten ihn noch. Eins davon stellte sicher den göttlich verehrten Imperator Tiberius dar. Allüberall im römischen Reich verehrt man den Kaiser als Gott. Nur nicht in Jerusalem, der Stadt des einen und wahrhaftiges Gottes.
Ich sah, wie Leute, die an mir vorbeieilten, dem Tempel und seinen Göttern Kusshände zuwarfen. Es war die Zeit des Abendopfers. Rauchfahnen stiegen über dem Tempel auf.
Ich wandte meine Augen ab. Und beschleunigte meinen Schritt. Philon, mein Lehrer, hat für die Vielgötterei der anderen Völker nur Spott übrig. Menschen, die vielen Göttern dienen, sind für ihn »kopfkranke Leute«, ja das Wort gebrauchte er wirklich: *phrenolabes!* Manche der Israeliten flüstern sogar Fluchworte, wenn sie in der Stadt einem Götterbild beggnen. Das tue ich nicht. Denn auf Götterbilder, in menschlicher oder tierischer Gestalt, triffst

---

* Jüdisches Frühjahrsfest zum Gedenken an den Auszug Israels aus Ägypten.

du in Alexandria auf Schritt und Tritt. Und ständig Verwünschungen vor mich hin murmeln, so möchte ich nicht leben.
Ich habe gerlernt: Wir leben wie Waisenkinder unter den Völkern, die Gott nicht kennen. Doch der Ewige ist unser Vater. Er hat uns auferlegt, anders zu sein als die anderen Nationen. Und er hilft uns auch, sein Joch zu tragen. Ja, mehr noch. Durch Abraham, den Ahnherrn unseres Volkes, hat der Ewige verheißen: »In dir, Israel, sollen gesegnet werden alle Völker.« Ich halte es wie Abraham und verwünsche sie nicht.
In Gedanken, den Blick zu Boden gesenkt, erreiche ich das Ende des Hafengeländes. Ich wandte mich noch mal um. Und entdeckte weit hinten, in der Nähe der Hafeneinfahrt, die *Hestitia*. Zerbrechlich und schmächtig kam sie mir jetzt aus der Entfernung vor. Doch sie hatte sich gegen Wind und Wellen tapfer gehalten. Die Schiffsleute waren schon dabei, ihre Ladung Datteln zu löschen.
Datteln führte auch unser Handelsgeschäft aus, das Haus Ariston. Denn die vollmundigen, leckeren Früchte Ägyptens sind ein begehrtes Handelsgut. Unser Kapitän konnte sich beglückwünschen, sie sicher nach Caesarea gebracht zu haben. In Israel lassen sich Datteln mit gutem Gewinn verkaufen, weil hierzulande die Palmen selten Früchte tragen. Am Nil heißt es: Die Palme will den Kopf im Feuer, die Füße im Wasser haben!
Ich hielt noch einen Augenblick inne. Um die Hafenanlagen auf mich wirken zu lassen. Die beiden Molen ragten wie ein riesiges offenes Omega* ins Meer, die Einfahrt bewachten gewaltige Turmbefestigungen, unter denen die *Hestitia* mir wie ein Spielzeugschiffchen vorgekommen war. Jede Mole mochte dreißig Schritte in der Breite messen und war überbaut mit Lagerhallen und Säulengängen, alles aus sauber behauenen Steinblöcken zusammengefügt. Gegen vierzig Schiffe zählte ich im Hafenbecken. Darunter, nicht zu übersehen, mehrere römische Galeeren.

---

* Griechischer Buchstabe, geschrieben Ω.

Der Hafen jedoch fasste gut und gern die doppelte oder dreifache Zahl an Schiffen.

Auf Geschäftsreisen mit meinem Vater Nathanael war ich schon manche Häfen angelaufen. Doch mit der imposanten Hafenanlage von Caesarea könnte sich so leicht kein anderer Hafen messen. Höchstens der berühmte Hafen meiner Vaterstadt. Jedenfalls, gemessen an dem Pharos von Alexandria, ist der Leuchtturm von Caesarea gerade mal ein Zwerg.

Der abendliche Wind frischte auf, die Schatten längten sich. Es wurde Zeit, dass ich mich nach einer nächtlichen Bleibe umsah. Am besten im Gästehaus einer Synagoge. Dort würde ich auch ortskundige Leute finden. Die mir Auskunft geben konnten, wie ich sicher von Caesarea nach Galiläa kam.

Unbehelligt passierte ich die römische Wache am Hafenausgang. Und folgte einer schnurgeraden Straße hinein in die Stadt. Sie führte hinauf zum römischen Tempel, der im Licht der untergehenden Sonne erglühte. Läden und Verkaufsstände säumten die Straße. Ich wich einem Eseltreiber aus, der mehrere Esel hinter sich herzog, Hunde stöberten in Abfällen, ein Schmuckhändler pries mir seinen wertlosen Kram an: »*Kaloi lithoi, minineppim, amantissime Domini!*« – Tatsächlich, »du Vielgeliebter des Herren«, nannte er mich. Ich konnte den zudringlichen Menschen kaum loswerden. Eine Gruppe von Männern redete mit erhobenen Händen lauthals aufeinander ein, neben einer efeubekränzten Statue füllten zwei Soldaten ihre Becher aus einem Weinschlauch und prosteten einander zu: »*Bene te!*« Ein Gewirr aus vielen Sprachen füllte meine Ohren.

Caesarea war keine jüdische, es war eine Vielvölker-Stadt. Doch irgendwo musste es hier eine Synagoge geben. Und die suchte ich.

An einer Kreuzung umdrängten mich Bettelkinder. Ich griff in meine Gürteltasche, verteilte einige Kupfermünzen und fragte nach der Synagoge. Die Jungen und Mädchen verstanden die griechische Sprache offenbar nicht. Als ich es ein zweites Mal ver-

suchte, wies ein Junge nach links, zwei Mädchen nach rechts, andere zeigten eifrig zum Tempel hinauf. Ich schüttelte den Kopf. Eine Synagoge in der Nähe eines Göttertempels, das war undenkbar.
Also schnürte ich mein Bündel auf, zog meine Schreibtafel hervor und zeichnete mit dem Stilus einen siebenarmigen Leuchter. Mit einem Haus daneben. Die Kinder lachten. Sie hatten begriffen. Sie zeigten nach links, in die nördliche Richtung, winkten mir, ihnen zu folgen, und rannten lärmend voraus.
Vor einem größeren Gebäude hielten sie inne. Der größte von den Jungen zeigte triumphierend auf ein Portal unter einem Säulenvordach und buchstabierte mit kehliger Stimme: »Synagoge!« Ich dankte der Schar. Und steckte dem Anführer eine Silberdrachme zu. Unter Jubelrufen präsentierte er das Silberstück seinen Leuten, die ihm mit Freudentrillern antworteten. Dann stoben sie in Windeseile davon. Lächelnd sah ich ihnen hinterdrein. Eine Drachme reichte, dass sie sich alle mit süßem Honigbrot vollstopfen konnten.
Ich warf die Kapuze zurück und trat mit bloßem Kopf an die Pforte. Tatsächlich, die Kinder hatten mich an der richtigen Adresse abgeliefert. Am rechten Türpfosten entdeckte ich in Armeshöhe die handgroße Metallkapsel*, die den handgeschriebenen Haussegen enthielt. Ich küsste meine Fingerspitzen, berührte die Kapsel und sprach: »Gelobt seist du Ewiger, unser Gott. Du lässt Israel sicher wohnen!«
Unterdessen öffnete sich die Tür.
Ein Mann trat heraus, musterte mich kurz und grüßte dann höflich: »*Schelema kyrie*, Friede sei mit dir, Herr!«
Ich erwiderte seinen Gruß mit einem: »*Hygiainon*, Guten Abend!« Er winkte mich ins Haus, es ging ein paar Stufen abwärts, dann öffnete er eine Tür zur Linken und ließ mich eintreten.

---

* Die sogenannte Mezuzah (»Türpfosten«), die an keinem Eingang eines jüdischen Hauses fehlen darf.

Ein Gebetsraum empfing mich. Mehrere Männer hatten sich zum Gottesdienst eingefunden. Angeführt vom Vorbeter sprachen sie im Sprechgesang das hebräische Abendgebet: »Höre, Israel, der Herr unser Gott ist einzig!« Ich murmelte es in griechischer Sprache mit. Auf einen Wink des Vorbeters trat ein Mann hervor. Er ging zu dem Torah-Schrein* an der Stirnseite, hob eine Schriftrolle heraus, die er zum Lesepult brachte. Im Schein des siebenflammigen Leuchters trug er einen Textabschnitt vor. Wieder in hebräischer Sprache.

Ich konnte nicht erraten, um welchen Textabschnitt der Torah es sich handelte. Seit mehr als zehn Jahren, angefangen mit meinem fünften Lebensjahr, studierte ich die Mosebücher in griechischer Übersetzung. Daher verstand ich die Lesung nicht, hörte aber andächtig zu. Berührt von dem Wohlklang der Sprache. Denn der hebräische Text lässt sich melodischer vortragen als seine griechische Übersetzung, die manchmal doch mit holprigen Wörtern daherkommt. Ein Glücksgefühl durchströmte mich.

Meine Augen wanderten die Wände des Gebetsraums entlang. Ein bunter Fries von biblischen Bildern füllte sie. Beginnend mit Abraham, dem Sternenwanderer, gefolgt von Isaak, dann von Jakob mit seinen zwölf Söhnen, das nächste Bild zeigt Joseph als Statthalter von Ägypten. Pharaos Tochter findet Mose in einem Schilfkörbchen versteckt. Auf der anderen Wandseite trägt Mose die Zwei-Steine-Tafeln mit den Zehn Geboten hinab vom Sinaiberg. Nach ihm kommt Josua, der die Israeliten über den Jordan ins gelobte Land führt. Schließlich folgt unser König David. Er bringt die Gottesstade mit den Steintafel-Geboten nach Jerusalem. Als letztes Bild beschließt Salomo die Bilderreihe, Israels König, der den Tempel des Ewigen in der heiligen Stadt erbaut.

Meine Augen können sich an den farbenfrohen Gemälden kaum sattsehen. Ich gehöre dazu. Ich bin in Israels Geschichte angekommen, Israels Geschichte ist auch meine.

---

* Der zur Aufbewahrung der Torah-Rollen dienende Schrein in der Synagoge.

Es drängte mich, hinüber zu den psalmodierenden Männern zu gehen. Meine Hände mit ihnen zum Gebet zu erheben. Aber ich blieb neben meinem Bündel an der Hinterwand stehen. War doch die Gebetssprache der Männer nicht die meine. Sollte ich etwa stumm zwischen ihnen stehen? Nur inwendig beten?

Es gab noch einen anderen Grund, der mich davon abhielt, mich zu den Betern zu gesellen: Auf dem Rücken meiner rechten Hand hatte sich vor einigen Wochen über der Handwurzel eine Geschwulst gebildet. Das meine Hand mit einer daumendicken Beule verunstaltete. Unter dem Ärmel blieb die hässliche Schwellung den Blicken verborgen. Wenn ich aber meine Hände zum Gebet erhob, ließ sich das Gebrechen nicht verheimlichen.

Die Geschwulst, der Auswuchs, die Beule oder was immer dieser ekelige Knoten sein mochte, schmerzte nicht, war auch nicht gegen Druck empfindlich. Meine Hand ermüdete leichter, besonders beim Schreiben, das war eigentlich schon alles. Eine Entzündung verbarg sich unter der Beule demnach nicht.

Ist es etwa eine Aussatzgeschwulst?, fragte ich mich. War ich an Lepra erkrankt? Die Fäulnis, die einen Menschen bis auf die Knochen zerfrisst? Dieser Gedanke ängstigte mich sehr. Denn in unserer Torah heißt es: »Wer aussätzig ist, soll zerrissene Kleider tragen, und er soll mit gelöstem Haar rufen: Unrein! Unrein! Und solange die Stelle an ihm ist, soll er als unrein gelten und er muss abgesondert leben.« Jedem, der meine entstellte Hand sah, musste der Verdacht kommen, die Geschwulst könnte eine ansteckende Aussatzbeule sein. In der Torah aber heißt es: »Gebiete den Israeliten, dass sie aus ihrer Mitte alle Aussätzigen entfernen. Sie sollen nicht die Gemeinde verunreinigen. Denn ich, ihr Gott, wohne inmitten meiner Gemeinde!« Seit die Geschwulst an meiner rechten Hand erschienen war, hatte ich ständig jene Verse der Torah vor Augen gehabt. Und in meinen Ohren dröhnten sie wie ein Todesurteil.

War meine Hand unrein? War ich ein unreiner Mensch geworden? Dann durfte ich auch nicht das Bethaus hier betreten, die

Synagoge von Caesarea. Noch viel weniger konnte ich hoffen, dass mir die Priester Einlass in den Tempel gewährten. Darf sich doch dem Heiligen Israels nur nahen, wer reinen Herzens ist und makellose Hände hat.

Dennoch hatte ich mich an Bord der *Hestitia* begeben. In Jerusalem würde ich meine Hand dem Aussatz-Priester* zeigen. Und wer weiß, vielleicht befand er, dass die Beule doch gutartig ist. Und er würde mich nach dem Gesetz der Torah für rein vor Gott erklären. Das jedenfalls hoffte ich. Mit aller Macht.

Anderenfalls hätte ich in der Stadt am Pharos bleiben müssen. Allein mit mir und der quälenden Ungewissheit. Da fiel mir die Entscheidung, nach Jerusalem zu pilgern, nicht schwer. In Alexandria hätte ich als lebender Leichnam weiterleben müssen. Denn vom Aussatz reinsprechen kann nur ein Priester in Jerusalems Tempel.

Jetzt am Pult folgen meine Augen der Rohrfeder. Geduldig bringt meine rechte Hand einen Buchstaben nach dem anderen zu Papier. Mir geht es nicht schnell genug. Der Papyrus, mit dem Melchior mich versorgt, ist fein und fest, von bester Qualität. Selten bleibt die Rohrfeder an einer Unebenheit hängen. Doch mich treibt die Ungeduld, mit meinen Buchstaben möglichst bald bei ihm anzukommen. Bei ihm, bei Jesus, der meiner Hand ihre Gesundheit zurückgab.

Aber im Augenblick bin ich mit meiner Erzählung noch weit weg von ihm. Erst acht oder neun Wochen später werde ich Jeschua ben Miriam, wie ihn seine Landsleute nennen, persönlich begegnen. In Kapernaum, mehrere Tagereisen entfernt von Caesarea. Damals hatte sich sein Ruf noch nicht über das ganze Land verbreitet. Zu der Zeit, als ich mit der *Hestitia* in Caesarea landete, befand sich die Jesus-Bewegung gerade erst in ihren allerersten Anfängen. Mit Petrus und Andreas, Johannes und Jakobus, die zu seinen frühesten Anhängern zählten.

---

* Ein spezieller Priester, der mit der Überprüfung von Erkrankungen betraut ist.

Mit diesen Gedanken kehre ich zur Niederschrift meiner Erinnerung an die Synagoge von Caesarea zurück.

Das Tageslicht war schon fast erloschen, als die Männer nach dem letzten Amen den Betraum verließen. Ich löste mich von der Wand und ging auf den Vorbeter zu. Nachdem er den Torah-Schrein wieder verschlossen hatte, stellte ich mich vor.

»Ich bin Tobit aus Alexandria«, sagte ich. »Und ich bin auf dem Weg nach Jerusalem. Heute Nachmittag bin ich im Hafen angekommen. Kann ich in eurem Gästehaus über Nacht bleiben?«

Der Vorbeter hieß mich mit ausgebreiteten Armen willkommen.

»Sei unser Gast, Tobit aus Alexandria!«, sagte er mit derselben wohlklingenden Stimme, mit der er die Gebetsverse angestimmt hatte.

Zu meiner Erleichterung sprach er dieses Mal Griechisch. Fehlerfrei und fast ohne Akzent.

»Ich bin Gabriel«, stellte er sich vor. »Du warst an Bord der *Hestitia*. Im Hafen hatte ich dich gesehen und ich habe dich wiedererkannt, gleich als du durch die Tür kamst. Und sicher findest du ein Nachtlager bei uns! Meist ist unser Gästehaus überfüllt. Doch jetzt beginnt die Regen- und Winterzeit, da haben wir kaum noch auswärtige Gäste.«

Gabriel war mir auf der Stelle sympathisch. Er erinnerte mich an meinen Vater. Er mochte wohl im gleichen Alter sein, auch wenn ich in seinem dunklen Kinnbart noch kein weißes Haar entdeckte.

»Danke, Herr«, sagte ich. »Und ich habe noch eine zweite Bitte. Mein nächstes Ziel ist Sepphoris in Galiläa. Wie finde ich dorthin? Kannst du mir helfen? Sind die Straßen sicher? Brauche ich Begleitung?«

Gabriel besann sich kurz, bevor er antwortete. Dann sagte er: »Junger Freund, komm in mein Haus! Ich lade dich ein. Dort können wir alles in Ruhe besprechen. Und ein Nachtmahl findest du bei uns auch.«

Auf ein so gastfreundliches Angebot war ich nicht vorbereitet.

Guter Himmel, dachte ich, wie kann ich die Einladung ausschlagen? Ohne den Mann zu beleidigen? Denn ich war nicht zu langen Gesprächen aufgelegt. Ich wollte mit mir allein sein und sehnte mich nach Schlaf.

»Du bist sehr freundlich, Herr«, antwortete ich. »Aber ich möchte mich bald ausstrecken und schlafen. Die Fahrt war anstrengend. Der Wind stand uns entgegen, die See war rau. Drei Tage wurden wir durchgeschüttelt. Wenn du erlaubst, werde ich bei meiner Rückkehr von deinem freundlichen Angebot Gebrauch machen.«

»Ich verstehe«, sagte Gabriel. »Dann lass uns einen Augenblick im Innenhof Platz nehmen.«

Er klatschte in die Hände und der Synagogendiener erschien.

»Bring uns ein wenig Wein in den Hof. Und auch eine Kleinigkeit zu essen«, trug Gabriel ihm auf. »Und richte ein Nachtlager für den jungen Mann im Gästehaus.«

Der Diener nickte stumm und verschwand.

Später saßen Gabriel und ich nebeneinander auf einer Steinbank im Innenhof der Synagoge. Eine windgeschützte dreiflammige Öllampe warf ihr Licht auf Brotfladen, Weichkäse, Oliven und Früchte, die uns der Diener aufgetragen hatte. Ehe wir zugriffen, spülten wir unsere Hände unter einem Röhrenbrunnen in der Hofmitte ab.

Gabriel sprach den Brotsegen in griechischen Worten und ich antwortete mit dem griechischen Amen: »*Genoito! Genoito!* So sei es!«

Er habe dem Kapitän der *Hestitia* gleich die ganze Ladung Datteln abgehandelt, berichtete Gabriel. Frühestens in einem halben Jahr, am Ende der Regenzeit, seien erst wieder ägyptische Datteln in Caesarea zu erwarten. Doch gerade in der dunklen, kalten Jahreszeit äßen die Leute gern Süßes, um ihren Magen zu erwärmen. Und so hoffe er, die Datteln während der nächsten Monate mit gutem Gewinn verkaufen zu können.

Der Hafen, erklärte er mir im weiteren Verlauf des Gesprächs, sei ein Segen für Israel. In früheren Zeiten habe es keinen seetüchtigen Hafen entlang der ganzen Küste gegeben. Sein Vater habe ihm erzählt, wie Herodes, der König, die Hafenanlage von Caesarea hatte planen lassen. Baumeister aus Rom und aus Alexandria seien an der Planung und am Bau beteiligt gewesen. Nach nur zehn Jahren Bauzeit habe man den Hafen in Betrieb nehmen können.

»Herodes war ein Mann mit Weitblick!«, erklärte der Vorbeter. »Das Land hat er mit Festungen, Straßen und Brücken überzogen. Sein Tempel in Jerusalem, junger Freund, ist das Meisterstück des Königs. Dir werden die Augen übergehen! Und mit unserem Hafen erwarb er sich ein zweites Mal unsterblichen Ruhm. Vor Herodes existierten hier nur Dünen und Disteln. Heute dagegen gilt Caesarea als Knotenpunkt des Ost-West-Handels. Die Seidenstraße aus China endet hier, und Karawanen, die vom Kaukasus und aus Kleinasien kommen, kreuzen auf dem Weg nach Ägypten Caesarea, unsere Stadt.«

Gabriel winkte dem Bediensteten, Wein nachzuschenken. Der Wein war reich gewürzt, schön warm und süß. Gewiss war er auch mit Wasser verdünnt, wie es sich gehört, doch ich spürte den Wein schon in meinem Kopf und in meinen Gliedern.

»Leider hinterließ der König keinen würdigen Nachfolger«, fuhr Gabriel fort. »Rom teilte das Reich von Herodes zwischen dessen drei Söhnen auf. Doch wenn es hart auf hart geht, werden die drei nicht gefragt. Die Landesgewalt liegt bei den Römern. Hier in Caesarea, im ehemaligen Palast von Herodes, residieren die römischen Präfekten. Seit ein paar Jahren ist das Pontius Pilatus. Mit dem Mann ist nicht zu spaßen. Doch der Pontier tut was für unsere Stadt. Momentan lässt er unseren Leuchtturm erneuern. Und auch sonst können wir uns in Caesarea nicht über den Mann beklagen.«

Ich nickte. »In Alexandria ist es nicht anders«, sagte ich. »Auch bei uns haben die Römer das Sagen. Als Kronkolonie unterstehen wir sogar direkt dem Kaiser.«

Gabriel nickte. »Das ist gut für euch in einer Stadt, die voller Götzendiener ist«, sagte er.

»So ist es und dem Himmel sei es gedankt«, stimmte ich ihm zu.

»Und der Kaiser weiß, was er an uns Israeliten hat. Unsere Leute organisieren das Hafengeschäft, sie ziehen für Rom in Ägypten die Steuern ein. Deshalb hält der Kaiser seine Hand über uns. Den Griechen und den Ägyptern unserer Stadt sind wir nämlich verhasst. Weil wir nach unseren eigenen Gesetzen leben. Rom ist unsere Schutzmacht. Die Römer verstehen uns zwar nicht, doch sie respektieren unsere Gesetze. Wir dürfen uns weitgehend selbst verwalten.«

»Ähnlich ist es bei uns«, erklärte Gabriel.

»Aber ich hatte eine völlig verkehrte Vorstellung von Caesarea«, sagte ich. »Ich dachte, hier wohnten nur Israeliten. Doch mitten in eurer Stadt wird den Göttern Roms geopfert, an jeder Ecke findest du Bildsäulen und Statuen, die unserem Volk untersagt sind. Und ich hatte Mühe, mich nach eurem Bethaus durchzufragen.«

Gabriel griff nach einer Feige, biss ein Stück ab und kaute schweigend. Schließlich sagte er: »Was soll ich dazu sagen? Du hast ja recht. Herodes siedelte Leute aus aller Herren Länder hier an. Durch den Hafenbau kamen sie ins Land. Mit unseren Leuten hätte der König niemals diesen gewaltigen Hafen aus dem Meer heben können. Unser Volk versteht nichts vom Bauen. Schon Salomo errichtete unseren ersten Tempel mithilfe ausländischer Baumeister und Arbeiter. Übrigens war auch Herodes nicht von Geburt an ein richtiger Israelit. Seine Vorfahren waren Idumäer, die mit Gewalt zu unserem Glauben bekehrt worden waren. Und Zwang in der Religion tut nicht gut. Ich denke, auch das Gotteshaus in Jerusalem hat Herodes weniger dem Ewigen zu Ehren als zu seinem eigenen Ruhm erbaut. Kurzum, der König gab den Fremden in Caesarea freie Hand. Wir, die Söhne Israels, sind in unserer Stadt eine schwindende Minderheit. Leider«, fügte er seufzend hinzu. »Aber so ist es nun mal.«

Mittlerweile waren die Sterne aufgezogen. Nachtfalter tanzten um das Öllicht. Wir schwiegen eine Weile. Und ich war mit einem Mal sehr müde, konnte nur mit Mühe einen Gähnanfall unterdrücken.
Gabriel bemerkte es. »Du brauchst Schlaf, junger Freund«, meinte er. »Lass uns über deine Reisepläne reden. Du willst also nach Sepphoris in Galiläa?«
Ich nickte. »Vor einer Woche wusste ich noch nicht, dass ich heute in Caesarea sein würde«, verriet ich ihm. »Es war ein plötzlicher Entschluss. Ich hatte keine Reisevorbereitungen getroffen. Und ich weiß nicht, wie es von hier aus weitergeht. In Sepphoris aber wohnt ein Geschäftsfreund unseres Hauses. Simon ben Phabi. Dem möchte ich zuerst einen Besuch abstatten. Dann sehe ich weiter. Ich habe Zeit. Erst zum Passah-Fest will ich in Jerusalem sein.«
»Bis zum Passah sind es sechs Mondwechsel«, sagte Gabriel. »Von Caesarea aus könntest du Jerusalem bequem in nur vierzehn Tagen erreichen.«
Was für ein umgänglicher, höflicher Mann du bist, dachte ich bei mir. Gabriel kann sich keinen Vers darauf machen, warum ich bereits ein halbes Jahr vor der Zeit zu meiner Pilgerreise aufgebrochen bin. Doch er will mich nicht ausfragen.
»Ich bin Geschäftsführer unseres Hauses«, erklärte ich ihm. »Mein Großvater Ariston hat unser Unternehmen gegründet. Das Haus Ariston betreibt Fernhandel bis nach Indien, bis nach Rom und Spanien. Mein Vater Nathanael hat sich vor einiger Zeit aus dem Geschäftsleben zurückgezogen. Er und meine Mutter Johana, Gott segne beide, leben abgeschieden in einer philosophischen Gemeinschaft. Außerhalb von Alexandria. Sie meditieren und studieren die heiligen Schriften. Ich bin ihr einziger Sohn, mir haben sie die Siegelvollmacht übertragen. Und ich werde hier in Israel Geschäftsfreunde besuchen. Und auch versuchen, neue Kontakte zu knüpfen.«
»Dein Bart ist noch kaum ausgewachsen, junger Freund«, bemerk-

te Gabriel. »Und eine so große Verantwortung liegt schon in deinen Händen!«

»In unserem Haus arbeiten altgediente, erfahrene Bedienstete, die mir zur Seite stehen«, erwiderte ich. »Und ich lerne schnell. Ich höre Vorlesungen im Musaion, studiere Platon* und andere Philosophen. Und bei Philon, meinem verehrten Lehrer, lerne ich die Torah unseres Volkes. – Nein, mir ist nicht bange vor der Verantwortung, die mir die Eltern übertrugen.«

Ich hielt inne. Das Bild meines Vaters stand mir plötzlich so lebendig vor Augen, dass es mich zu Tränen rührte.

Dann fuhr ich fort: »Vaters Wahlspruch hieß: Wir müssen unserem Volk Freunde machen mit dem ungerechten Mammon**! Deshalb steckte er seine ganze Kraft in unser Geschäft. Auch ich möchte, dass unser Haus wächst, blüht und gedeiht. Doch bevor ich mich ganz dem Geschäft widme, möchte ich ein Mal in Jerusalem, im Haus unseres Gottes gewesen sein. Wer weiß, wann ich später dazu komme.«

Der Diener wollte die Öllampe neu auffüllen, doch Gabriel winkte ab.

»Es wird Zeit, dass du Schlaf findest, junger Freund«, sagte er. »Und um deinen Weg mache dir keine Sorgen. Im Bethaus traf ich Onkelos, einen Getreidehändler aus Antiochia. Der will morgen mit einer Eselskarawane nach Galiläa aufbrechen. Ich schicke ihm einen Boten, Onkelos möge dich morgen hier abholen. Und grüße Simon ben Phabi in Sepphoris. Das ist ein redlicher Mann. Wie ich höre, zählt Simon zu den Chaverim***. Die sich verschworen haben, der Torah bis aufs kleinste Tüpfelchen zu dienen.«

---

* Platon, der griechische Philosoph, lebte 400 Jahre vor Christus.
** »Mammon«, im Hebräischen »der Reichtum«.
*** Die »Chaverim« (hebräisch »Freundeskreis«) waren eine jüdische Frömmigkeitsbewegung zur Zeit von Jesus. Der »Chaver« verpflichtete sich zu einer konsequenten Lebensführung nach den Worten der Torah.

»Danke, Herr«, sagte ich und holte aus meiner Gürteltasche einige Goldstücke hervor. »Erlaube, dass ich die Aurei eurem Gebetshaus überlasse.«
»Du bist sehr großzügig, mein Freund«, sagte Gabriel und nahm die Münzen an.
Wir erhoben uns, um Abschied zu nehmen. Der Vorbeter legte seine Hand auf meinen Scheitel und segnete mich: »Der Ewige segne deinen Ausgang und Eingang jetzt und immerdar!«
»Amen«, antwortete ich. »So geschehe es!«
Einen besseren Beginn meiner langen Reise hätte ich mir nicht wünschen können.

Galiläa

»Du weißt, wie das ist, wenn die Heuschrecken kommen«, sagte Onkelos. Wir hatten die Küstenebene hinter uns gelassen und die Packesel des Getreidehändlers erklommen mit trippelnden Hufen den Weg hinauf in die Berge. »Nach den Heuschrecken kommt der Hunger. Und mit dem Hunger kommen die Räuber. Schließlich kommt es zu Mord und Totschlag, keiner gönnt mehr dem anderen den letzten Bissen im Mund.«

Ja, ich weiß. Ich habe das hohe, zischelnde Summen nicht vergessen, das die ganze Luft erfüllt, wenn die Heuschreckenschwärme ins Land einfallen. Es war irgendwann in meinen ersten Kinderjahren, als ich es erlebte. Wie der Himmel über Alexandria sich verdunkelte unter den ungeheuren Wolken der gefräßigen Landplage. Beide Eltern und unsere Bediensteten rannten mit mir hinaus zu den Gärten und Ländereien draußen vor der Stadt. Die ganze Stadt war auf den Beinen. Die Menschen drängelten, schrien, wedelten mit den Händen, trommelten auf metallene Töpfe und Pfannen. Ich heulte vor Angst. Das ist meine erste Erinnerung an sie. Das endlos zischelnde Brausen, das meine Ohren füllte.

Sie kommen zurück. Alle sieben Jahre, sagt man. Mit elf Jahren erlebte ich sie wieder. Wie schwarze Luft senkte sich die Heuschreckenwolke hernieder. Und bedeckte die Felder mit ekelhaftem Gewimmel. Dieses Mal drangen sie bis in die Häuser ein. Ihre verwesenden Körper verpesteten die Luft, ätzende gelbe

Exkremente rieselten auf uns herab, Seuchen brachen aus. Ehe sie kamen, glich das Nil-Delta einem paradiesischen Garten. Nach den Heuschrecken war es ein Wüstenstrich. Ich sehe noch das verbrannte Land vor mir. Ja, es war, wie wenn Feuer jedes Grün verzehrt hätte. Weizenfelder, Gerstenfelder, Weingärten und Palmhaine, Oliven- und Feigenbäume waren in wenigen Stunden jeglichen grünen Halms beraubt, aller grünen Blätter. Weiß abgeschält stachen die Äste der Baumgärten in den unbarmherzigen Himmel. In diesem Jahr, dem 18. Regierungsjahr des Tiberius, könnte es wieder so sein, dass die Heuschrecken Ägypten heimsuchen werden. Der Ewige bewahre uns vor ihnen!

Die Esel vor uns trugen schwer an ihrer Last. Geduldig setzten sie Huf um Huf in das Geröll des steinigen Bergwegs. Die Ledersäcke an ihren Flanken waren prall gefüllt mit Gersten- und Weizenkorn. Saatgut und Brot für Galiläa. Vorn, an der Spitze, marschierten mehrere Bewaffnete. Männer, die Onkelos zum Schutz seiner Karawane angeworben hatte.
Onkelos selbst, ein beleibter Mann, ritt auf einem Maultier. Ich ging neben ihm. Zu Fuß. Als Pilger wollte ich das heilige Land durchwandern. Der Getreidehändler hatte auch nicht versucht, mir ein Reittier aufzudrängen.
Denn er sah wohl, dass ich kräftig gebaut und gut zu Fuß war. Um den Preis eines Golddenars waren wir uns einig geworden, dass ich mich unter seinen Schutz stellen durfte.
Seinen wachen Augen entging nichts. Auch während er mit mir redete, durchsuchte sein Blick das Gebüsch am Weg und die immer dichter stehenden Bäume, je mehr wir langsam an Höhe gewannen.
Dies sei die dritte Karawane, die er in diesen Wochen hinauf nach Galiläa führe, erklärte mir Onkelos. Im Sommer habe er in Syrien von der Heuschreckenplage gehört, die Galiläa heimsuchte. Und da habe er in Antiochia ein paar Schiffsladungen Getreide aufgekauft. Um sie jetzt in Galiläa gewinnbringend zu veräußern.

Ich nickte zustimmend. Auch das Haus Ariston tätigte gelegentlich solche Geschäfte. Und verschiffte Getreide, getrocknete Feigen und Trauben, Amphoren voll Öl rund ums Meer, wenn beispielsweise Gegenden von einer Dürre heimgesucht waren. Mein Vater jedoch hielt darauf, nicht mehr als gerechte Preise zu verlangen. Preistreiberei und Wucher verabscheute er.

Wucherpreise würde auch Onkelos nicht für seine Getreidefracht fordern, da war ich mir sicher. Denn ich sah wohl, dass der Händler aus Antiochia ein gottergebener Mann war. Mittags und abends ließ er sich von seinem Maultier herabhelfen, verhüllte seinen Kopf mit einem blau bequasteten Tuch und erhob dann seine Hände zum Gebet. Mit ihm breitete auch ich meine Hände aus und betete in meiner Sprache. Onkelos würde sich nicht daran stören. Ich kannte Antiochia von Geschäftsreisen mit meinem Vater. Und wusste, dass dort das Volk von Mose in hebräischer wie in griechischer Sprache Gott, den Ewigen, ehrte.

Sprühregen setzte ein, nachdem wir mittags die Bergregion erreicht hatten. Nieselregen, fein wie Nebel. Von den Blättern der Bäume rann er in schweren Tropfen herab, auf dem steinigen Weg bildeten sich kleine Rinnsale. Vorsichtig tastend setzten die Esel in dem glitschigen Geröll einen Huf vor den anderen.

Ich war froh um meine knöchelhoch geschnürten Stiefel. Und dankbar für meinen Kapuzenmantel. Der *Cucullus*, wie die Römer sagen, war in Indien gewebt worden. Aus dem feinen Haar schwarzbrauner Bergziegen. Ich spürte ihn kaum auf den Schultern. Doch der Kapuzenmantel ließ keinen Tropfen Wasser durch, kühlte bei Hitze und wärmte in der Kälte. In einem arabischen Hafen hatte ich ihn um ein kleines Vermögen erstanden. Den maßlosen Preis sah man ihm nicht an und das war mir sehr recht.

Onkelos hatte sich in ein Zelttuch gehüllt. Die Eselstreiber aber mussten inzwischen bis auf die Haut durchnässt sein. Doch die Männer trillerten und jubelten in den höchsten Tönen. Und Onkelos wiederholte ein übers andere Mal einen Segensspruch, den er von seinem Vater geerbt hatte. Er übersetzte ihn mir mit den Worten: »Gelobt seist du, Ewiger, unser König, der du das Himmelswasser in Tropfen zerteilst, die du für uns zur Erde fallen lässt!« Und er rief den Eseltreibern zu: »Ohne Regen keine Erde, ohne Erde kein Regen, ohne Erde und Regen kein Mensch!« Seine Männer antworteten mit neuen Freudentrillern.

Der Frühregen meldete sich, pünktlich, sogar überpünktlich, wie Onkelos meinte. Bald konnten die Bauern mit der Aussaat beginnen, um Brot aus der Erde zu bringen.

Es nässte und rieselte immer noch, als wir unterhalb einer Passhöhe das Nachtquartier richteten. Onkelos bot mir einen Schlafplatz unter seinem Zeltdach an. Ich schloss die Augen, hörte noch die Esel schnauben, die murmelnden Stimmen der Männer und war alsbald eingeschlafen.

In der Nacht wachte ich auf und erleichterte mich in den Büschen hinter den Zelten. Als ich zum Lagerplatz zurückkehrte, auf die Lichtung trat, sah ich, dass sich der Himmel aufgeklart hatte. Ich entdeckte die Sternbilder von Stier und Krebs, die gewaltige Gestalt des Himmeljägers. Die Sterne waren dieselben, in Israel wie in Ägypten. Und es ist ein und derselbe Gott, der hier wie dort den Himmel regiert.

Direkt über meinem Kopf stand der Saturn. Saturn beschließt die Reihe der sieben Planeten. Er ist ein Sinnbild des Innehaltens und des Beendens. In dieser Nacht befand sich Saturn im Sternbild der Zwillinge. Die Zwillinge sind das Sinnbild der Zweigeteiltheit, der Zerrissenheit. Ich empfand es wie eine Botschaft, deren Bedeutung ich jedoch nicht verstand.

Auf meinem Lager fand ich nicht wieder zurück in den Schlaf. Mein Entschluss, nach Jerusalem zu pilgern, war die Sache eines Augenblicks gewesen. Von einem auf den anderen Tag hatte ich mich entschieden. Aber selbst jetzt, in dieser frösteligen Nacht, kamen mir nachträglich keine Zweifel. Auch Melchior, der unserem Haus seit Jahrzehnten dient, versuchte nicht mich zu bewegen, meinen hastigen Entschluss noch einmal zu überdenken. Also übergab ich die Geschäftsführung seinen treuen Händen, bat ihn meine Eltern zu grüßen, und befand mich am Tag darauf an Bord der *Hestitia*. So schnell war das alles gegangen.

Warum diese Eile? Das fragte ich mich jetzt, während die Schnarchgeräusche von Onkelos immer lauter wurden. Warum, wieso dieser überstürzte Aufbruch?

Ich kam aus Philons Vorlesung. Er hatte den Torah-Vers ausgelegt, wo Gott seinem Diener Mose verspricht: »Einen Propheten, wie du es bist, will ich aus meinem Volk erwecken und will durch seinen Mund zu Israel sprechen.« In diesem Zusammenhang hatte Philon unvermittelt über den Jerusalemer Tempel geredet. Und er sagte: »Wer nach Jerusalem pilgert, der beweist, dass es ihm ernst ist mit seinem Glauben!« War es mir ernst damit? Ich hoffte doch, aber wie konnte ich sicher sein? Das fragte ich mich, als ich von Philons Vorlesung zurück nach Hause ging.

Gerade als ich das Sonnentor passierte, kam der Entschluss. Wenn nicht jetzt, wann dann?, fragte ich mich. Und stürmte zum Pharos-Hafen, fand die *Hestitia*, wurde mit dem Kapitän handelseinig und eilte nach Hause, um Melchior von meiner Abreise am nächsten Morgen in Kenntnis zu setzen. Es war wie eine Flucht, gestand ich mir ein.

Eine Flucht vor was? Vor wem? Besaß ich nicht alles, was einer begehren kann? Der Ruf unseres Hauses war untadelig. Wir waren angesehene Leute. Geld und Güter besaßen wir im Überfluss. Ich hatte eine sorgfältige Erziehung genossen, Philon und Platon waren meine Weggefährten. Ich tat mich bei sportlichen Wettkämpfen hervor. Genoss die Wagenrennen im Hippodrom, hatte im Theater einen Logenplatz. Mit Vater war ich, so jung ich war, schon um die halbe Welt herumgekommen, bis tief hinein nach Afrika hatten wir, dem Lauf des Nils folgend, mit den schwarzen Kuschiten* um Gold und Elfenbein gehandelt. Also, was wollte

---

* Die Bewohner des heutigen Äthiopiens im Herzen Afrikas.

ich mehr? Dennoch. Ich hatte Reißaus genommen. Wie von Panik getrieben. Warum?

Hier und jetzt, in der Nachtkälte am Bergpass, gestand ich mir ein: Ich hatte alles und hatte doch nichts. Nichts, was ich mir ins Herz setzen konnte. Ich wusste, dass mir etwas fehlte. Etwas Dringendes, das Wichtigste. Was aber dieses dringend Nötige war, das wusste ich nicht. Ich wusste nur, dass ich es suchen musste. Um es zu finden. Deswegen lag ich hier und wartete auf den Morgen, um weiterzureisen.

Noch vor Durchbruch des Tages war unsere Karawane unterwegs. Als wir die Passhöhe erreicht hatten, stieg rechts von uns die Sonne wie ein riesiger Feuerball über die Berge und tauchte die Landschaft in kupferglührotes Licht. Onkelos zügelte sein Maultier. Unter uns breitete sich eine Ebene aus, umkränzt von Bergeszügen.

»Der Tag bringt neuen Regen«, sagte Onkelos. »Die Bauern werden darangehen, die Saat auszubringen.« Dann wies er hinunter in die Ebene. »Das hier ist die Kornkammer von Galiläa. Man sagt, das Land hier sei fruchtbarer als bei euch am Nil. Und die ganze Ebene hatten die Heuschrecken kahl gefressen – möge der Barmherzige es dem Satan vergelten! Die Fruchtbäume werden Jahre brauchen, um sich zu erholen!« Er wies mit der Hand in die Ferne. »Junger Freund, gerade vor dir, jenseits der Ebene in den Bergen müsstest du Sepphoris erkennen. Meine Augen tragen nicht mehr so weit.«

Ich meinte, winzig gegen den Himmelsrand, so etwas wie eine turmbewehrte Stadtmauer zu erkennen. Doch war ich mir nicht sicher. Das rote Sonnenaufgangslicht blendete meine Augen. Doch mein Atem ging schneller. So nah war ich meinem ersten Reiseziel!

»Und ein wenig rechts davon, ich meine den Bergkegel da drüben, das ist der Tabor«, sagte Onkelos. »Und ganz rechts, das sind die Gilboa-Berge. Wo Saul, unser erster König, sein Leben verlor.

Danach salbte der Ewige einen Hirtenjungen zum König. David, der dem Goliath den Kopf abschlug. Möge der Ewige noch zu meinen Lebzeiten einen neuen David erwecken! Um Israel von seinen Feinden zu erlösen«, fügte er halblaut hinzu und erhob dabei betend die Arme.

Onkelos rief seinen Leuten etwas zu, rutschte vom Rücken seines Maultiers und führte es am Halfter den Passweg hinab.

»Sie sollen langsam machen«, erklärte er mir. »Wir kommen an die Zollstelle von Megiddo. Gleich sehen wir die Mauern der Stadt.«

Megiddo lag auf einer kleinen Anhöhe über der Ebene. Seitlich vom Mauerring der Stadt entdeckte ich die Umrisse eines römischen Militärlagers. Inmitten seines befestigten Vierecks glitzerte der römische Standarten-Adler im Morgenlicht.

An der Zollstelle treffen sich fünf Handelsstraßen, erklärte mir der Getreidehändler, während wir gemächlich hangabwärts auf die Zollstelle zuhielten. Karawanen aus aller Herren Länder begegneten sich hier, fuhr er fort. Kamele brächten Seide aus China, Gewürze und Duftholz aus Indien fänden ihren Weg hierher, Eselskarawanen aus Petra und Jericho kämen aus dem Süden, beladen mit Weihrauch und Myrrhe, und ägyptische Händler lieferten über die Küstenstraße Elfenbein, schwarze Sklaven und Baumwolle nach Syrien. Ein Strom kostbarer Handelsgüter, die der Zollpächter von Megiddo mit römischen Zöllen belegte.

»Der Zöllner kennt mich«, sagte Onkelos. »Er wird uns abfertigen, wie es recht und billig ist. Ich habe seine Hände versilbert. Und der Mann weiß, wie man in Galiläa auf Brot und Saatgut wartet.«

So ließen wir den Zoll ohne große Umstände hinter uns und folgten der Straße, die in gerader Linie schräg die Ebene nach Nordosten durchschnitt. Die Morgensonne verschwand bald hinter Wolken, Wind kam auf. Feiner Regen stäubte auf uns und verwischte die Umrisse der Landschaft. Es war noch früh am Tag. Überall aber sah ich schon die Bauern mit ihren Frauen und Kindern bei der Arbeit. Mit Ochsenpflügen, mit Hacken und Spaten. Rufe wechselten zwischen den Feldern. Manchmal trug der Wind Liederfetzen zu uns her.

»Schau, sie bringen die Saat aus!«, rief Onkelos mir zu. Und dann wieder: »Ihre Hände säen, was meine Hand ihnen gab!«

Er winkte den Bauern und ihren Familien zu und er lachte ausgelassen, dass sein Bart sich sträubte, wenn sie zurückgrüßten. Auf der ebenen Lehmstraße kamen die Esel leichtfüßig voran. Ich musste mich anstrengen mitzuhalten.

»Was lehrt man in Alexandria über den Messias*? Was weiß man bei euch über den Gesalbten?«, wollte Onkelos plötzlich von mir wissen. Seine Frage kam für mich unerwartet. Ich musste überlegen. In unseren Lehrhäusern ist der Messias kein großes Thema. Und Philon, mein Lehrer, äußert sich nicht dazu.

Ich denke, ein irdischer Messias interessiert ihn nicht. Philon geht es darum, zu zeigen, wie sich die Seele vom Irdischen freimacht, um Gottes Angesicht zu schauen. Unsere Seele flattert in uns wie ein im Käfig eingesperrter Vogel, sagt Philon. Vor Heimweh nach dem Ewigen. Dasselbe sagt auch Platon, der Philosoph. Wie aber könnte ein äußerer Helfer die im Inneren gefangenen Seelen befreien? Wir müssen es selber tun. Mit unserer ganzen Kraft, so lehrt es Philon. – Nur, wie soll ich Onkelos das erklären? In Wind und Regen, die Kapuze bis über die Augen gezogen?

Also sagte ich nur: »Mein Lehrer redet darüber nicht.«

»Das sollte er aber tun«, erwiderte Onkelos. »Der Messias wird Israel an die Spitze aller Völker stellen, Gottes Gesalbter wird uns die Freiheit erkämpfen!«

»Sprichst du von den Römern?«, fragte ich.

»Jedenfalls denke ich an die Römer zuerst«, sagte Onkelos. »Sie haben unser Israel zu ihrer Provinz gemacht. Und dem gotteslästerlichen Kaiser zahlen wir Steuern. Unsere eigenen Leute, ich rede von denen da oben, die stecken mit den Besatzern unter einer

---

* Hebräisch: der von Gott »Gesalbte«, den er senden wird, um Israel zu befreien.

Decke. Erst neulich hat Pontius Pilatus, der Präfekt*, im Tempel ein Blutbad angerichtet. Haben die Priester mit ihren Leibern die Pilger geschützt? Nein, das taten sie nicht! Unsere Priester haben weiter gebetet, geopfert, gesungen. Als wäre nichts geschehen. – Ich sage nur, was viele sagen: Gott selbst muss uns zu Hilfe kommen! Er wird uns seinen Gesalbten senden. Der wird das Gottesvolk reinigen, unsere Feinde uns zu Füßen legen! – Sage das deinem Lehrer, junger Mann, wenn du zurück in Alexandria bist!«
Ich mochte darauf nicht antworten. Denn dem Volk der Römer gehört doch die Welt! Sie vertreiben die Piraten von den Meeren, sie sichern die Grenzen, sie bauen Straßen, Brücken und Badehäuser, Theater in allen Ländern rund ums Meer. Rom herrscht mit fester Hand, aber doch gerecht. Und wer sich mit Rom anlegt, der betreibt Selbstmord. So sehe ich das.
Ich, Tobit, bin anderer Meinung als Onkelos. Ich sage mir: Lieben müssen wir die Römer nicht, doch wir müssen mit ihnen auskommen. Und ich denke, die meisten Israeliten in Alexandria sehen das genauso wie ich. Schließlich ist Rom unsere Schutzmacht.
Gegen den anhaltenden Regen zog ich mir die Kapuze noch tiefer ins Gesicht. Und von Onkelos schaute nur noch die Nase aus der Zeltplane, die er um sich geschlagen hatte. So wechselten wir nur wenige Worte auf dem Weg durch die Ebene.
Gegen Mittag erreichten wir die Ausläufer des Tabor-Berges. In der diesigen Luft stieg er wie ein Kegel aus der Ebene unvermittelt in die Wolken.
Onkelos zügelte sein Maultier und wies nach links hinauf ins Hügelland. »Immer in diese Richtung, geradewegs den Hang hinauf, junger Freund«, sagte Onkelos. »Gegen Abend bist du in Sepphoris. Davor durchquerst du eine Senke. Mit dem Dorf Nazareth. Von dort aus ist es noch eine gute Stunde bis Sepphoris.« Er berührte segnend meinen kapuzenverhüllten Kopf. »Wir

---

* Pontius Pilatus war in den Jahren von 26 bis 36 Präfekt (Statthalter) des Kaisers Tiberius in der römischen Provinz Judäa.

ziehen weiter nach Tiberias am See. Der Ewige leite deinen Fuß auf rechtem Wege!«

»Danke für deinen Schutz, Herr«, antwortete ich. »Der Ewige stütze deine Hände!«

Der böige Wind riss uns fast die Worte vom Mund und so trennten wir uns.

Geduckt gegen den Regen begann ich den Aufstieg in die Galiläischen Berge. Zwischen Steilwänden ging es über schlüpfrige Felsplatten und rutschiges Geröll hinan. Nach einer Weile besserte sich der Weg. Und unweit vor mir tauchte plötzlich eine Gruppe von Leuten auf. Mit ihren Ochsen kamen sie offenbar von der Feldarbeit und waren auf dem Weg zurück in ihr Dorf. Die Männer trugen ihre Pflüge auf den Schultern, ihre Frauen die Hacken. Auf dem Rücken einer Frau ritt ein Kind. Mehrere größere Kinder tollten um die Gruppe herum.

Eins davon entdeckte mich, rief den anderen Kindern schrill etwas zu und zeigte mit dem Finger auf mich. Womöglich war mein Kapuzenmantel ein ungewohnter Anblick für die Dorfkinder. Ich winkte ihnen zu und hörte sie lachen. Wenig später trauten sich zwei von ihnen in meine Nähe. Sie musterten mich mit ernsthaften Gesichtern. Ich rief ihnen ein paar Worte zu und beide antworteten in ihrer Sprache. Mittlerweile hatten sich auch die übrigen Kinder bei mir eingefunden.

Und weil mir nichts Besseres einfiel, begann ich zu singen. Ein Kinderlied, das wir zum Abendessen am Passah-Fest singen: *Die Katze beißt das Kind, der Hund beißt die Katze, der Stock schlägt den Hund, das Feuer verbrennt den Stock, das Wasser ertränkt das Feuer, der Ochse säuft das Wasser, der Schlächter tötet den Ochsen, der Tod holt den Schlächter – und am Ende wird alles gut, denn Gott erscheint, erschlägt den Tod, und alles ist wieder im Lot, Hoi, Hoi, Hoi.*

Das Lied hat viele Verse, die ich laut und immer lauter sang. Weil die Kinder dazu trillerten und klatschten, in ihrer Sprache mein Lied mitsangen. Die armseligen Hemden klebten nass an ihren ausgemergelten Körpern. Doch die Jungen und Mädchen vergaßen die Kälte, den Hunger in ihren Bäuchen. Sie hüpften, sprangen und tanzten. Meine Hände glühten vom Mitklatschen und mein Gesicht war heiß vor Freude.

Inzwischen hatten sich die Regenwolken verzogen, die Nachmittagssonne wärmte uns. Ich blieb stehen, streifte den Schultersack ab und holte die Reste von meinem Reiseproviant hervor: Traubenkuchen und getrocknete Feigen, die ich unter die Kinder verteilte. Die Schar schaute fassungslos auf das Gebäck, auf die Früchte in ihren Händen. Dann rannten sie plötzlich mit einem einzigen Aufschrei zu ihren Eltern, die mit ihren Ochsen bei der nächsten Hügelkuppe auf die Kinder warteten.

Ich wartete, bis die Gruppe aus meinen Augen verschwand, und setzte meinen Aufstieg fort. Wie ein Fremder war ich in das Land hineingestolpert, fremd, weil ich nicht mitreden konnte. Nicht in der Sprache Israels. Das ist nicht richtig, sagte ich mir. Fast schämte ich mich. Irgendwie musste ich mir hier im Land die hebräische Sprache aneignen! So gut das eben in ein paar Wochen möglich war.

Auf der anderen Seite des Hügels öffnete sich ein ausgedehntes Tal. An seinem Rand lag ein Dorf. Mit ein paar schiefen Gassen, von niedrigen Flachhäusern gesäumt. Reisigbündel lagen auf den Dächern. Ein größeres Gebäude mochte die Synagoge sein. In mehreren Höfen standen Bäume, Rauchschwaden krochen durch die Luft. Wie ein Schafspferch umfasste den Ort eine durch Steine verstärkte Dornenhecke. Links davon entdeckte ich eine ummauerte Quelle, ein wenig abseits den Asche- und Kehrichthaufen des Dorfs. Das musste Nazareth sein, die Ortschaft, von der Onkelos gesprochen hatte.

Im Dorf kam ich an einer Töpferei vorbei. Die knochigen Füße eines uralten Mannes hielten die Töpferscheibe in Bewegung. Vor einem offenen Hof blieb ich stehen. Zwei Männer zerlegten der Länge nach einen Baumstamm in Bretter. Einer stand unten in der Grube, nur sein Oberkörper war zu sehen. Über ihm lag der aufgebockte Stamm. Darauf stand breitbeinig der zweite Mann. Zu zweit zogen sie die quietschende Säge von oben nach unten durchs Holz. Eine schweißtreibende Arbeit. Die Tage in Anspruch nahm, bis der ganze Stamm in einzelne Bretter zersägt war. In den Schiffswerften Alexandrias stellt man Sklaven dazu ab. Die beiden Männer aber waren bestimmt keine Sklaven. So wohlhabend war in dem Dörfchen bestimmt keiner, dass er sich Arbeitskräfte kaufen konnte.

Als die beiden Zimmerleute mich bemerkten, hielten sie mit dem Sägen inne. Ich rief ihnen den hebräischen Friedensgruß zu und wandte mich zum Weitergehen.

Als ich mich umdrehte, hatte sich eine Reihe von Kindern hinter mir aufgestellt. Im sicheren Abstand. Sie betrachteten mich stumm. Eins streckte bettelnd die Hand aus. Es war die Schar, an die ich meinen Proviant verteilt hatte. Jetzt aber waren es noch zehn oder zwölf Kinder mehr. Alle mit Hungergesichtern, mit großen eingesunkenen Augen.

Was sollte ich tun? Ich wusste es nicht. Und ich musste weiter. Die Tageswende war längst erreicht. Vor Einbruch der Dunkelheit musste ich in Sepphoris sein.

Weil mir nichts Besseres einfiel, griff ich in meine Gürteltasche, ging auf den Größten in der Gruppe zu und drückte ihm Geld in die Hand. Und sagte ihm: »Kaufe zu essen für alle!«

Die Schar umringte den Jungen, besah staunend die Golddrachme. Der Junge rief »*Jebarekeka*!«, bückte sich und küsste meine Hand.

Ich fragte ihn nach dem Weg. Er verstand das Wort Sepphoris, wies den Hügel hinter dem Dorf hinauf und alle riefen im Chor: »*Zipporin! Zipporin!*« Die Kinder geleiteten mich bis vors Dorf, dann stob die Schar zurück in den Ort. Ich schaute ihnen nach und hoffte, sie würden für ihr Geld irgendwo im Ort etwas Essbares finden.

Sepphoris

Von der Hügelkuppe aus, oberhalb von Nazareth, erblickte ich Sepphoris. Die Stadt lag auf einem Burgberg, der das ganze Umland beherrschte. Wer weiß, vielleicht hatte auch Nathanael, mein Vater, vor Jahrzehnten hier oben gestanden, als er Israel zum ersten Mal besuchte. Aus jener Zeit jedenfalls stammte die Gastfreundschaft, die das Haus Ariston mit Simon ben Phabi in Sepphoris verband.
Eine Stunde später erkundigte ich mich bei einem Torwächter der Stadt nach Simons Haus.
Der Mann rief einen halbwüchsigen Jungen herbei und sagte höflich: »Junger Herr, der Knabe soll dich führen. Simons Haus liegt auf der anderen Seite der Stadt!« Ich dankte, drückte dem Torwächter ein paar Sesterzen in die Hand. Und ich atmete auf. Man verstand Griechisch in Sepphoris.
Griechisch verstand und sprach auch mein junger Stadtführer.
»Ich bin Yose«, stellte er sich mir vor. »Lasst mich Euer Bündel nehmen, guter Herr!«
»Ist nicht nötig«, wehrte ich ab.
»Aber ich kann Euren Mantel tragen, Herr«, bot er mir an. »Der ist bestimmt völlig durchgeweicht.«
»Wenn ich ihn am Leib trage, trocknet er besser«, erklärte ich.
»Also lass gut sein und bring mich zu Simons Haus!«
Yose zuckte gleichmütig die Schultern und wir setzten uns in Bewegung. Mein junger Führer einen halben Schritt voraus.

»Bist du hier geboren?«, erkundigte ich mich im Gehen.
Yose hielt inne und sah mich an. »Fragt Ihr wegen meiner hellen Augen? Wegen meinem rötlichen Haar?«
»Ja«, sagte ich. »Rothaarige sieht man hier nicht so oft, oder?«
Yose lachte, fuhr sich durchs Haar, fasste nach meinem Arm. »Schaut, da drüben, da steht so einer wie ich. Der mit dem blonden Haarschopf, den meine ich. Das ist Dan, ein paar Jahre älter als ich. Wir beide haben jüdische Namen, beide sind wir beschnitten. Also, die römischen Legionäre hatten Sepphoris besetzt und die Fremden haben den jüdischen Frauen Kinder gemacht, ob die nun wollten oder nicht.«
Damit setzte Yose sich wieder in Bewegung. Ich folgte und verwünschte meine dumme Neugier. Das hatte ich nicht gewollt. Dass der Junge mir seine fragwürdige Geburt enthüllen musste.
Doch mein junger Stadtführer ließ sich keine Verstimmung anmerken.
Sein Mund sprudelte über von Erklärungen und Hinweisen auf die Baugeschichte der Stadt und deren öffentliche Einrichtungen. Hier befänden wir uns auf der Hauptstraße, dem Cardo Maximus, den gleich der Cardo Decamanus kreuze, drüben das Gebäude mit dem Säulenvorbau sei die Basilika, wo der Stadtrat öffentlich tage, und jetzt beträten wir den Unteren Markt. Ich blieb einen Augenblick stehen, beeindruckt von dem üppigen Angebot. Keramik- und Glaswaren, edelsteinbesetzte Kämme und Spiegel, ein unüberschaubares Sortiment. Und wenige Schritte weiter boten Verkäufer Esswaren aller Art an. Oliven, Gebäck, Berge von Fein- und Grobmehl, frische und getrocknete Feigen, purpurrote Rimmon-Früchte*. Und frisches süßes Fladengebäck, ganze Stapel davon. Und gerade nur eine Stunde entfernt, in Nazareth, saß der Hunger den Menschen in den Bäuchen!
Mein Stadtführer zupfte mich am Ärmel.

---

* »Rimmon-Früchte«, die man im Deutschen »Granatäpfel« nennt, die wohlschmeckenden Früchte eines Fruchtbaums, der im Orient beheimatet ist.

»Gleich sind wir am Oberen Markt. Von dort sind es nur noch ein paar Schritte zu Simons Haus. Simon-der-Chaver nennt man ihn bei uns.«

Wir passierten den Oberen Markt. Kämpften uns an Karren und beladenen Eseln vorbei. Auf dem Oberen Markt hielten Kleiderhändler ihre Ware feil. Teure Baumwollwäsche aus Ägypten, bunt bestickte Obergewänder, Manteltücher, Sandalen und Schuhe – ich staunte. Mitten in den Bergen von Galiläa hätte ich ein so luxuriöses Angebot nicht erwartet. Auch keine gepflegten, marmorweißen Pflasterstraßen, nicht die zwei- bis dreistöckigen Gebäude aus sorgfältig behauenem Stein. Hier, in der Oberstadt, residierten offenbar die wohlhabenden Familien von Galiläa. Großgrundbesitzer, hohe Beamte, Steuerpächter, die reichen Händlerfamilien. Die ganze Oberstadt sah aus wie gerade frisch aus dem Boden gestampft.

In Alexandria ist das anders. Da weisen viele Gebäude ein ehrwürdiges Alter auf. Auch das Haus Ariston. Wir sind stolz darauf, nicht zu den Neureichen zu gehören, die ihr Vermögen mit fragwürdigen Mitteln erworben haben.

»Hier sind wir am Ziel, guter Herr«, verkündete mein Führer ein paar Schritte weiter. Er wies auf ein massives zweistöckiges Gebäude aus schön behauenem weißen Kalkstein.

Ich hatte den Eindruck, dass der Junge mich auf dem umständlichsten Weg vor das Haus von Simon gebracht hatte. Um seinen Lohn zu verdoppeln. Mir war es recht gewesen. So hatte ich einen weitläufigen Eindruck von der Stadt erhalten.

»Du hast deine Sache gut gemacht«, sagte ich ihm und gab ihm zwei Silberdrachmen. Nicht weniger hatte er wohl erwartet. Denn er dankte höflich, doch nicht überschwänglich und war gleich darauf verschwunden.

In der Eingangshalle von Simons Haus kehrte ein Bediensteter unsichtbaren Schmutz zur Tür hinaus.

Ich trat auf ihn zu und sagte: »Richte Simon, deinem Herrn, aus:

Tobit, Nathanaels Sohn aus Alexandria, bittet um die Gastfreundschaft deines Hauses!«

Der Sklave lehnte den Besen an die Wand, verbeugte sich und wiederholte: »Tobit, Nathanaels Sohn aus Alexandria.«

»Richtig«, sagte ich. »Und ist dein Herr im Haus?«

»Ich eile, ihn zu holen«, sagte er mit einer nochmaligen Verbeugung und lief in den Innenhof.

Gleich darauf vernahm ich eine kräftige Stimme, die sich der Eingangshalle näherte. Ein fülliger Mann erschien, stockte nur einen Wimpernschlag und kam dann mit weit ausgebreiteten Armen auf mich zu.

»Tobit, du bist deinem Vater aus dem Gesicht geschnitten«, verkündete er mit voller Stimme, schloss mich in die Arme, küsste links und rechts meine Schultern. »Sei willkommen!«

Ich küsste seine Hände, verbeugte mich und sagte: »Danke, guter Herr, dass du mich so freundlich willkommen heißt! Der Hüter Israels segne dich und dein Haus!«

»Und dich mit den Deinen!«, antwortete Simon. »Tritt ein!«

Ich bückte mich nach meinem Bündel. Dabei fiel mein Blick auf die Mezuzah, den Haussegen. Die Mezuzah war wie üblich oben im rechten Türpfosten eingelassen. Ich strich mit den Fingerspitzen darüber, legte meine Hand an die Stirn und verbeugte mich.

Wie in römischen Häusern war im Innenhof ein marmornes Becken eingelassen. Aus drei kunstvoll verschlungenen Röhren rannen Wasserfäden.

Ich wunderte mich und fragte: »Wie bekommt ihr lebendiges Wasser hier hinauf in die Oberstadt?«

Simon lachte zufrieden. »Genau das fragte mich auch Nathanael, dein Vater, als er letztes Mal unser Haus betrat. Schöpfräder befördern es den Berg hinauf. Ein Wunderwerk der Wasseringenieure.«

Dann klatschte er in die Hände und rief eine Hausdienerin herbei. Die Frau nahm mir den Kapuzenmantel und das Bündel ab und verschwand damit im Inneren des Hauses.

Unterdessen erkundigte sich Simon nach meinem Vater. Ich streckte ihm meine Hand entgegen und zeigte auf den Siegelring unseres Hauses.

»Vater hat sich aus dem Wirtschaftsleben zurückgezogen. Er hat mir unser Siegel anvertraut. Ich führe jetzt die Geschäfte.«

Der Ring stammte von meinem Großvater Ariston. Er hatte ein wissenschaftliches Werk über die Nilschwelle* geschrieben. Sein Siegel zeigt zwei Nilgänse auf einem rötlichen Karneolstein, den eine massive Weißgoldfassung umschließt. Wir benutzen das Siegel bei geschäftlichen Transaktionen, Simon musste es kennen.

Der aber nahm keine Notiz von meinem Ring. Mein Ärmel war zurückgefallen und hatte die Geschwulst an meiner Handwurzel entblößt. Weißrötlich schimmerte sie im Sonnenuntergangslicht. Bösartig, wie ein entzündetes Auge.

Simon runzelte die Brauen. Und fragte mit verhaltener Stimme: »Was ist mit deiner Hand, junger Freund? Die Beule! Was ist dir zugestoßen?«

Ich schämte und ärgerte mich. Und verwünschte meine Unachtsamkeit. Fast immer gelang es mir, die entstellte Stelle an meiner Hand vor den Blicken anderer zu verbergen. Und ausgerechnet jetzt, unter den Augen unseres alten Geschäftsfreundes musste meine Schande offenbar werden. Erfreut von der herzlichen Begrüßung hatte ich alle Vorsicht außer Acht gelassen.

»Nur ein Unfall«, gab ich zur Antwort. »Ein dummer Zufall, sonst nichts.« Von meinen Ängsten, es könne sich bei der Schwellung um die Lepra-Fäule handeln, ließ ich mir nichts anmerken. Vom Aussatz befallen hätte ich Simons Haus erst gar nicht betreten dürfen.

---

* Im Altertum trat der Nil zur Sommerzeit alljährlich 100 Tage über seine Ufer. Er führte dann eine 50- bis 60-fache Wassermenge mit sich, bewässerte die Ländereien und bedeckte das Land mit einer fruchtbaren Schlammschicht. Dank seiner reichen Ernten galt Ägypten als die Kornkammer des Römischen Reiches. Heute reguliert der Assuan-Damm in Ober-Ägypten den Wasserstand des Nils.

»Hast du noch mehr von solchen Knoten am Körper?«, erkundigte sich Simon und trat unwillkürlich einen Schritt zurück.
Ich entblößte meine Arme, hob mein Gewand bis in den Schritt.
»Nein, es ist nur diese Unfallstelle«, beteuerte ich.
»Dann ist ja alles gut«, meinte Simon. Er trat an mich heran, hob meine böse Hand, beugte sich über sie.
»Meine Sicht lässt nach«, entschuldigte er sich. »Doch es scheint wirklich nichts Bösartiges zu sein. Trotzdem, du musst es den Priestern zeigen!«
»Ich bin auf dem Weg nach Jerusalem«, erklärte ich.
»Dann ist ja alles gut«, sagte Simon ein zweites Mal. »Setz dich hierher auf die Bank. An die Hauswand, da ist noch ein Sonnenfleckchen. Ich schicke jemand von den Dienstboten. Dir die Füße zu waschen und deine Sandalen zu wechseln. Du hast eine beschwerliche Reise hinter dir. – Ich eile zu Binah, meiner Hausfrau, damit sie uns ein Nachtmahl richten lässt.«
An die Hauswand gelehnt, atmete ich tief aus. An all diese Hindernisse hatte ich bei meinem Aufbruch aus Alexandria nicht gedacht. Nicht an meine fehlende Kenntnis der Landessprache. Nicht an meine verunstaltete Hand. Auf was musste ich mich noch gefasst machen? Jetzt könnte ich noch zurück. Auf der Küstenstraße nach Alexandria. Doch in mir wehrte sich alles dagegen. Ich hatte das bestimmte Gefühl, dass ich allen Widrigkeiten zum Trotz meine Pilgerreise fortsetzen musste.
Eine ältere Dienerin erschien mit einer Kupferschüssel. Das Wasser roch nach ätherischen Ölen. Ein Junge brachte mir ein Paar Sandalen und ein wollenes Manteltuch, dessen Ecken lange weißblaue Fransen zierten. Ich bedankte mich bei der Frau und dem Jungen.

Während ich, erfrischt durch das Fußbad, die Sandalen schnürte, tauchte Simon auf.
Er hatte gewiss seiner Hausfrau den Besuch gemeldet und Binah hatte die Dienerin und den Jungen losgeschickt, mir die gebotene

Gastehre zu erweisen. Wie es der guten Sitte entsprach, blieb die Hausfrau jedoch im Frauenteil des Hauses, bis Simon sie verschleiert und festlich gekleidet mir vorstellen würde.

»Du kannst den Gebetsschal gleich umlegen, wir gehen zum Abendgebet in die Synagoge«, sagte er mir. »Ich will dich mit ein paar Leuten bekannt machen, die ich zum Nachtmahl bitten möchte. Die Freunde werden darauf brennen, aus Alexandria das Neueste zu hören.«

Es waren nur wenige Schritte bis zum Lehrhaus. Am Hofbrunnen vor der Synagoge warteten mehrere Männer. Sie unterhielten sich eifrig, lachten und gestikulierten.

Simon stellte mich vor. »Das ist Tobit aus Alexandria, mein Hausgast. Er führt die Geschäfte des Hauses Ariston.«

Ich verbeugte mich und grüßte sie in meiner Sprache: »*Ho kyrios meta hemon*, der Ewige sei mit euch!«

Die Männer grüßten in meiner Sprache zurück. Freundlich, und die Neugierde stand ihnen ins Gesicht geschrieben.

Der Gebetsruf erscholl, wir spülten die Hände, um rein vor Gott zu treten, und versammelten uns im Betraum. Und gleich sah ich mich der nächsten Verlegenheit gegenüber. Zum Gebet befestigten die Männer mit dünnen Riemen lederne Kapseln auf der Stirn und am linken Arm. Wie ich aus meiner Heimatstadt wusste, enthielten die Lederkapseln Papyrus-Streifen mit Worten aus der Torah. In Ägypten folgten diesem Brauch allerdings nur wenige Übereifrige. In Sepphoris dagegen legte jeder von den Betern diese Gebetsriemen an, die er aus seinem Gewandbausch oder aus einer Gürteltasche hervorzog. Wieder fühlte ich mich außen vor. Doch niemand schien sich an meinem unzeremoniellen Aufzug zu stören. So hob ich mit den Männern die Arme und begleitete still für mich das Abendgebet in meiner Sprache.

Ein Mann, der beim Gehen ein Bein nachzog, trat nach dem Segen auf mich zu. Er fasste mich an der Schulter und küsste mir dann die Wangen.

»Tobit, junger Freund, ich stehe bei dem Haus Ariston in großer

Schuld!«, sagte er. »Als ich vor Jahren euer Land bereiste, verlor ich durch ein fehlgeschlagenes Geschäft mein Vermögen. Dein Vater half mir mit einem Kredit, ohne Sicherheiten zu fordern. – Und jetzt begegne ich dir, seinem Sohn! Gesegnet sei dieser Tag! Simon hat mich zum Nachtmahl eingeladen und ich bin begierig zu hören, was du zu berichten hast. Ich bin Jonam ben Resa. Weil meine Beine nicht mehr recht wollen, komme ich kaum noch aus der Stadt.«

»Danke«, sagte ich. »Dem Vater werde ich ausrichten, dass du ihn nicht vergessen hast!«

Die ersten Sterne durchbrachen das Himmelsblau, als ich mit Simon das Lehrhaus verließ. Simon erwies unserem Haus seine Achtung, indem er mir zu Ehren ein Festessen gab. Und ich ehrte ihn, indem ich mich beim Gehen respektvoll einen halben Schritt hinter ihm hielt.

Es duftete schon nach leckerem Essen, als wir die Eingangshalle betraten.

»Lieber junger Freund, mein Haus steht dir zur Verfügung«, sagte Simon. »Geschäftliches bereden wir morgen oder in den nächsten Tagen. Bleib, solange es deine Zeit erlaubt. Das Haus ist geräumig. Nachum, unser Sohn, ist auf Reisen. Meine Hausfrau hat dir in seinem Hausteil einen Raum richten lassen.«

Auf seinen Ruf hin erschien ein Diener. Derselbe, der mich bei meiner Ankunft dem Hausherrn gemeldet hatte.

»Palal kennst du schon«, sagte Simon. »Er wird dich führen!«

Im Schein einer Laterne ging es über eine Außentreppe hinauf ins obere Stockwerk unterm Dach. Am Eingang war eine Mezuzah angebracht. Und in meinem Zimmer fehlte es an nichts: Ein Bett, zwei schön geschnitzte Sessel, ein Beistelltisch, auf dem eine Öllampe brannte, daneben eine Truhe. Unterm Bett das Nachtgeschirr, in der Raummitte ein Kupferbecken, daneben eine große Kanne mit dampfendem Wasser und ein Ölfläschchen. An alles war gedacht. Ja, und auf dem Bett lag sogar Unterwäsche bereit und ein frisches Gewand. Und an einem Kleiderständer entdeckte ich dann auch meinen Kapuzenmantel, darunter auf dem Boden mein Reisebündel.

Von Kopf bis Fuß gewaschen, Kopf- und Barthaar gesalbt, gekleidet in einen neuen Chiton mit bunter Schmuckborte, betrat ich das hell erleuchtete Atrium. Simon begrüßte mich am Eingang und betrachtete mich zufrieden. Dann führte er mich zu den Gästen, die am Sprudelwasserbecken beisammenstanden.

»Du hast sie alle schon im Lehrhaus gesehen, Tobit«, sagte der Hausherr. »Chijja ist der Finanzverwalter unseres Herrschers Antipas, Elazar ist unser Torah-Schreiber, Bun versieht die Bibliothek der Synagoge, Nathan verwaltet den Landbesitz unseres Herrschers, Ben Buchri untersteht die Wasserversorgung von Sepphoris und Jonam hat sich dir schon vorgestellt. Alle gehören zu den Chaverim, dem Bund der Torah-Hüter.«

»Danke, ihr Herren, dass ihr dem Haus Ariston Ehre erweist!«, sagte ich mit einer Verbeugung.

»Zwei Priester leben in Sepphoris, Söhne Ahrons«, sagte Simon. »Sie können nicht bei uns sein. Weil sie in dieser Woche zum Opferdienst nach Jerusalem abgeordnet sind. Ihren Mahlanteil habe ich ihren Familien bringen lassen. – Nun nehmt zwanglos Platz, Freunde!«

Wir setzten uns auf die Atriumsbänke nieder. Mir wies Simon den Ehrenplatz an seiner Rechten zu.

Ein Tischdiener erschien mit Wasser. Und wir überspülten die Hände, um rein vor den Heiligen Israels zu treten. Die Männer umflochten Arm und Kopf mit ihren Gebetsriemen, hoben die Hände und jeder sprach für sich den Tischsegen: »Gelobt seiest du, Ewiger, unser Gott, du regierst die Welt. Du lässt die Erde Brot hervorbringen.«

»Amen, so ist es!«, sagte ich.

Und Elazar, der Torah-Schreiber, fügte hinzu: »Wer ohne Dank die Gaben des Höchsten genießt, begeht Diebstahl am ewigen Gott. Sei es auch nur, dass er ohne Danksagung ein Krümelchen Brot in den Mund steckt.«

Unterdessen hatten die Bediensteten des Hauses vor uns kleine Beistelltische aufgestellt. Der Tischdiener reichte Brotfladen und servierte Wein aus dem Mischkrug.

Jeder sprach für sich den Segensspruch dazu: »Gelobt, der die Frucht der Reben schafft!«

Es folgten ein paar Appetithäppchen: süßsauer eingelegter Kürbis und Melonenstücke.

Ich erzählte von Onkelos. Der inzwischen gewiss in Tiberias angekommen war und dort seine Getreideladung verkauft hatte.

»So ein Mann ist ein Engel des Höchsten!«, sagte Bun. »Die Heuschrecken hatten die ganze Ebene kahl gefressen. Um unsere Berge haben die Satanstiere einen Bogen gemacht, dem Himmel sei Dank!«

»Doch wir haben diesmal Glück mit dem Regen! Wie ich aus Nazareth höre, bringen die Bauern schon ihre Saat aus«, sagte Simon. »Gestern hatte ich Zimmerleute aus Nazareth im Haus. Sie haben an allen Türpfosten des Hauses die Mezuzoth angebracht. Die du, Elazar, geschrieben hattest. Bisher hatte ich nur eine einzige Mezuzah. Die am Hauseingang. Ich wollte aber sicher sein, dass ich das Gebot vollständig befolge. Jakobus und Joses, die beiden Zimmerleute, haben gute Arbeit geleistet.«

»Ich kenne sie«, sagte Nathan. »Die Leute verstehen ihr Fach. Ich hatte bei ihnen eine eisenbeschlagene Truhe bestellt. Mit kräftigen Schlössern. Für die Steuereinnahmen, die ich verwalte. Und ich war überaus zufrieden mit den Söhnen Miriams.«

»Was ich noch sagen wollte«, nahm Simon wieder das Wort, »die Brüder baten auf der Stelle entlohnt zu werden. Um hier auf dem Markt einzukaufen. In Nazareth haben die Leute nichts zu essen und zu beißen. Ich habe die beiden reichlich entlohnt.«

So gingen die Gespräche hin und her. Bis der Tischdiener, auf einen Wink Simons, die Tür zum Speiseraum öffnete. Der Vortisch war beendet. Diener schafften die Beistelltische in den Essraum, wir erhoben uns und die Männer legten ihre Gebetsriemen ab.

Der Raum bot für sechs Speiseliegen reichlich Platz. Sein Boden war von Wand zu Wand mit Mosaikarbeit ausgelegt. Mit ornamentalen Mustern, die mir gefielen. Die Liegen standen an den Wänden und bildeten ein großes offenes Viereck.
Wieder wies mir Simon den Ehrenplatz zu. Süßer Duft von Sandelholz schwebte im Raum, zwei schwere, vielflammige Messingkandelaber verbreiteten warmes Licht, das der Mosaikboden widerspiegelte. Der Länge nach mit der linken Körperseite auf meinem Polster ausgestreckt fühlte ich mich behaglich und sehr wohl.
Zwei Bedienstete schafften auf einer Trage eine große Tischplatte in den Raum. In Schüsseln, Näpfen und Schalen auf dem weißen Tischtuch häuften sich dutzende von Speisen. Salate, Gurken, Rettich, Linsen- und Erbsenmus, Eier, verschiedene Sorten von Käse und Fischgerichte. Natürlich fehlten eingelegte Oliven nicht, dunkle und grüne. Dazwischen stapelte sich frisches Fladenbrot und in der Tafelmitte prangte eine Pyramide von vollreifen, rotbackigen Rimmon-Früchten.
Binah, Simons Hausfrau, hatte ihre Dienerschaft auf Trab gehalten. Wir waren ja erst seit gut einer Stunde aus dem Bethaus zurück.
Wein wurde frisch eingeschenkt. Jeder der Gäste sprach über seinen Becher den Segensspruch: »Gelobt seist du, der Ewige, unser Gott, du regierst die Welt! Du hast die Frucht der Reben geschaffen!« Es sei zulässig, Segen und Gebet in jeder Sprache zu sprechen, hatte mich Simon zwischendurch belehrt. Um den Heiligen Israels in den Sprachen aller Völker zu ehren. Ihnen, den Torah-Hütern, den verschworenen Chaverim, sei es ein Herzensanliegen, den Ewigen auf jede Weise zu heiligen. »Wir machen unser Leben zur Religion«, sagte er. »Nathan da drüben hat es einmal auf hundert Segenssprüche an einem Tag gebracht!«
Ich blickte verblüfft zu Nathan hinüber. Mir war diese Art von Frömmigkeit fremd.
»Betet ohne Unterlass«, das schärfte auch Philon uns Schülern

ein. Doch er meint damit etwas Innerliches. Und er zitierte dazu Platon: Der innere Mensch des Menschen muss den ganzen Menschen leiten! Gebet ist für unseren Lehrer mehr eine innere Haltung: Wichtiger als das Lippengebet ist ihm das Herzensgebet. Doch Simons Freunde beeindruckten mich sehr. Ihr ernster Gotteseifer war beispielhaft, ja, ihr frommer Eifer beschämte mich. War ich, Tobit, doch als Bettler ins Land Israel gekommen, getrieben von innerer Leere: Ich hatte alles und ich hatte doch nichts. Ganz anders diese frommen Chaverim, die schöpften aus dem Vollen.

Üblicherweise werden während der Hauptmahlzeit nicht viele Worte gewechselt. Erst wenn die Tafel aufgehoben und hinausgeschafft ist, beginnt mit der Weinrunde die Unterhaltung.

Also widmete ich mich dem Essen. Ein ganzer Fisch wurde mir vorgesetzt. Zu einem Drittel gebraten, zu einem Drittel gepökelt, zu einem Drittel gekocht, rundum garniert mit Kresse und einer scharfen Kapernsoße. In Fladenbrot gewickelt schmeckte das dreierlei zubereitete Fleisch überaus köstlich. Man aß, wie überall, mit den Fingern. Aus der rechten Hand. Zwischendurch spülte der Tischdiener meine Hand ein weiteres Mal ab, ehe er mir Rettich und Gurken, dazu mehrere Käsearten vorlegte.

»Gelobt sei Gott, der die Früchte des Erdbodens schafft!«, sprach Simon, als er zu den Früchten griff. Mir zuliebe sagte er es in griechischer Sprache. Und ich nahm mir abermals vor, bald die Sprache Israels zu lernen.

Die Tafel wurde aus dem Raum getragen. Und als unsere Hände ein weiteres Mal abgespült, die Becher neu gefüllt worden waren, setzte Simon sich aufrecht, fasste seinen Becher mit beiden Händen und forderte seine Gäste zum Dankgebet auf, das die Mahlzeit beschloss.

Dann ließ er einen Becher mit Wein füllen, segnete ihn und beauftragte den Tischdiener, das Getränk seiner Hausfrau Binah ins Frauengemach zu bringen.

Die Tür ging auf und der Tisch mit der Nachspeise wurde in

den Essraum getragen. Ein Diener legte neues Räucherwerk nach.

Nathan sprach darüber für alle den Segen: »Gelobt sei er, der viele Arten von Wohlgerüchen erschafft!«

Ich lehnte mich zurück, schloss die Augen, um den köstlichen Duft auf mich wirken zu lassen. Ich kannte den Duftstoff. Es war Balsam aus Jericho. Sein Harz, sein Samen und sein Holz sind nicht mit Gold aufzuwiegen. Kleopatra, die letzte Königin Ägyptens, hatte sich einstmals mit König Herodes angelegt, um die Palmenstadt in ihren Besitz zu bringen. Und im Jerusalemer Tempel opfern alle Morgen die Priester mit Balsam versetztes Räucherwerk dem Heiligen Israels.

Die Gespräche waren verstummt. Simons Gäste schwiegen voll Ehrfurcht. Bis Simon das Schweigen mit den Worten brach: »Zu Ehren des Hauses Ariston bringen wir dies Rauchopfer dar. Zum Dank, dass der Höchste uns Tobit, den Sohn Nathanaels, ins Haus brachte!«

»Amen«, pflichteten die Männer ihm bei.

Sie blickten mich erwartungsvoll an. Ich wusste, dass Simons Gäste jetzt Neuigkeiten von mir erwarteten. Doch wo sollte ich beginnen? Nur der Hausherr und zwei seiner Gäste, Jonam ben Resa und Ben Buchri, waren früher einmal bis nach Alexandria gereist. Simon und Jonam in Geschäften, Ben Buchri, um dort Wassertechnik zu studieren. Doch selbstverständlich waren auch die anderen über Alexandria wohl informiert. Schließlich war die Stadt, die den Namen ihres Gründers trug, die größte Handelsmetropole des Römischen Reiches.

Ich musste Simons Gästen also nicht erst sagen, dass mehrere hunderttausend Israeliten in Ägypten lebten. Und sie wussten, dass Rom, welches seit Kaiser Augustus das Land am Nil besetzt hält, den Israeliten in Alexandria die Autonomie zugestanden hatte. Ebenso wussten sie, dass tausende von Israeliten in Roms Legionen dienten.

Auch dass die großen israelitischen Handelshäuser meiner Vaterstadt den Imperatoren und Senatoren gelegentlich mit namhaften Krediten aushalfen, war ihnen gerüchteweise zu Ohren gekommen. Doch ich wusste die Zahlen und kannte die Namen und das interessierte sie.

»Selten werden die Kredite von den Römern zurückgezahlt«, erklärte ich ihnen. »Es sind Investitionen in unsere Sicherheit. Wie mein Vater zu sagen pflegt: Wir müssen wirtschaftlich stark sein, um mit Gold und Silber unserem Volk Freunde zu machen!«

Simons Gäste stimmten mir zu. Rom müsse man als Schutzmacht Israels respektieren. Schließlich würden sogar im Tempel täglich zwei Schafe und ein Stier für das Wohlergehen des Kaiserhauses dem Heiligen Israels dargebracht. Das Volk der Israeliten bewohne schließlich nicht bloß das Land Israel, sondern die ganze Erde. Seine Torah kenne man am Euphrat so gut wie am Tiber und am Nil. Und diese Tatsache beweise, dass es eben Israels Gott sei, er ganz allein, der den Erdkreis regiere.

Darin waren sich Simons Gäste einig. Aber dennoch. Im *Chutz haaretz*, außerhalb des Landes Israel, im Ausland also, hätte keiner von ihnen auf Dauer leben mögen.

»Weil ihr ständig Abstriche von der Torah machen müsst«, erklärte Ben Buchri. »Ich habe es selbst erlebt. In eurem Ägypten. Griechen luden mich in ihre Häuser. Wie sollte ich reagieren? Ich musste die Einladung annehmen. Obwohl ihre Häuser vor Gott unrein sind. *Tameh*, wie man in unserer Sprache sagt. Vielleicht isst du an ihrem Tisch aus Schüsseln, in denen irgendwann Schweinefleisch gelegen hat.«

»Ekelhaft!«, rief Jonam dazwischen und schüttelte sich. »Doch genau so ist es! Als ich damals in eurer Stadt war, hat es mich manchmal dermaßen gewürgt, dass ich vom Tisch aufstand, weil ich mich hinterm Haus übergeben musste!«

»Oder man bietet dir Lammfleisch an, was von einem ihrer Götzenopfer stammt«, fuhr Ben Buchri fort. »Und möglicherweise ist der Mann, dessen Wange du küsst, nicht rein vor Gott, weil er mit einer Frau verkehrt, die noch in ihren Tagen ist. Durch die Berührung mit ihm bist du auch *tameh* geworden. Unrein vor Gott. – Solche Dinge musst du dich ständig fragen, wenn du unter den Gojim* lebst. Die der Ewige nicht erwählte.«

»Und in Ägypten hast du ständig mit Frauen zu tun«, erklärte Jonam. »In der Öffentlichkeit benehmen sich die Frauen dort, als ob sie Männer wären. Manche haben im Geschäftsleben sogar das Sagen. Das alles ist äußerst schwirig für unsereins!«

Ben Buchri nickte zustimmend. »Als ich vom Nil zurück in Israel war, bin ich auf dem kürzesten Weg zum Haus Gottes geeilt«, erzählte er. »Ich fühlte mich wie ein Goj. Und so unrein, wie ich war, durfte ich das Gotteshaus in der heiligen Stadt nicht betreten. Ich bin ins Tauchbad gestiegen, brachte am dritten und siebenten Tag die vorgeschriebenen Reinigungsopfer dar und war erst dann wieder einer von uns. Ein Israelit. Und ich lobte den Höchsten und sagte: Gelobt seiest du, Ewiger, der du die Seele zurück gibst den toten Leibern.«

Ben Buchri beugte sich über seinen Tisch, klaubte ein Stück Honig-Ingwer aus der Nachspeise, besah es und steckte es mit einem Happen in seinen Mund. Ingwer aus dem fernen Indien, der über Karawanenstraßen bis nach Sepphoris gekommen war. Was sollte ich dem Mann antworten?

Wartete Ben Buchri überhaupt auf eine Antwort? Ich wusste es nicht. Und wusste noch weniger, wie ich reagieren sollte.

War doch auch ich, Tobit ben Nathanael, aus dem unreinen Ägypten nach Israel gekommen. Doch ich hatte mich nicht, wie Ben Buchri es damals getan hatte, zuerst in Jerusalem meiner Unreinheit entledigt. Hier und in Caesarea hatte ich unrein vor Gott das Bethaus betreten. Und lag nun, ein Unreiner unter Reinen, in Simons Haus zu Tisch. Und sprach mit unreinen Lippen Segenworte über die Speise. Ich kam mir verzagt und hilflos vor. Eben

---

* »Gojim«, in der Einzahl »Goj«, ist die hebräische Bezeichnung für Nicht-Israeliten. Das Wort bedeutet »von anderer Nationalität«.

noch hatten mich Simons Gäste als Ehrengast gefeiert, jetzt fühlte ich mich wie aussätzig.
Ich steckte ein paar süße Rimmon-Kerne in den Mund, kaute gedankenverloren darauf herum.
Simon merkte meine Verlegenheit.
Er richtete sich halb auf, rückte seinen Gürtel zurecht und sagte zu Ben Buchri gewandt: »Freund, du hast recht geredet! Doch wir wollen unserem Freund aus Alexandria nicht das Herz beschweren! Ägypten ist nicht Israel. Unser Land und alles, was in Israel lebt, hat sich der Höchste zum Eigentum geweiht. Der in der Torah spricht: Ich bin heilig und ihr sollt heilig leben, damit ich unter euch bleibe! Das ist die Torah des Ewigen. Entheiligen wir sein Land, dann wird der Heilige Israels von uns scheiden. Amen, davor behüte uns Gott! Darum sind wir auf Reinheit bedacht. – Tobit, Sohn meines Freundes, das alles trifft nicht auf euch in Alexandria zu. Ägypten ist kein heiliges Land.«
»Ich verstehe«, sagte ich. »Aber was ist mit den Römern in Israel? An der Zollstelle von Megiddo sah ich den Römischen Adler. Das Bild ihres Jupiter-Gottes. Verunreinigen nicht Roms Soldaten Israel, das Gottesland?«
Augenblicklich verstummten alle Gespräche.
Dann richtete sich Elazar, der Torah-Schreiber, auf und rief in die Runde: »Der junge Mann hat recht! Was haben die gottlosen Römer in unserem Land zu suchen!«
Und dann redeten plötzlich alle durcheinander. Simons Gäste setzten sich auf, redeten aufeinander ein, erhoben sich von ihren Speiseliegen, gestikulierten und verfielen schließlich in ihre Landessprache, sodass ich rein gar nichts mehr verstand. Simon versuchte die erregten Männer zu beschwichtigen. Doch ohne Erfolg. Keiner schenkte dem Hausherrn Beachtung, die Wortkämpfe unter den Tischgästen wollten nicht aufhören.
Bis Simon schließlich zur Tür eilte, seine Hand auf die Mezuzah, den Haussegen, legte und rief: »Brüder, *adonai elohenu adonai echad* – unser Gott ist Eins und Einer, denkt an Davids Psalm: Wie

schön und gut ist es, wenn Brüder einträchtig beieinander wohnen! – Achtet mein Haus!«

Die Männer strichen betreten ihre Gewänder glatt und suchten wieder ihre Plätze auf.

Mir war unwohl zumute. Was hatte ich mit meiner Frage nach den Römern im Land angerichtet? Offenbar war das ein empfindliches Thema, das ich nichtsahnend angeschnitten hatte. Onkelos, der Getreidehändler, fiel mir ein. Er hatte genauso gereizt auf die Anwesenheit von Roms Soldaten hierzulande reagiert.

Simon hatte wieder seine Liege aufgesucht und wandte sich an mich: »Junger Freund! Schau nicht so unglücklich!«, sagte er. »Das ist eben die Frage, die alle entzweit: Dürfen wir die Besatzung der Römer dulden?« Er machte eine nachdenkliche Pause, bevor er weiterredete. »Du musst wissen, dahinter steckt eine unselige Geschichte. Als ich deinem Vater zum ersten Mal begegnete, war es hier in Sepphoris. Das damals gerade wiederaufgebaut wurde. Vor mehr als zwei Jahrzehnten. Varus, ein römischer Oberbefehlshaber, hatte unsere Stadt in Schutt und Asche gelegt. Ihre Einwohner ließ er als Sklaven ins Ausland verkaufen. Mädchen und Jungen, Männer und Frauen. Chijja, der dir gegenübersitzt, hat in jenen Tagen seinen Bruder verloren.«

»Zwei Brüder. Einer wurde verkauft. Jose haben sie ans Kreuz geschlagen«, fiel ihm Chijja ins Wort.

»Meine Schwester Salome mussten unsere Leute in Antiochia aus dem Schandhaus freikaufen!«, rief Jonam ben Resa.

»Du siehst, Freund, jeder von uns ist von den damaligen Ereignissen irgendwie betroffen«, sagte Simon und machte eine nachdenkliche Pause. Dann sah er mich an: »Wie konnte unsere Stadt ein so großes Unglück treffen? Und das war noch nicht alles. Ein Schafhirt im Süden, aus der Gegend von Jericho, brachte eine große Schar von Männern zusammen und erklärte sich zu Israels König. Er und seine Leute überfielen römische Streifen und Garnisonen. Zu Hunderten machten sie die Römer nieder. – Wie war noch der Name von diesem Schafshirten –?«

»Athranges«, half Chijja ihm aus.
»Richtig«, sagte Simon. »Athranges gab sich als Gesalbter Gottes aus. Als Messias. Zwei volle Jahre brauchten die Römer, bis sie die Bewegung niedergeschlagen, in Blut erstickt hatten.«
»Und vergiss nicht Jehuda ben Hezekiah«, sagte Bun, der bisher geschwiegen hatte. »Jehuda tauchte doch damals zur gleichen Zeit bei uns im Norden, hier in Galiläa, auf!«
»Richtig«, bestätigte Simon. »Auch dieser Jehuda wollte das Land von der Römern säubern. Es sei Sünde, dem Kaiser Steuern zu zahlen, das sagte er. Dem Kaiser, der mit unseren Geldern seinen falschen Göttern Tempel errichte. Und überhaupt, die Anwesenheit der gottlosen Besatzer entheilige das Land, verunreinige seine Bewohner.«
»Und damit hatte der Mann recht, tausendmal«, hörte ich Ben Buchri zwischendurch halblaut einwerfen.
»Jehuda also rief uns Galiläer zum Heiligen Krieg auf«, berichtete der Hausherr weiter. »Würden wir uns nicht wehren, drohe Gott uns seine Gegenwart zu entziehen, das war Jehudas Botschaft. Er bemächtigte sich Sepphoris, unserer Stadt, verschanzte sich hinter ihren Mauern und brachte ganz Galiläa in seine Gewalt. Bis die Legionen anrückten. Varus, ihr General, eroberte Sepphoris. Legte unsere Stadt in Schutt und Asche, wie ich schon sagte. Was aus diesem Jehuda wurde, ist nicht bekannt. Aber zwei von seinen Söhnen leben noch. Sie sind in den Untergrund gegangen. Die Römer nennen sie und dergleichen Leute die Sikarier*. Die Messerleute. Weil sie Römer und römerfreundliche Israeliten hinterrücks abschlachten. Diese Sikarier scheuen selbst den eigenen Tod nicht.«
»Simon, gib acht auf deine Worte!«, rief ihm Elazar, der Torah-Schreiber zu.
»Ich weiß«, sagte Simon. »Aber ich mag diese Leute nicht! Vielleicht halten sie sich auch in unserer Stadt versteckt. Und einer stößt mir irgendwann sein Messer in den Rücken.«

---

* »Sikarier« aus dem Lateinischen, die »Dolchmänner«.

Die Runde reagierte mit betretenem Schweigen.

Dann sagte Chijja: »Simon, es ist nicht richtig, dass du Jehuda mit seinen Söhnen zusammen in einem Atem nennst. Wir haben Jehuda nicht persönlich gekannt. Doch nach dem, was ich über ihn in Erfahrung gebracht habe, war Jehuda ein gottergebener Mann.«

»Das nehmen auch seine Söhne für sich in Anspruch«, bemerkte Bun. »Aber würden wir sie etwa in unseren Chaver-Bund aufnehmen? Das kann ich mir nicht vorstellen.«

»Für mich jedenfalls ist Jehuda ein Märtyrer!«, erklärte Chijja. »Und ihr werdet sehen, irgendwann kommt es zu einem neuen Aufstand gegen das dreimal verfluchte Rom!«

»Gegen die Römer kann keiner gewinnen!«, warf Simon ein. »Und was haltet ihr von diesem Jeschua oder Jesus, dem die Leute unten am See zulaufen?«

Mir wurden langsam die Augen schwer. All die vielen blutigen Begebenheiten, die Namen von Statthaltern und Feldherrn, von Gotteseiferern und Banditen ermüdeten mich. Sosehr ich auch versuchte, mich wach zu halten. Der Wein tat ein Übriges. Und eine große Ernüchterung machte sich in mir breit. Ich war mit völlig anderen Vorstellungen ins Land gekommen. Voll Sehnsucht, die Unruhe meines Herzens zu stillen. Und was fand ich vor? Ein wahres Wespennest. Dagegen kam mir jetzt unser Alexandria wie eine Oase des Friedens vor.

Rückblickend, jetzt beim Schreiben, erinnere ich mich, dass mir damals in dieser Runde der Name meines Rabbuni Jesus zum ersten Mal begegnet war. Auch Simon, mein Gastgeber, kannte ihn damals nur vom Hörensagen. Und seine Tischgäste, so erklärten sie, hatten von diesem Jeschua noch nie etwas gehört.

Seit einiger Zeit, berichtete Simon, lehre ein Mann namens Jeschua in den Städten unten am See. Er, Simon, habe über Leute aus Kapernaum von ihm gehört. Er gebe sich als Lehrer aus, oder vielmehr als Prophet. Das Gottesreich werde bald kommen, das sei die Botschaft dieses Jeschua. Und damit spreche er so viele Menschen an, dass sie dem Mann in wahren Scharen zuliefen.

»Der Ewige bewahre uns vor neuen Unruhen!«, sagte Nathan. »Weißt du noch mehr über diese Sache?«

»Nicht viel«, erklärte Simon. »Eins aber wird euch interessieren. Deswegen rede ich von ihm. Jener Jeschua soll nämlich hier aus unserer Gegend stammen. Aus Nazareth, eine Wegstunde von hier. Meine Gewährsleute wollen erfahren haben, ihm gehöre dort die Zimmermannswerkstatt. Jeschua sei ein Bruder von Jakobus und Joses, die neulich bei mir die Mezuzoth angebracht hatten. Ich wollte die beiden eigentlich danach fragen, hatte es aber dann vergessen.«

»Natürlich kenne ich den!«, rief Chijja. »Wenn es dieser Jeschua ist, der älteste Sohn von Miriam, deren Eltern einst in Sepphoris lebten. Bei ihm hatte ich die Geldtruhe bestellt, von der ich euch erzählte. Das war vor gut einem Jahr und dann war der Mann einfach verschwunden. Seine Brüder haben das gute Stück aber dann doch geliefert. – Ja, ich erinnere mich wieder! Ihr Bruder, sagten sie, sei zu dem Einsiedler am Jordan gepilgert. Zu dem Asketen, der sich in Kamelfelle kleidet und sich von Kräutern der Wüste ernährt.«

»Jochanan, so heißt er«, sagte Elazar. »Im Fluss wäscht er den Menschen die Sünden ab.«

»Richtig«, stimmte Chijja ihm zu. »Diesen Namen nannten seine Brüder. Also, auf mich machte der Bursche einen guten Eindruck. Sonst hätte ich ihm nicht meine Arbeit anvertraut. Mir schien, er kannte sich sogar ein bisschen in der Torah aus.«

»Woher willst du das wissen?«, fragte der Torah-Schreiber.

»Ganz einfach. Ich gab ihm die Maße für meine Truhe. Zweieinhalb Ellen lang, eineinhalb Ellen hoch und genauso breit. Und der Zimmermann sagte: Das seien die Maße der Bundeslade, in der Mose die Zwei-Steine-Tafeln des Gesetzes verwahrte. Ob er die Maße ein wenig ändern dürfe?, fragte er mich. Ich stimmte zu. Im Lehrhaus habe ich später den Torah-Abschnitt von den beiden Steintafeln nachgelesen. Der Mann hatte recht.«

»In Nazareth gibt es keinen Torah-Lehrer«, sagte Elazar. »Vielleicht hat er seine Kenntnisse im Selbststudium erworben. Wie es die Art von frommen Eigenbrötlern ist. – Und ihr wisst, Freunde, Eigenbrötelei ist typisch für Fanatiker!«

Die Männer nickten. Und auch ich stimmte Elazar zu.

Wer ohne Lotsen sich aufs Buchstabenmeer der Torah wagt, riskiert zu scheitern. Die Gebote lernt nur, wer im Lehrhaus fragt und antwortet. Wer hört und hinzulernt. Denn ohne die Anleitung eines Lehrers verirrt man sich in der Torah wie ein Schiffer, dem kein Leuchtfeuer leuchtet.

Ja, ich war mit einem Mal wieder hellwach! Ein Zimmermann, der die Bücher von Mose auslegt, das konnte ich mir nicht vorstellen. Beim besten Willen nicht. Ich selbst hatte bisher zehn Jahre darauf verwandt, die Torah zu studieren. Und war immer noch nicht am Ende.

Das Gespräch war schließlich bei der Familie des Zimmermanns gelandet. Jemand wusste, dass Miriam, die Mutter des Jeschua, eine Priestertochter aus Sepphoris war. Und eine Priestertochter, das war geschriebenes Gesetz, durfte nur in eine Priesterfamilie einheiraten. Miriam aber war an einen Zimmermann vergeben worden. An einen Mann namens Joseph. Eine merkwürdige Angelegenheit! Es gab sogar Gerüchte, die besagten, Miriam sei bei ihrer Eheschließung schon schwanger gewesen. Dann aber wäre ihr Ältester, jener Jeschua, ein Mamzer, wie die Torah sagt, ein illegitimes Kind der Miriam.

Und Ben Buchri sagte, er erinnere sich jetzt, dass vor Jahrzehnten das Gerücht umging, Miriam, die Tochter aus dem Priesterhaus Eli, sei bei der Eroberung von Sepphoris von einem römischen Legionär geschwängert worden. Und darum habe man sie jenem Zimmermann Joseph in die Ehe gegeben. Was man jetzt, fast drei Jahrzehnte danach, allerdings nicht mehr überprüfen könne. Und Joseph selbst könne man auch nicht mehr befragen, weil der Zimmermann seit Jahren nicht mehr unter den Lebenden weile.

Ich spürte die Müdigkeit zurückkehren und sehnte mich nach meinem Nachtlager. Familienklatsch interessierte mich nicht.

Und ich war erleichtert, als der Hausherr mich aufforderte, das Nachtgebet zu sprechen. Damit war das Festmahl zu Ehren des Hauses Ariston beendet.

Beim Abschied hatte jeder der Gäste noch ein freundliches Wort für mich. In der Eingangshalle warteten bereits die Sklaven mit glosenden Fackeln in Tonkrügen, um ihren Herren heimzuleuchten. Simon, mein Gastgeber, bestand darauf, mich mit Fackellicht ums Haus, die Außentreppe hinauf, in meinen Raum zu geleiten. Drinnen brannte bereits ein Öllicht. Simon sah sich um, nickte zufrieden. Neues Wasser für den Morgen stand bereit, meine gebrauchte Wäsche war weggeräumt und das Bettpolster gerichtet.

»Schlafe in Frieden, lieber junger Freund«, sagte Simon. »Das war ein langer Tag für dich. Unsere Gäste gerieten zuweilen aneinander, aber so ist das nun mal. Und sie hätten bestimmt noch tausend Fragen an dich. Und du bleibst hoffentlich eine Weile unser Gast.«

Ich legte meine Hand an die Stirn und verbeugte mich.

»Du erweist unserem Haus viel Ehre, väterlicher Freund«, sagte ich. »Ich danke dir und deinen Gästen! – Gestatte mir, durch deine Hand der Hausfrau eine Aufmerksamkeit unseres Hauses zu überreichen. Sie hat uns, und mich besonders, überaus freundlich umsorgt.«

Aus meinem Bündel zog ich ein Rosenholzkästchen hervor und überreichte es dem Hausherrn.

»Danke, mein Freund«, sagte Simon sichtlich angetan. »Binah wird sich freuen!«

Das würde sie wirklich, dachte ich, als ich im Bett lag. In dem Kästchen befand sich ein Anhänger aus Bernstein. Der Stein umschloss einen zierlichen Laufkäfer. Wenn man den Stein gegen das Licht hielt, schienen sich seine Beinchen und die zarten Fühler zu bewegen. Bernstein kommt aus dem fernen Norden zu uns. Seine Heimat sind die frostigen Bernsteininseln. Er ist so begehrt, dass man für ein aus Bernstein geschnitztes Figürchen einen kräftigen Sklaven kaufen könnte! Und der Wert meines Steins, der einen Laufkäfer umschließt, war erst gar nicht abzuschätzen. – Nach dieser festlichen Bewirtung und der freundlichen Aufnahme in Simons Haus war ich doppelt froh, ausgerechnet dieses wertvolle Stück ausgewählt zu haben. Mit diesem guten Gefühl schlief ich ein. Ja, es war ein guter Tag für mich gewesen. Mein erster im Lande Israels.

Von Sepphoris nach Reina und Nazareth

Am folgenden Vormittag stand ich neben Bun, dem Bibliothekar der Synagoge, vor den Regalen mit den Schriftrollen. Bei Simons Festmahl hatte ich mich mit ihm verabredet und Bun freute sich, dass ich tatsächlich erschienen war. Er war stolz auf seine Bücherschätze.
»Siebenundzwanzig Rollen sind es«, sagte er. »Alle katalogisiert und in gutem Zustand. Ich kontrolliere sie regelmäßig. Ob sich keine Klebestellen gelöst haben. Und, am wichtigsten, ob sich kein Ungeziefer im Papyrus eingenistet hat! Bücherwürmer, du kennst die gefräßigen Biester!«
Ich nickte. »Es sind die bösen Nachbarn der Schreiber.«
»*Arurim*! Der Engel des Höchsten zermalme sie! – Wenn du magst, junger Freund, kannst du mir zur Hand gehen. Die Rollen zu lüften. Sonst hilft mir Chijja dabei. Du kennst dich doch aus mit der Pflege, oder?«
»Gewiss«, sagte ich und lachte. »Mit Schriftrollen bin ich groß geworden. Wenn ich nicht mit Vater auf Reisen oder auf dem Sportplatz war, stand ich am Buchpult.«
Wir nahmen Rolle für Rolle aus ihren Schutzhüllen, entrollten sie auf dem langen Arbeitstisch, entstaubten sie mit einem Federbusch, untersuchten den Papyrus auf Insektenfraß, besserten hier und da eine Klebestelle aus.
Der Buchbestand ließ sich nicht mit dem der Synagoge vergleichen, in der Philon seine Vorlesungen abhielt. Das hatte ich auch

nicht erwartet. Mein Lehrer und seine Vorgänger hatten im Lauf von vielen Jahrzehnten mehr als tausend Schriftrollen zusammengebracht. Die Schriften von Mose, die der Propheten Israels und die restlichen Schriften, wie die Psalmen, umfassten zweiundzwanzig Rollen. Sie berichten über einen Zeitraum von mehr als 3000 Jahren, angefangen bei der Erschaffung der Welt. Jedes der Bücher wird unter streng kontrollierten Bedingungen immer wieder neu abgeschrieben und ist so in einer Vielzahl von Exemplaren vorhanden. Die Bibliothek von Philons Lehrhaus enthält darüber hinaus Hunderte von wissenschaftlichen Abhandlungen. Geschichtswerke, geografische Untersuchungen, mathematische Lehrbücher, Werke über die Baukunst, den Landbau – wollte ein Mensch sie alle lesen, brauchte er dazu ein ganzes Leben! Mein Lieblingsschriftsteller ist Platon, der größte unter allen Philosophen. Bei Platon stimmt alles, sagt Philon. Er zitiert den Griechen ständig in seinen Vorlesungen.

Ich persönlich schätze am meisten Platons Werk über die Weltentstehung. Seinen *Timaios*. Und siehe da, der *Timaios* befand sich auch unter den Büchern der Synagoge von Sepphoris! Wer interessierte sich denn in Galiläa für Platon? Ich fand keine Benutzerspuren, als ich die Schriftrolle öffnete. Bun zuckte die Schultern. Er wusste nicht, wie der *Timaios* in seine Bibliothek gekommen war. Vielleicht stammte die Rolle aus einem Nachlass? Ich nahm mir vor, in den nächsten Tagen darin zu lesen.

Vor allen Dingen aber hatte ich mir vorgenommen, die Landessprache ein wenig zu lernen, solange ich in Sepphoris war. Ich trug dem Bibliothekar meinen Wunsch vor und Bun erklärte sich bereit, mich ins Hebräische einzuführen.

»Gern tu ich das«, erklärte er strahlend. »Es ist mir ein Vergnügen, junger Freund! – Fangen wir doch gleich an!«

Bun zeigte auf eine Schriftrolle. »*Sepher*, sagen wir im Hebräischen dazu. Oder auch *Megillah*. Versuch es mir nachzusprechen!«

Ich bemühte mich die Worte korrekt zu wiederholen, und Bun verbesserte mich geduldig.

Dann streckte er seine Hand aus und erklärte mir: »*Jad* heißt Hand, *Ezban* sind die Finger und *Katab* heißt Schreiben!«
Ich sprach es ihm mehrmals nach und wieder verbesserte mich Bun geduldig. Die hebräischen Vokabeln passten einfach nicht gut in meinen Mund. Unsere griechische Muttersprache wird nah an den Lippen gesprochen, die Sprache Israels aber mehr in der hinteren Mundhöhle. Im Rachenraum Worte zu formen war mir fremd. Ich kam mir dabei sehr unbeholfen vor, fast ein wenig lächerlich.
Bun tröstete mich: »Aller Anfang ist schwer! Und das Griechische ist melodischer als unsere Sprache, das stimmt. Aber es wird dir Freude machen, dich in unserer Sprache mit den Leuten auf der Straße zu unterhalten.«
Und darum ging es mir auch. Ich mochte nicht wie ein Fremder im Land unserer Väter reisen und leben.

Die Vormittage verbrachte ich mit Bun in der Bibliothek, meine Nachmittage und Abende mit Simon. In seinem Haus, in der Stadt oder draußen auf dem Land, wenn es das Wetter erlaubte. Mittlerweile war ich auch Simons Hausfrau vorgestellt worden. Binahs Haar war bereits ergraut, sie trug keinen Gesichtsschleier mehr.
Gleich bei unserer ersten Begegnung dankte sie mir überschwänglich für mein Gastgeschenk. Mein Bernsteinanhänger war eine gute Wahl gewesen. Binah war regelrecht verliebt in das Schmuckstück. Sie hatte das im Bernstein gefangene Käfertier bei ihren Freundinnen herumgezeigt. Alle beneideten sie um so eine exquisite Kostbarkeit, erklärte Simons Hausfrau.
Ich freute mich. Simon allerdings runzelte die Stirn.
»Wir müssen noch mal darüber reden«, sagte er zu seiner Frau. »Ob du den Schmuck auch tragen darfst. Er könnte dich verunreinigen vor Gott.«
Scheinbar hatten die beiden schon über den Bernsteinanhänger diskutiert. Denn die Hausfrau nickte nur, verabschiedete sich und ließ uns Männer allein.

Ich verstand gar nichts mehr und schaute Simon fragend an.

»Keine große Sache«, meinte er und hob entschuldigend seine Hände. »Es ist eine Sache für die Sachverständigen der Torah. – Du weißt, junger Freund, Käfer, Fliegen und all das sonstige Schwärmgetier entsteht aus Exkrementen. So sagt man jedenfalls. Und sie setzen sich auf Aas, Kadaver, Unrat und fauliges Fleisch. Darum verbietet Mose sie zu berühren. Oder gar zu essen. Sie seien euch ein *schekez*, ein Ekelding, sagt uns der Ewige durch seinen Diener Mose.«

»Aber er sitzt verschlossen in einem Stein!«, wandte ich ein. »Und der Käfer ist doch tot!«

»Wer ein totes Schwarmtier berührt, der wird unrein vor Gott«, erklärte mir Simon. »Das sagt Mose ganz klar. Und hat man es aus Versehen angerührt, muss man die Unreinheit in einem Tauchbad abwaschen. Du weißt, solange du unrein vor Gott bist, ist es dir untersagt, zu beten oder heilige Dinge zu berühren.«

Ich protestierte. »Das kann nicht sein! Vater hätte das Stück nicht erworben, wenn an dem Stein etwas Ekelhaftes wäre!«

Simon hob wieder sich entschuldigend die Hände.

»Lieber Freund, wir wollen die Sachverständigen entscheiden lassen! Vielleicht sorgen wir uns umsonst. Dann wird Binah stolz das Geschenk eures Hauses tragen. Es könnte allerdings sein, dass der *arbeh*, der Käfer, den ganzen Stein verunreinigt. Dann wird sie das Schmuckstück niemals anlegen dürfen. Und wir müssen uns überlegen, wie wir das Ekelding wieder loswerden.«

Ich zitterte vor Zorn und musste an mich halten, um nicht laut zu werden.

Simon bemerkte meine Erregung und lächelte mir zu.

»Beruhige dich, junger Freund. Es ist wirklich keine große Sache! Wir wollen nur sichergehen, dass die Frau des Hauses dein Geschenk auch unbedenklich tragen kann.«

Ich kämpfte noch immer mit meinem verletzten Stolz und Simon schaute mich bekümmert an. Dann legte er mir seine Hände auf die Schultern und sagte: »Ich habe außerhalb der Stadt etwas zu erledigen. Magst du mich begleiten? Das wird dich auf andere Gedanken bringen, Tobit, mein Freund. Unterwegs können wir weiterreden.«

Unsere Philosophen lehren: Wie ein Mann sein Pferdegespann zügelt, so muss man seine Gefühle unter Kontrolle halten! Leicht fiel mir das in diesem Augenblick nicht. Ich hatte Simons Haus eine erlesene Kostbarkeit verehrt – und jetzt sollte mein Stein ein Ekelding sein? Doch ich zügelte meinen Zorn und begleitete Simon hinaus vor die Stadt.

Es ging vom Oberen zum Unteren Markt, dann über abfallende Straßen zu dem massiven, tief gestaffelten Torbau und dann hinaus ins Freie. Die Leute grüßten ehrerbietig. Ja, sie traten ein Stück zurück, um Simon den Weg frei zu machen. In seinem Manteltuch mit den langen purpurblauen Quasten wirkte er überaus würdig. Während ich, einen halben Schritt hinter ihm, in meinem ausländischen Kapuzenmantel die Blicke der Neugierigen auf mich zog.

Es war kurz vor der Tageswende. Der Himmel war mit losen Wolken überzogen. Ich merkte, wie die frische Luft mir half, innerlich etwas zur Ruhe zu kommen. Wir hielten nach Süden zu. In die Richtung von Nazareth hinter den Hügeln. Die ersten Frühregenschauer hatten das Land erfrischt. Die gepflügten Felder glänzten im Sonnenlicht. Vereinzelt tönten noch die Stockschläge, mit denen die Leute die letzten Oliven von den Bäumen schlugen. Ein Hirt trieb seine Ziegen am Fuß eines mit Buschwerk bewachsenen Hügels entlang.

Simon winkte mich an seine rechte Seite.

»Vor uns das Dorf, auf der kleinen Anhöhe da drüben, das ist Reina, da wollen wir hin. – Tobit, ich sehe es deinem Gesicht an, wie verärgert du bist. Und ich will dir erklären, warum ich zögere, dein kostbares Geschenk in meinem Haus willkommen zu heißen.«

Eine Familie – Männer, Frauen und Kinder, die unweit auf einem Feldstück arbeiteten – eilte bei unserem Nahen herbei. Sie reihten sich am Wegrand auf und verbeugten sich vor Simon. Der grüßte zurück, rief den Leuten etwas zu und wandte sich wieder an mich.

»Also, ich bin mit dem Schmuckstein zu Elazar gegangen. Er ist unser Torah-Experte. Ich fragte ihn, ob der Stein die Unreinheit des Käfers beseitigt. Elazar fragte: Ist es denn überhaupt ein Stein? Ein Stein nimmt keine Unreinheit an, das ist die Regel unserer Weisen. Aber das ist doch ein *sakal*, den die Griechen Elektron nennen. Wenn du ihn reibst, riecht das Elektron nach Kiefernholz. Und reibst du ihn lange und kräftig, zieht er Strohstückchen, trockene Blätter und Wollfäden an. Wie ein Magnet das Eisen. Ein Stein aber, sagte Elazar, der tut so was nicht! Doch wenn der *sakal* kein Stein ist, dann verunreinigt er den Menschen durch diesen toten eingeschlossenen *arbeh*-Käfer. Das also war Elazars Meinung. Allerdings er ist seiner Sache nicht völlig sicher. Er rät, das Schmuckstück einem Sachverständigen in Jerusalem vorzulegen.«

Ich war verwirrt. Natürlich ist mir bekannt, dass uns die Torah vor dem Getier warnt, das durch die Luft schwärmt. Sie sagt sogar, man solle es nicht essen – doch wer täte das schon! Und mehr als einmal habe ich mit eigenen Augen gesehen, wie aus einer Mistkugel ein Gewimmel von Larven hervorkroch. Ganz recht also sagt unsere Torah: Solche Schwarmtiere sollen euch ein Ekel sein! Doch den Stein, mit dem ich Simons Hausfrau beehrte, hatte mein Vater Nathanael erstanden. Und Nathanael kennt sich in der Torah aus! Niemals würde er das Schmuckstück in unser Haus gebracht haben, hätte er fürchten müssen, der darin eingeschlossene Käfer könnte Unreinheit vor Gott auf Menschen übertragen!

Als läse er in meinen Gedanken, fuhr Simon fort: »Ich kenne deinen Vater. Er ist mein Freund. Ein gottergebener Mann. Doch die Gebote des Landes Israel kann man nicht einfach auf die Länder des *Chuz haaretz* übertragen. Nur Israels Boden ist dem Heiligen Israels heilig. Darum gelten für uns striktere Weisungen als bei euch im Ausland. Und wir halten uns gern daran. Aus Liebe zum Höchsten. Denn so ist uns geboten: Du sollst den Ewigen, deinen Gott, lieben von ganzem Herzen, mit ungeteilter Seele und mit all deiner Kraft!«

»Amen«, antwortete ich. Bin ich doch unterwegs nach Jerusalem. Um dem Höchsten wie auch mir selbst zu beweisen, dass ich zu seinem Volk gehöre.

»Ich verstehe, Herr«, sagte ich also zu Simon. »Weil ich ja auf dem Weg nach Jerusalem bin, kann deine Hausfrau mir den Schmuckstein überlassen. Ich möchte ihn den Gelehrten in Jerusalem vorlegen und werde sie bitten, zu entscheiden. Sollte sich an dem Schmuckstein ein Makel finden, will ich dein Haus mit einem anderen Geschenk ehren, sobald ich von Jerusalem zurück in Sepphoris bin.«

»Du musst dir keine Umstände machen, mein Sohn«, erwiderte Simon. »Elazar wird in Kürze nach Jerusalem reisen. Und bei der Gelegenheit wird er dort einen Sachverständigen fragen.«

»Und was geschieht bis dahin mit dem Käferstein?«, wollte ich wissen. »Wird er nicht eventuell dein Haus verunreinigen?«

»Sei ohne Sorge, ich weiß einen Ausweg«, antwortete Simon.

Während wir hangaufwärts das Dorf Reina umgingen, trug uns die Luft eine Vielzahl von hämmernden und ratschenden Geräuschen zu, die an Stärke zunahmen, je höher wir stiegen. Leute arbeiteten im Stein, ein Geräusch, das in Alexandria allgegenwärtig ist. Wenn Quader behauen, Säulen gemeißelt werden, wenn in den Werkstätten der Steinhauer Bildwerke entstehen. Und wirklich, wir landeten oberhalb von Reina in einem Steinbruch.

»Wir sind angekommen«, erklärte Simon.

Bei unserem Herannahen sprang ein Mann von seiner Arbeit auf, legte Stößel und Meißel zur Seite und lief uns entgegen. Im Laufen säuberte er die Hände an seinem Lederschurz. Als er uns begrüßte, sah ich, dass seine Augen vom Steinstaub gerötet waren.

Simon legte dem Mann freundschaftlich die Hand auf die Schulter. Die beiden wechselten einige Sätze und Simon stellte mich kurz vor. Dann schien er dem Steinmetz Anweisungen zu geben. Ich konnte dem Zwiegespräch nicht folgen. Inzwischen verstand ich aber doch wenigstens ein paar Worte, die mehrmals in dem Gespräch auftauchten: *Kelim* waren Gefäße, *Abna* war das Wort für Stein und *Kespa*, so hieß das Silbergeld. Also, immerhin, ich machte Fortschritte, sagte ich mir und das war ein gutes Gefühl. Schließlich verneigte sich der Steinmetz vor Simon und kehrte an seinen Arbeitsplatz zurück.

Währenddessen ratschten und raspelten die Steinfeilen, pochten die Hämmer, Steinbohrer quietschten und Meißel klapperten. Zwölf Steinmetze arbeiteten unter dem großen offenen Zeltdach. Die unaufhörlich kreischenden Geräusche gingen durch Mark und Bein.

Simon winkte mich hinüber zu einem Holzverschlag am Rand des Steinbruchs. Auf der Erde und auf schweren Regalen aufgereiht befanden sich dort fertig behauene Steingefäße aller Art und in den verschiedensten Größen. Fast mannshohe Krüge, eine Unzahl von Näpfen, Bechern und anderen Trinkgefäßen, rechteckige Wannen, kleine, mittlere, große Dosen und Behälter, Tisch- und Speisegeschirr standen gedrängt nebeneinander. Alle mit Deckeln versehen, alle aus demselben weißlichen Stein, der wohl besonders leicht zu verarbeiten war.

»Wer braucht denn das alles?«, wollte ich wissen.

Simon hob verwundert die Brauen. »Wer die Steingefäße braucht? Ich zum Beispiel. Hast du nicht gesehen, in meinem Haus befindet sich eine ganze Reihe davon. Ich treibe Handel damit. Und der Bedarf ist so groß, dass ich noch die doppelte Anzahl von Steinmetzen einstellen könnte! Doch gute Leute, die sich auf dies spezielle Steinhandwerk verstehen, findest du selten. Ich verkaufe die Steinsachen bis hinab nach Jericho.«

Simon stellte sich auf die Zehen und angelte ein kleines verschlossenes Steinkästchen aus dem Regal. »*Alu!* Schau da, das ist wie gemacht für deinen Käferstein! Kannst du es tragen?«

»Ja, doch«, sagte ich. »Und wieso für den Käfer?«
»Wir verschließen deinen Anhänger in dem Kästchen, bis Elazar aus Jerusalem kommt. Und sagt, was mit dem Bernstein geschehen soll. Bis dahin liegt der Käferstein sicher unter dem Deckel. Stein nämlich nimmt nichts Unreines an.«
Simon musste mir ansehen, dass ich noch immer nicht begriff.
»Also höre und lerne«, sagte er und hob den Zeigefinger. »Wir verwahren Gegenstände des täglichen Gebrauchs, Wasser und Nahrung vor allen Dingen, aber auch Kleider und Sandalen, alles, was unrein werden könnte, in solchen Steingefäßen. Stein ist ja fest und undurchlässig. Und in deinem Fall kann die Unreinheit nicht aus dem Kästchen entweichen, mein Haus beflecken, sollte der Bernstein die Unreinheit des Käfers etwa doch weiterleiten können! Doch das werden wir bald wissen.«
Ich verstand und begriff doch nichts. Ich verstand, dass man hier im Gottesland auf äußerste Reinheit vor Gott bedacht war. Doch ich begriff nicht, nach welchen Regeln man dabei verfuhr. Von steinernen Gerätschaften zum Beispiel, die Unreinheit fernhalten sollen, hörte ich jetzt zum ersten Mal. In Alexandria lehrt man nichts davon.
Ich verließ das Lagerhaus, um mir das Steinkästchen bei vollem Tageslicht anzuschauen. Seinen Deckel zierte ein Kerbschnittmuster und innen bot es Platz genug für mein Rosenholzkästchen. Simon hatte sein Problem gelöst. Und ich konnte damit leben.
Mein Blick ging hinüber zu dem Burgberg von Sepphoris. Die Zitadelle, das Mauerwerk seiner Häuser und der turmbewehrte Mauerkranz der Stadt waren aus hellem Stein aufgeführt. Aus der Ferne wirkte Sepphoris wie eine Spielzeugstadt. Oder wie ein weißer Vogel auf seinem Nest. In der Ebene unterhalb der Stadt schirrten die Bauern ihre Rinder aus dem Joch. Der Tag neigte sich. Zwischen das Ratschen und Quietschen der Steinwerkzeuge mischten sich die Stimmen von Krähen, die ihr Nachtquartier suchten. Es wurde Zeit für den Heimweg.
Als Simon auftauchte, strich er sich zufrieden den Bart. »Morgen

kann die Lieferung nach Kapernaum abgehen«, verkündete er zufrieden. »Das ist gut. Die Leute am See werden langsam ungeduldig.«

Er winkte mich an seine Seite und meinte: »Für dich ist das alles etwas verwirrend, oder? Wie gesagt, wir nehmen es hierzulande möglichst genau mit der Reinheit vor Gott. Natürlich richten sich längst nicht alle nach unseren Regeln. Der *Am haaretz* schon gar nicht. Schau dir die Leute an. Da vorn, vor uns auf dem Weg! Die arbeiten den ganzen Tag im Dreck. Und denken, sie brauchten es nicht so genau nehmen mit der Reinheit. Wenn dem Mann da vorn eine Fliege in die Schüssel fällt, macht ihm das nichts. Er isst seinen Körnerbrei trotzdem und die Fliege möglicherweise noch dazu. So ist unser Landvolk, der *Am haaretz*. Dann gibt es die Partei der Sadduzäer. Die findest du hauptsächlich unter den Priestern der Hauptstadt. Fällt einem von denen eine Fliege in den Becher, fischt er das Tier heraus und trinkt weiter. Wir, die Torah-Hüter und Chaverim, reagieren anders. Fällt mir eine Fliege in den Becher, schütte ich seinen Inhalt fort. Ich trinke nicht einen Schluck weiter davon.«

Ich hätte mir am liebsten die Ohren zugehalten! Ich war nach Israel gekommen, um Nahrung für meine Seele zu finden – und nicht von Leuten zu hören, die sich an Reinheit vor Gott überbieten wollen!

»Zwischen euch allen ist Hass!«, sagte ich böse. »Hass wegen einer Fliege. Grundloser Hass!«

Simon schwieg. Wir gingen stumm nebeneinanderher.

Irgendwann fragte er: »Wird dir das Kästchen nicht zu schwer? Ich kann es auch in meinen Gewandbausch stecken.«

»Nein, das geht schon«, wehrte ich ab.

Zurück in Simons Haus ließen wir Wasser über die Hände laufen und verrichteten unser Abendgebet. Ich konnte es mittlerweile in Landessprache sagen und fühlte mich nicht mehr abseits und ausgeschlossen.

Doch den Kopf und den linken Arm mit Gebetsriemen umflech-

ten, das mochte ich nicht. Einer der Chaverim erbot sich, mir die ledernen *Teffilim* zu beschaffen. Er behauptete sogar, selbst Gott im Himmel trage seine *Teffilim*, immer wenn er bete.
Das konnte ich mir nicht denken. Oder ich hätte mich von meinem Lehrer lossagen müssen. Denn Philon dringt darauf, alles Menschlich-Allzumenschliche von Gott fernzuhalten. Der Ewige ist das reine Gutsein, er ist jenseits von Raum und Zeit, so sieht es Philon. Es sei eine Lästerung, sich Gott mit Armen und mit Beinen, mit einer Luftröhre, mit Augen und Ohren vorzustellen. Und überhaupt! Zu wem sollte Gott beten, wenn er betet? Ist Gott doch nur Einer und neben ihm Keiner!
Also sprach ich meine Gebete weiter wie bisher. Auf alexandrinische Art, unverschnürt um Kopf und Arm.
Auch an diesem Tag nahmen Simon und ich das Abendmahl zu zweit ein. Das fürstliche Essen zu meinem Empfang war die Ausnahme gewesen. Gewöhnlich speiste man in Simons Haus nicht so üppig. Doch alle Gerichte waren stets liebevoll zubereitet. Fleisch gehörte selten zum Hauptgericht, Fisch dagegen fast immer. Und natürlich immer frisches Brot. Heute servierte der Diener Bratenfisch in scharfer Kapernsoße, garniert mit süßsauren Gurkenhälften – es schmeckte wunderbar! Geröstete Mandelpaste zum Wein beschloss die Mahlzeit.
Nach dem Abspülen der Hände und dem Dankgebet brachte der Diener ein Dreifußbecken mit glühender Holzkohle in den Raum.
»Es ist das Alter«, sagte Simon aufseufzend. »Euch jungen Leuten ist immer warm. Doch es geht auf den Winter zu und mich friert es. Hast du das gesehen, als wir bei den Steinmetzen waren? Der Rücken des Hermon-Gebirges ist schon beschneit. Es ge-schieht selten, manchmal aber fällt auch in Sepphoris Schnee.«
»Dann wird es Zeit, dass ich weiterreise«, sagte ich. »Bevor der Schnee kommt, will ich die Städte unten am See besuchen. Als mein Vater zum ersten Mal hier ins Land kam, wurde gerade an

der Synagoge in Kapernaum gebaut. Nathanael hatte mit einem Geldgeschenk geholfen, das Bethaus fertigzustellen.«
Simon wärmte seine Hände über dem Kohlebecken.
»Bleib noch ein wenig«, bat er mich. »Ich warte auf Nachricht von Nachum, meinem Sohn. Nachum ist im Südland, jenseits vom Jordan. Er verhandelt dort mit König Aretas. Es geht um ein großes Geschäft. An dem sich unsere beiden Häuser beteiligen könnten. Ich warte täglich auf Nachricht aus dem Süden. Fällt sie günstig aus, möchte ich dir ein Angebot machen. Bleib noch bis dahin!«
»Gern«, sagte ich. »Aber ich habe deine Gastfreundschaft eigentlich schon über Gebühr in Anspruch genommen. Drei Mal habe ich schon den Sabbath-Tag in deinem Haus begangen.«
»Du beschwerst uns nicht, Tobit«, antwortete Simon.
Auf ein paar Tage kam es mir nicht an. Erst zum Passah-Fest im Frühjahr wollte ich in Jerusalem sein. Außerdem war ich neugierig geworden. Mit meiner Pilgereise verband ich doch auch das Ziel, unsere Handelsbeziehungen mit Israel zu vertiefen. Bislang hatte ich allerdings nichts entdeckt, was sich lohnte, nach Ägypten auszuführen. Simon aber sprach jetzt von einem großen Geschäft. Ich bezähmte meine Neugier, fragte nicht, worum es dabei ging. Ein alter Händlertrick: Zeige nicht zu früh dein Interesse!
Wir schauten beide stumm in die glosenden Kohlen.
Schließlich sagte Simon: »Wenn du ins Lehrhaus von Kapernaum kommst, wirst du dort eine Gedenktafel für deinen Vater finden. Mir hatte er nichts von seiner Stiftung gesagt. Mir fiel nur auf, dass die Tafel nicht den vollen Namen deines Vaters wiedergibt: Nathanael, Sohn des Ariston.«
»Ariston, mein Vatersvater, stammte aus Griechenland, er war kein Israelit«, erklärte ich Simon. »Vater ist als junger Mann zu unserem Glauben übergetreten und hat sich beschneiden lassen. Und er hat dabei seinen Namen gewechselt. Von Theodot, auf Griechisch, zu Nathanael in eurer Sprache. Beides bedeutet dasselbe: Gottesgeschenk. Dann hat er Johana, meine Mutter, gehei-

ratet. Mutter ist eine gebürtige Israelitin aus dem Stamm Benjamin.«

»Dann ist sie unter Umständen mit David, unserem großen König, verwandt!«, unterbrach mich Simon. »David war aus dem Stamm Benjamin. Wie deine Mutter. Wer weiß, eventuell hast du königliches Blut in den Adern.«

»Ach was«, reagierte ich abweisend. »Und wenn, dann ist es vermischt mit griechischem Blut.«

»Bei uns zählt allein die Herkunft mütterlicherseits«, erklärte Simon. »Also, wie dem auch sei. Ich lernte deinen Vater Nathanael bei seiner ersten Wallfahrt kennen. – Und was fand er vor, als er damals nach Israel kam? Das Gottesland stand in Flammen. Tausende wurden verschleppt. Starben an Hunger oder wurden gekreuzigt. Unsere Priester versuchten zu retten, was zu retten war. Sie arbeiteten mit den Römern zusammen. Dadurch geriet das Haus Gottes in Misskredit. Wir, die Chaverim und Torah-Hüter, sahen die einzige Rettung in der Torah. In zusätzlichem freiwilligen Gehorsam. Indem wir uns demonstrativ rein vor Gott halten, reinigen wir unser Land.«

»Auf euch im Land Israel liegt eine besondere Verantwortung«, sagte ich. »Das verstehe ich.«

»Was ich dir sagen wollte«, fuhr Simon fort, »dein Vater kam in ein völlig zerrüttetes Land. Dennoch hat er sich beschneiden lassen. Der Himmel lohne es ihm! Und warum traf dein Vater diese Entscheidung und umarmte unseren Glauben? Weil Israel die Heimat des Höchsten ist. Unter allen Ländern hat er Israel als seinen Wohnsitz erkoren. Und wir danken es ihm, indem wir alles tun, um seiner Erwählung würdig zu sein. Aus Dank weihen wir ihm unser Leben. Bis in die kleinsten Dinge des Alltags.«

So persönlich hatte Simon zuvor noch nie mit mir gesprochen. Mein Herz wurde weit für ihn.

Also blieb ich in Sepphoris. Noch einen Sabbath-Tag, und auch den nächsten und übernächsten. Während Simon auf eine Nachricht seines Sohnes aus dem Südland wartete.

Bun, dem Bibliothekar, machte es offensichtlich große Freude, mich in der Sprache Israels zu unterrichten.

»Lesen und Schreiben, das kannst du später lernen, junger Freund«, meinte er. Wenn erst einmal deine Zunge geläufig worden ist, deine Ohren sich weiter öffnen, wird später das Lesen ein Kinderspiel sein.«

Also gewöhnte ich weiter meine Zunge, Silben und Worte im Rachen zu formen, lernte weiter die Gebete und Lobsprüche auf Hebräisch auswendig sagen. Bun durchstreifte mit mir die Vorstadt außerhalb der Mauern, wo die einfachen Leute leben. Der *Am haaretz*, Leute, die nur ihre Muttersprache beherrschten.

Von unseren Rundgängen durch Sepphoris ist mir eine Begebenheit besonders in Erinnerung geblieben.

Ich wollte auf dem Oberen Markt ein indisches Schleiertuch für meine Mutter erstehen. Bun hielt den Händler an, den Preis mit mir in der Landessprache auszuhandeln. Ich verstand den Mann auch gut genug, um in gebrochener Sprache mit ihm handelseinig zu werden. Doch ehe es zum Kauf kam, zog mich der Bibliothekar zur Seite. Und bedeutete mir, das Tuch nicht zu kaufen. »*Sinnajin*, nur nicht!«, warnte er. Weil nicht sicher sei, ob der Händler ordnungsgemäß die Tempelsteuer entrichte. Wenn nicht, sei dessen Ware *tameh*, unrein vor Gott. Ich legte das schöne Tuch mit Bedauern zurück. Und Bun führte mich quer durch die halbe Stadt zu einem Stand, dessen Besitzer zu den Chaverim zählte. Jeder Chaver, erklärte mir Bun, kaufe nur bei den Torah-Freunden. Um nicht den Torah-Verächtern bei ihrem schändlichen Treiben auch noch förderlich zu sein. Bei Buns Genossen jedoch fand ich nichts, was das Herz meiner Mutter erfreuen würde. Am liebsten wäre ich zum Oberen Markt zurückgekehrt. Doch den Bibliothekar verärgern mochte ich nicht. Schließlich lehrte er mich mit großer Geduld die Sprache Israels.

Noch eine andere Gelegenheit kommt mir beim Schreiben ins Gedächtnis, wo ich beinah mit Bun aneinandergeriet.

Es war die Zeit nach den ersten Wintertagen, wo die meisten

Schafe ihre Lämmer werfen. Während der Lämmerzeit war ich einmal mit meinem Vater bei den Beduinen* der Sinai-Halbinsel. Und weiß daher, dass die Hirten in dieser Zeit besonders achtsam mit ihren Herden umgehen müssen. Damit die Lämmer bei ihren Müttern bleiben, kein Euter sich entzündet, die Muttertiere genügend Grün finden. Und vor allen Dingen muss der Hirte in der Lämmerzeit gemächlich mit seinen Tieren ziehen, damit die frisch geworfenen Kleinen nicht zurückbleiben. Dann nämlich werden sie leicht zur Beute der Hyänen und Schakale, die den wandernden Herden gerade zu dieser Zeit vermehrt folgen.
Bun besaß eine Herde, die er einem angemieteten Hirten anvertraut hatte. Und er wollte zwischendurch nach dem Rechten sehen.
Wir fanden die Herde in den Hügeln nördlich der Stadt. Ein vielstimmiges Blöken, Mähen und Schreien empfing uns. Die Hunde schlugen an. Wolfsartige Wachhunde mit langen spitzen Schnauzen. Glücklicherweise war der Schaftreiber gleich zur Stelle. Wie die Beduinen des Sinai war er mit Keule und Stock bewaffnet, in seinem Gürtel hing die Steinschleuder. Er begrüßte Bun, seinen Herrn, ohne die Herde aus den Augen zu lassen. Es mochten an die Hundert von den hellen und schwarznasigen Tieren sein, und dutzende von Jungtieren. Bun konnte zufrieden sein. Der Hirte war ein wortkarger Mann. Und ich verstand ohnehin kein einziges Wort, weil der Mann in breitem Dialekt sprach.
Wir blieben eine Weile bei der Herde und ihrem Hirten. Der bot uns zwischendurch aus seiner Tasche etwas zu essen an. Fladen, Fleischstreifen und frischen Käse. Bun ließ sich nicht bewegen zuzugreifen, während ich mich gern bediente.
»*Akatharos estin!*«, warnte mich Bun halblaut in griechischer Sprache. »Das ist unrein!«
Ich schob seine Hand beiseite. Fladenbrot mit Käse und Fleisch

---
* »Beduinen«, wandernde Hirtenvölker, die in den Steppen und Wüsten des Orients zu Hause sind.

esse ich für mein Leben gern und ich setzte mich abseits auf einen Stein. Kauend ließ ich meinen Blick über die Herde wandern und freute mich an den herumtollenden Lämmern.

Der Hermon im Norden trug jetzt bereits eine ganze Last Schnee. Bald würde das Reisen unangenehm werden. Ich sollte zusehen, hinunter an den See zu kommen. Nach Kapernaum. Andererseits, ich hatte Simon versprochen zu bleiben, bis sich dessen Sohn aus dem Südland meldete. Hoffentlich tat er es bald, dachte ich.

Der Hirte war unterdessen mit Bun durch die Herde gegangen. Begleitet von Hundegebell und dem unablässigen Blöken der Schafe. Schließlich winkte Bun mich zu sich. Es wurde Zeit für den Heimweg.

Ich bedankte mich noch mal bei dem Schafhirten. In der Sprache Israels, stockend und holprig, doch ich sah, dass sich der Mann darüber freute. Er überschüttete mich mit einem wahren Wortschwall, wovon ich so gut wie nichts verstand, küsste unsere Schultern und rief uns nach: »*Schelamkon jisge!* Friede möge euch grünen!«

Der Bibliothekar jedoch hatte es eilig, sehr eilig. Er stürmte voran, als sei der Racheengel hinter ihm her. Neben einer Tränke blieb er dann ruckartig stehen, griff nach meinem Arm und überhäufte mich mit Vorwürfen.

»Wie konntest du!«, sagte er schwer atmend. »Ich hatte dich gewarnt, ausdrücklich!«

Dann tauchte er seine Hände in das sickernde Wasser, mehrmals, bis über die Gelenke.

»Los, reinige deine Hände! Gründlich, wie ich!«, befahl er.

Erschrocken streifte ich meine Mantelärmel zurück, hielt die Hände unters Wasser und tauchte sie in die Tränke.

»Und jetzt hebe deine Hände und danke dem Himmel: Gelobt seist du, Einziger, unser Gott, der das Wasser der Reinigung erschafft!«

Ich sprach es ihm nach. Wort für Wort.

»Was ist geschehen?«, fragte ich dann.

»Was geschehen ist – das fragst du noch?«, erwiderte Bun. »Dreimal schärft uns die Torah ein, nichts Milchiges mit Fleischlichem im Mund zu mischen – und du stopfst dich mit verbotener Speise voll! Als sei es ein Leckerbissen!«

Mir kribbelte die Kopfhaut vor Zorn. Ich musste sehr an mich halten, ruhig zu bleiben.

»Wovon sprichst du, Mann?«, fragte ich. »Die Torah kenne ich so gut wie du! Wo steht geschrieben, dass man Milch und Fleisch nicht zusammen essen soll?«

»*Lo tebaschel gedi bachaleb immo*«, antwortete er prompt. »Oder auf Griechisch: *ouch epseseis arna en galakti metros autou*.«

»Den Vers kenne ich«, sagte ich: »Du sollst ein Böckchen nicht in der Milch seiner Mutter zubereiten!« Ich weiß, die Beduinen tun das. Im Sinai. Wenn sie kein Wasser finden, kochen sie Fleisch in Milch. – Aber, unter normalen Umständen, wer täte das schon? »Denkst du etwa, dein Schaftreiber hat das Fleisch in Milch gekocht, das er uns anbot?«

»Komm weiter«, sagte Bun ungeduldig. »Im Stehen können wir die Sache nicht ausdiskutieren. Solche Fragen klärt man im Lehrhaus!«

Wir gingen ein paar Schritte, dann hielt Bun von Neuem an und fasste mich wieder am Arm.

»Sag nur, bei euch im Ausland kennt man die Torah-Regel nicht? Dass man Fleisch und Milch nicht vermischt?«, wollte er wissen.

»In Alexandria kannst du an jedem Imbiss so was als Hirtenbrot kaufen«, sagte ich. »Fladen mit Käse und Fleisch.«

»Ich kann das nicht glauben«, sagte Bun entgeistert. »Aber du lebst doch seit Wochen in Simons Haus! Hast du jemals auf seinem Tisch Fleischiges und Milchiges zusammen gesehen?«

»Darauf habe ich nicht geachtet«, antwortete ich.

»Wo hast du deine Augen!«, rief Bun. »Keiner der Chaverim wird Milch oder Käse zusammen mit Fleisch verzehren. Niemals!«

»Aber dein Hirte tut das«, wandte ich ein.

Bun machte eine wegwerfende Bewegung. »Der *Am haaretz* weiß es nicht besser. Oder die gewöhnlichen Leute scheren sich nicht darum.«

»Ich verstehe noch immer nicht«, sagte ich. »Du sagst, dass die Frauen in euren Küchen Fleisch und Milch so auseinanderhalten, dass sie nicht miteinander in Berührung kommen?«

»So ist es«, bestätigte er. »Alle Chaverim halten sich an das Gebot. Milch und Fleisch dürfen weder in der Küche noch im Magen zusammenkommen.«

»Davon aber sagt die Thora nichts«, wandte ich ein. »Wirklich, ihr macht das Leben für die Menschen kompliziert!«

Wir waren mittlerweile weitergegangen und erreichten das Stadttor noch vor Einbruch der Dunkelheit. Bun begleitete mich bis vor Simons Haus.

Beim Abschied sagte er: »Über derart wichtige Dinge sollte man im Lehrhaus sprechen. Denn es ist nicht so, wie du meinst. Wir sehen unsere Aufgabe darin, ohne Abstriche die ganze Torah zu befolgen. Und wir tun es gern. Amen. Lieber vermehren wir ihre Weisungen, als nur das geringste Gebot zu versäumen. Wir ziehen einen Zaun um die Torah. Um sie vor allen Übergriffen zu schützen.«

Ich suchte nach einer Antwort.

Dann sagte ich: »Ich wollte, Philon, mein Lehrer, wäre hier! Mir steht es nicht zu, über die Torah des Ewigen zu diskutieren.«

Damit nahmen wir Abschied voneinander und verabredeten uns auf einen anderen Tag in der Bibliothek.

Als ich mich Stunden später zum Schlafen niederlegte, war mein Kopf vom abendlichen Umtrunk schwer. Schwer von dem süßen galiläischen Wein. Simon hatte Grund zum Feiern. Der ersehnte Brief aus dem Südland war mit guten Nachrichten eingetroffen. Morgen wollte Simon mit mir darüber sprechen. Wie versprochen, werde er mir ein Angebot machen und daraus könne sich ein lukratives Geschäft für sein Haus und das Haus Ariston ergeben. Mehr verriet Simon auch diesmal nicht.

Trotz meines weinschweren Kopfes wollte der Schlaf nicht kommen. Das schwierige Gespräch mit Bun ging mir immer noch nach. Wir ziehen einen Zaun um die Torah, hatte er gesagt. Und ich hatte das Gefühl, ich stehe außen vor. Vor einer Mauer.
Auch Philon baut eine Mauer um die Torah. Er verteidigt unsere Religion gegen Angriffe von außen. Das Ein-Gott-Volk gegen die Wortführer der Vielgötter-Völker. Die Mose zum Beispiel einen Atheisten, einen gottlosen Menschen nennen, weil wir einen unsichtbaren Gott anbeten, dem man keine Bildwerke errichtet. Und man verunglimpft uns als Menschenfeinde, weil wir uns nicht mit den Vielgötter-Völkern vermischen und deren Sitten und Gebräuche nicht annehmen.
Die, die uns schlecht machen möchten, behaupten, in unserer Religion gehe es allein nur um Äußerlichkeiten, ums Händewaschen, um die richtige Essenszubereitung und wie viele Schritte man am Sabbath-Tage ausgehen dürfe.
Philon widerlegt diese Anwürfe in seinen Schriften und Vorlesungen. Er weist zum Beispiel nach, dass den äußeren Handlungen unserer Religion ein symbolhafter Wert zukomme. Letztlich nämlich ziele die Torah allein darauf ab, die Seele zu reinigen. Damit diese das Irdische hinter sich lasse, unsere Seele zum Himmel aufsteige, um sich mit dem Ewigen und Einen zu vereinen.
Irgendwann hatte mich dann doch der Schlaf geholt. An der Grenze zum Morgen aber schreckte ich aus einem Angsttraum auf. Mein Herz raste, der Atem ging schwer. Mir hatte geträumt, ich irrte in einem finsteren Gemäuer umher und fände im Dunkeln keinen Ausgang. Ich war eingemauert. Mit einem wilden Ruck gelang es mir, den Traum zu verlassen, die Augen aufzureißen. Die Öllampe brannte, das erste Tageslicht sickerte in den Raum.
Ich stieg aus dem Bett. Warf den Mantel über und tastete mich durch die Tür. Den Gang entlang, hinaus auf die Dachterrasse.
Mein Herz beruhigte sich. Dankbar sog ich die frische Luft ein. Es musste geregnet haben. Die Terrasse war nass, Wasser rieselte vom

Dach in die Hauszisterne. Jetzt war der Himmel fast wolkenlos. Die Sternbilder verblassten. Im Südosten, unterhalb der Waage, funkelte der Morgenstern am Himmelsrand. Dort lag Jerusalem. Es wurde Zeit, dass ich zur heiligen Stadt aufbrach.

»Zwei Esel bringen uns heute früh nach Nazareth«, erklärte Simon nach unserem Morgengebet. »Die Tiere warten vorm Haus. Ich möchte, dass du mich begleitest, Tobit. Es betrifft unser Geschäft.«

Nazareth war mir noch deutlich in Erinnerung. Wegen seiner Kinder, die mich umtanzt hatten. Heute, nach wochenlangem Sprachunterricht, würde ich mich wenigstens gebrochen mit ihnen verständigen können. Und ich war neugierig, ob die Kinder mich wiedererkennen würden.

Was freilich Simons Geschäft mit Nazareth verband, war mir völlig rätselhaft. Mein Gastgeber erreichte damit genau, was er wollte. Ich wurde immer begieriger zu erfahren, was es mit dem geheimnisvollen Geschäft auf sich hatte, das er mir anbieten wollte.

Nach einer Stunde hatten wir die Hügelkuppe oberhalb des Dorfes erreicht. Die Ebene unterhalb von Megiddo prangte im frischen Grün der Wintersaaten. Onkelos aus Antiochia würde sich freuen! Bis zum ersten Gerstenschnitt aber war es noch lang. Erst um die Zeit des Passah-Festes würde man die ersten Ähren schneiden. Und das waren noch gut vier Monate. Bis dahin würde man in den Dörfern noch jeden Bissen zählen müssen.

Vor der Zimmermannswerkstatt brachte Simon seinen Esel zum Halt. Wir stiegen ab und ein Junge rannte herbei, nahm uns die Tiere ab und band sie seitlich vom Hofeingang an einen frei stehenden Pfahl.

Als wir den Hof betraten, waren wieder die beiden Männer dabei, einen Baumstamm in Bretter zu zersägen. Der eine oben auf dem Stamm, der andere unten in der Sägegrube. Eine Frau in mittleren Jahren kam aus dem Haus gelaufen und rief den beiden Män-

nern zu. Der oben stehende zog die Säge aus dem Stamm, der untere arbeitete sich aus der Grube hervor. Er war über und über mit Sägemehl bedeckt, das er von sich schüttelte, bevor er sein Obergewand anlegte. Mit der Frau im Gefolge kamen die beiden Zimmerleute auf uns zu.
Sie grüßten höflich: »*Adonai immachem*, der Ewige sei mit euch!«
»*Schelama aleichem!*«, erwiderten wir ihren Gruß.
Die Frau strich eine graue Haarsträhne zurück in ihr Kopftuch und musterte mich fragend.
»Das ist Tobit aus Alexandria«, erklärte Simon. »Tobit ist auf dem Weg zur heiligen Stadt. – Und das ist Maria, oder Miriam, mit zweien von ihren Söhnen, Jakobus und Joses.«
Ich legte die Hand an die Stirn und verbeugte mich.
Maria bat uns mit ihren Söhnen ins Haus. Wir traten durch eine schön gearbeitete Tür. Simon und ich erwiesen dem Haussegen, der Mezuzah, mit einem Lobspruch die Ehre.
»Wir haben Geschäftliches zu besprechen«, sagte mir Simon. »Du wirst wenig davon sprachlich verstehen. Ich erkläre es dir hinterher.«
Die Brüder nötigten Simon in einen Lehnstuhl. Wir nahmen auf Holzhockern Platz. Simon, mein Gastgeber, eröffnete das Gespräch. Ich hörte, dass er mehrmals von Nachum, seinem Sohn im Südland, sprach. Die Brüder nickten, stellten Fragen und nickten wieder zustimmend.
Ich sah mich um. Ein niedriger Tisch am anderen Ende des Raums, zwei geräumige Truhen, die üblichen Hausgerätschaften, eine quer liegende vergitterte Fensteröffnung, ein aus Erde gestampfter Estrich, das war schon alles. Ein Haus wie jedes andere Haus, sei es in Rom, Antiochia oder Alexandria. Die einzige Besonderheit waren zwei hohe, mit Deckeln verschlossene Steinkrüge. Wie ich sie neulich in Reina gesehen hatte. Marias Familie schien ebenso besonderes Augenmerk auf Reinheit vor Gott zu richten. In dünnwandigen Steinschalen servierte Maria uns beiden auch die Dickmilch. Wir aßen sie mit frischem Fladenbrot. Es

war Milch von der ersten Milch, nachdem die Schafe geworfen hatten, und sie schmeckte sahnig und nach frischen Kräutern. Mit Milch, Butter und Käse mussten sich die Leute nach dem Heuschreckenfraß durchbringen. Wenigstens wuchs inzwischen wieder neues Weidegrün für die Tiere.

Die Gespräche der Männer gerieten plötzlich ins Stocken. Dann stieß Jakobus, der ältere von den Brüdern, unvermittelt ein paar heftige Sätze hervor. Es ging dabei offenbar um diesen Jeschua oder Jeschu, dessen Namen ich vor Wochen zum ersten Mal in Simons Haus gehört hatte. Maria, die bisher an der Hauswand gestanden hatte, schlug die Hände vors Gesicht, weinte laut auf und verschwand nach draußen. Die Männer blickten betroffen zu Boden.

»*Schallitin schemaja*«, sagte schließlich Simon. Das war eine seiner Lieblingswendungen: Die Himmel sind mächtig! Was besagen sollte: Der Höchste wird's richten!

Dann erhob er sich aus seinem Lehnstuhl und bedeutete uns, ihm nach draußen auf den Hof zu folgen. Er ging über den Hof zu einem seitlichen Holzverschlag, Jakobus stieß den Riegel zurück und ließ uns eintreten. Simon zog mich an seine Seite, machte mit seinen Armen eine den ganzen Schuppen umfassende Bewegung und sagte zu mir: »Deswegen sind wir hier! Das wollte ich dir zeigen.«

Ich sah, was ich vor mir hatte. Es waren die Bauteile eines Schiffs. Wie ich sie von den Werften meiner Heimatstadt kannte. Ich konnte das Kielholz erkennen, das Rückgrat des Schiffgerippes, die gebogenen Rippen oder Spanten und stapelweise Bretter und Bohlen für die Schiffshaut. Wahrhaftig, ein ganzes Schiff! Und kein kleines! Man könnte gut und gerne in Küstengewässern damit segeln.

Es war Simon tatsächlich gelungen, mich zu überraschen. Was aber, bei allen guten Geistern, wollte der Mann mit einem Schiff in den Bergen von Galiläa?

Simon sah mir meine Verblüffung an.

Er lachte und sagte: »Damit wird Nachum, mein Sohn, die Salzsee befahren. Das Tote Meer. Wir verladen die Bauteile auf Esel, transportieren sie bis ins Südland. Ein Schiffsbauer begleitet uns und baut dort unten, in der Nähe von Jericho, an Ort und Stelle das Schiff zusammen!«

»Was für ein Aufwand!«, platzte ich heraus. »Gibt es bei Jericho da unten keine Schiffsbauer? Kein Holz?«

»Du kennst die Gegend nicht, sonst würdest du nicht so fragen«, erwiderte Simon. »Heute Abend will ich dir alles erklären! Dieses Schiff wird meinem und deinem Haus riesige Gewinne bringen. Du wirst sehen! So Gott will und wir leben. *Lehewe schemeh minolema*, gelobt sei er in Ewigkeit.«

Er wechselte noch einige Worte mit den Brüdern und sie geleiteten uns zum Hof hinaus. Wir verabschiedeten uns von ihnen mit dem Friedensgruß. Miriam, die Frau, blieb verschwunden.

Vor dem Hof wartete der Junge bei den Eseln auf uns. Gegen die kühle Luft hatte er den Tieren Schafsfelle übergeworfen. Simon lobte ihn und steckte dem Jungen ein paar Kupfermünzen zu.

Der bedankte sich, zeigte dann unvermittelt auf mich, lachte, warf die Arme hoch und tanzte. Dann rannte er davon.

»Er sagt, er habe dich wiedererkannt«, übersetzte Simon.

»Als ich auf dem Weg nach Sepphoris war, zeigten mir Kinder aus Nazareth den Weg«, erklärte ich.

Wir saßen auf, Simons Esel übernahm die Führung. Von der Hügelkuppe aus sah ich Sepphoris liegen. Regenwolken trieben tief über der Senke. Die Zeit des starken Winterregens hatte eingesetzt.

Das Kohlebecken verbreitete wohlige Wärme, als wir nachmittags in Simons Büro saßen. Regenschauer hatten uns den ganzen Weg begleitet und ich war froh, im Atrium meinen wasserschweren Mantel abzulegen. Meine Kleidung aber war trocken geblieben. Gottlob! Husten oder Schnupfen konnte ich nicht gebrauchen, wenn ich in den nächsten Tagen weiterreisen wollte.

»Also, nun zum Geschäftlichen!«, sagte der Hausherr. »Du hast das Schiff gesehen. Ein Schiffsbauer aus Tiberias hatte mir

Josephs Werkstatt empfohlen. So heißt sie immer noch, obwohl der Hausherr bereits seit einem Jahrzehnt verstorben, zu den Vätern versammelt ist. Die Söhne stehen ihrem Vater in Tüchtigkeit nicht nach. Der Schiffsbauer hat ihre Arbeit mehrmals überprüft und war jedes Mal hochzufrieden.«
»Und die Mutter? Weswegen ist sie aus dem Haus gelaufen?«, erkundigte ich mich.
»Das ist eine andere Geschichte«, sagte Simon. »Es geht dabei um Marias Erstgeborenen. Um ihren Jeschua. Jakobus erzählte, dass sie kürzlich mit ihrer Mutter unten am See waren. Sie wollten den Bruder zurückholen. Nach Nazareth. Ihr Bruder sei kopfkrank geworden, *michuz*, sagten sie. Jeschua hat sich ihnen widersetzt. Er hat sich sogar, sagt Jakobus, in aller Öffentlichkeit von den Seinen losgesagt! – Eine Schande ist das für Marias Familie. Das sind doch fleißige und ehrbare Leute. Und jetzt schämt sich Maria unter die Menschen zu gehen.«
»Und was denkst du darüber?«, wollte ich wissen.
Simon breitete ratlos die Hände aus. »Mir ist nicht klar, was mit dem Jungen passiert ist. Er war doch das Familienoberhaupt, seit Josephs Tod. Jeschua habe sich um seine sechs, sieben jüngeren Geschwister geradezu rührend gekümmert, sagen die Brüder. Seine Schwestern sind in Nazareth gut verheiratet. Seine Brüder lehrte er das Handwerk des Vaters. Und im Lehrhaus hatte Marias Ältester aus der Torah vorgetragen. Seine Mutter konnte stolz auf ihn sein. Und jetzt das! Sich von seiner Familie lossagen! Öffentlich, auch das noch! Kein Wunder, dass Maria untröstlich ist. Die arme Frau!«
Simon rückte seinen Sitz näher an das Kohlebecken.
»Meine alten Knochen spüren den Winter«, sagte er. »Also, ich will es kurz machen. Dass wir zu unseren Geschäften kommen! Der Schiffsbauer aus Tiberias hat den Jeschua persönlich gekannt. Von der Arbeit her. Und der Mann sagte mir, Marias Ältester umgebe sich neuerdings mit *talmidim*, lauter jungen Männern. Die kaum älter sind als du. Man nenne sie seine Jünger. Sie beglei-

ten ihn auf seinen Wegen. Fischer, Handwerker wie er selbst, Söhne aus ordentlichen Häusern. Er lehre die Torah. Auf den Straßen, im Bethaus, in den Häusern, ohne dass ihn jemand dazu beauftragt hat. Mein Schiffsbauer will sogar gehört haben, dass Jeschua ein Wundertäter sei. Jedenfalls laufen ihm die Leute in Scharen hinterher.«

Zu meiner Überraschung spürte ich plötzlich so etwas wie Sympathie für jenen Jesus. Schließlich war ja auch ich so etwas wie ein Aussteiger. Nicht so hochdramatisch wie er. Doch auch ich hatte von jetzt auf gleich alles stehen und liegen lassen. Warum? Ich hätte es keinem erklären können. Auch nicht mir selbst. Oder doch? Ich hatte das Gefühl, dass mir etwas fehlte. Etwas Wichtiges, das auch Philon mir nicht geben konnte. Und wer weiß, möglicherweise hatte das auch Jesus aus Nazareth fortgetrieben. Hatte er gefunden, was ich suchte?

»Also, zu unserem Geschäft!«, sagte Simon. »Ich sagte dir schon, ich will das Schiff ans Tote Meer verfrachten lassen. Auf Eselsrücken. In den nächsten Tagen beginnen wir damit. Jetzt in der Regenzeit sind die Temperaturen dort unten erträglich, im Sommer dagegen, da hältst du es kaum aus. Mein Schiffsbauer wird das Schiff dort unten zusammensetzen. Mit seinen Leuten. Dann kann es losgehen.«

»Ich hörte, in der Salzsee gibt es gar keine Fische!«, sagte ich. Simon lachte breit. »Richtig«, stimmte er zu. »Das Wasser ist derart zähflüssig vor lauter Salz, dass nichts darin überlebt. Und es riecht auch noch übel. Es stinkt. Wie der Schwefel, den der Ewige einst auf die Städte Sodom und Gomorrha im Südland regnen ließ. Nein, Fische findest du in dem Wasser keine. Aber große schwarze Klumpen von Asphalt, Teer und Pech schwimmen auf dem Wasser. Meine Schiffe werden die Asphaltklumpen sammeln. Und ich werde sie nach Alexandria exportieren. – Ich biete dir, junger Freund, eine Beteiligung an! Du lieferst mir dafür zum Beispiel Baumwolle, die bei uns nicht wächst. Und so haben wir beide unseren Gewinn.«

Mir blieb bald der Atem stehen. Asphalt ist ein kostbares Handelsgut. Teer und Pech braucht man in der ganzen Welt. Allüberall. Zum Abdichten von Gefäßen, zum Haltbarmachen von Hölzern und Metallen, zum Färben, für Fackeln und sogar für medizinische Zwecke. Und Ägypten hat einen besonders großen Bedarf daran. Einmal weil die Schiffswerften von Alexandria große Mengen Asphalt benötigen. Zum anderen weil die Ägypter Asphalt verwenden, um ihre Mumien vor Fäulnis und Schimmelbefall zu schützen. Wo Asphalt fehlt, ersetzt man ihn durch Pech. Pech wird aus Holz gewonnen. In einem langwierigen und kostspieligen Prozess. Asphalt vom Toten Meer haben die Ägypter immer schon importiert. In kleinen Mengen, so viel eben ein paar Eselsrücken tragen. Simon wollte jetzt daraus einen großen Exportartikel machen. Der Asphalt würde damit zu schwarzem Gold! Und Simon bot mir exklusiv das Recht an, seinen Asphalt in Alexandria zu vermarkten. Tatsächlich, Simon hatte nicht zu viel versprochen: Unsere beiden Häuser, seins und meins, würden dabei sprudelnde Gewinne erzielen.
»Und die Kostenseite?«, wollte ich wissen.
»Es sind Schutzgelder fällig, die werden wir uns teilen«, sagte Simon. »König Aretas hat grundsätzlich zugestimmt. Nachum verhandelt noch mit ihm wegen der Höhe. Und mit Quintianus von der römischen Kommandantur in Tiberias nehme ich Verbindung auf. Der Asphalt-See liegt auf deinem Weg zum Heiligtum. Schau dir die Gegend an, wenn du im Südland bist. Womöglich findest du schon unser Schiff bei der Arbeit.«
»Das werde ich sicher tun, ganz bestimmt«, versprach ich.
Am liebsten hätte ich gleich am nächsten Tag mein Bündel geschnürt. Doch es regnete. Ununterbrochen. Wenigstens schaffte ich es bis zur Synagoge, um mich von Bun zu verabschieden. Bun lächelte über meine Ungeduld, endlich den Weg unter die Beine zu nehmen.
»Es gibt nur eine Hauptsünde«, belehrte er mich. »Die Ungeduld. Wegen der Ungeduld sind unsere Eltern aus dem Paradies

vertrieben worden. Und wegen der Ungeduld kehren wir nicht zurück. – Doch tröste dich. So ist das Wetter bei uns in der Bergen. Mal schüttet es endlos, dafür verwöhnt uns dann tagelang wieder die Sonne.«

Bun war ein geduldiger Lehrer gewesen. Ich konnte mittlerweile viele Gebete in der Sprache Israels mitsprechen. Wenigstens halblaut, damit meine Fehler die Mitbeter nicht störten. Und ich konnte mich an Gesprächen in der Landessprache beteiligen. Zum Dank hinterließ ich der Bibliothek ein Geldgeschenk. Bibliotheken sind immer in Geldnöten. Mein Beitrag würde Bun helfen ein wenig sorgenfreier zu wirtschaften.

Geschenke verteilen macht mich verlegen. Wieso, weiß ich nicht. Vielleicht langte ich deswegen so ungelenk in meine Geldgürteltasche, dass ich mit meiner Handbeule darin hängen blieb. Was mich dann noch verlegener machte. Ich versuchte ungeduldig meine Hand mit einem Ruck zu befreien. Die Strafe war ein messerscharfer Stich, der mich vor Schmerz aufstöhnen ließ.

Ich ließ den Ärmel übers Handgelenk fallen, reichte Bun die Golddenare und sagte tapfer: »Es war nichts!«

»Ist es schlimmer geworden? In den letzten Wochen?«, fragte er mich.

Ich wusste, dass er meine Beule meinte, die er mit einem Wort der Torah *schehin* nannte. Barmherziger erbarme dich! Ich war das Versteckspiel leid. Und meine Angst war in der letzten Zeit gewachsen, die Beule könne der Anfang vom Ende sein. Die beginnende Lepra-Fäulnis. »Es ist nichts«, wiederholte ich noch einmal.

»Zeige dich dem Reinigungspriester im Gotteshaus«, sagte Bun teilnehmend. »Und danke für dein Geschenk, lieber junger Herr! Kehre gesund zu uns aus Jerusalem zurück!«

Bun behielt recht. Schon am nächsten Tag war der Himmel voll Sonne. Mein Bündel war geschnürt. Ich hatte mich den Bediensteten des Hauses mit einer Handvoll Drachmen erkenntlich gezeigt und ging in Begleitung von Simon zum Stadttor hinab.

»Solltest du Hilfe brauchen, wende dich an die römische Kommandantur in Tiberias«, sagte Simon, als wir Abschied nahmen. »Denke daran, Quintianus heißt der Mann. Wir kennen uns aus alten Zeiten.«
Ja, es war richtig gewesen, dass ich zuerst nach Galiläa gereist war! Simon, Vaters Freund, hatte mir großzügig Gastfreundschaft gewährt. Über viele Wochen, zwei Monate lang. Und wir standen vor einem bedeutenden Geschäftsabschluss. Der unsere Häuser noch enger aneinanderbinden würde. Und ich hatte Kenntnisse des Hebräischen erworben, hatte Land und Leute kennengelernt. Ich fühlte mich nach meinem Aufenthalt in Sepphoris schon ein wenig zu Hause in Israel. Das so ganz anders war, als ich es mir vorgestellt hatte. Und so nahm ich herzlich Abschied von meinem Gastgeber.
Ich fasste seine Hände und küsste Simons Schultern.
Und er küsste mir rechts und links den kurzen Krausbart und verabschiedete mich mit einem Segenwort: »Adonai* segne deinen Eingang und Ausgang, mein junger Freund. Du bist mir lieb geworden wie ein Sohn! Der Ewige möge dich leiten, dass wir uns wohlbehalten im Frühjahr hier in Sepphoris wiedersehen!«
»Amen, so sei es«, antwortete ich bewegt.

---

* »Adonai« bedeutet im Hebräischen »Herr«. In Israel umschreibt man mit »Adonai« den Namen Gottes, den niemand aussprechen darf.

Kapernaum

Die Straße nach Tiberias war der letzte Ausläufer der großen Handelsstraße, die Rom im Westen über die Häfen von Caesarea und Ptolemais mit den Ländern des fernen Ostens verbindet. Die Morgensonne stand eine Hand breit über den bewaldeten Bergen im Südosten. Es war noch früh am Tag. Doch die Straße hinauf und hinab belebte schon vielfältiger Verkehr. Hochbepackte Maultiere und Esel kamen mir entgegen, eine berittene römische Militärstreife überholte mich, und ich war kaum eine Stunde unterwegs, als eine Reihe von Kamelen in schwerfälligem Passgang auf mich zukam. Die Lippen geöffnet, die Nasenlöcher zusammengezogen. Ein paar Bewaffnete auf kleinen gedrungenen Pferden eskortierten die Karawane.
Ich wich zur Seite und blieb stehen, um den schwer befrachteten Tieren nicht im Weg zu sein. Die Reiter musterten mich misstrauisch. Ich konnte ja ein Zuträger irgendwelcher Banditen sein. Ein Reitersmann rief seinen Kameraden etwas zu und wies lachend mit dem Finger auf mich. Sicher weil er die Kapuzengestalt so absonderlich fand. Ich reagierte nicht.
Es waren die ersten Kamele, denen ich in Israel begegnete. Und ich roch förmlich den Zimt, das Räucherwerk, die Dufthölzer und Salben in den verschnürten Lasten der Tiere. Und sah vor meinem inneren Auge das endlose Band von Waren, das aus dem fernen Osten bis in den äußersten Westen reichte: kostbare Steine und Perlen, feines Leinen, Seide, Gegenstände aus Elfenbein,

Bronze, Edelholz, ein Warenstrom von Wein, Öl, von Pferden und Wagen, von Sklaven, Rindern und Schafen.
Seit Simon mir die Partnerschaft angetragen hatte, war mein Geschäftssinn wieder voll erwacht. Mir wurde beinah schwindelig bei dem Gedanken, was für Riesensummen der Handel mit dem Schwarzen Gold uns, dem Haus Ariston, einbringen würde. Die beiden Worte »Schwarzes Gold«, *chrysos melas*, hatten sich mir eingebrannt. Sie verfolgten mich bis in den Schlaf. Und auch jetzt, unterwegs nach Tiberias am See, dachte ich an nichts anderes.
Einen Steinwurf entfernt stocherte ein Storch mit spitzem Schnabel im Morast nach Fröschen, Lurchen und anderem Weichgetier. Und ich war in Gedanken gleich wieder am Nil. Wo Störche um diese Zeit, wenn der Nil beginnt in sein altes Bett zurückzufallen, zu tausenden die Ufer absuchen. Also, ich würde in Alexandria ein neues Lagerhaus mieten. Oder noch besser, das alte abreißen und ein neues, mit mehr Stapelraum bauen. Mein Großvater Ariston hatte den Grundstock zu unserem Vermögen gelegt, Nathanael, mein Vater, hatte unser Haus weiter wachsen lassen und ich würde unser Unternehmen zu einem Handelsriesen ausbauen. Schließlich besaß ich mit Simon das Monopol. Aufs Schwarze Gold, das alle Welt brauchte. Vielleicht sollte ich Simon vorschlagen, Schiffsbauer aus Alexandria nach Israel zu verdingen. Wir brauchten bestimmt eine ganze Flotte von Schiffen auf dem Toten Meer, um die Nachfrage auf Dauer zu decken. Ja, ich plante, mein Schwarzes Gold im großen Stil zu vermarkten. Nicht allein in Alexandria. Sondern bis nach Griechenland und Syrien, bis nach Rom und ins ferne Sizilien.
Flüssiger Asphalt hat einen beißenden Geruch, er stinkt. Doch mein Schwarzes Gold stinkt nicht. Der Gewinn, den ich daraus erziele, wird mich zum Wohltäter Israels machen. Nichts davon soll an meinen Händen kleben bleiben! Mit unserem Schwarzen Gold werde ich Israel zu einem freien Land machen, meinem Volk werde ich, Tobit aus Alexandria, wieder zu seiner alten Größe und Macht verhelfen.

Plötzlich war Sinn in mein Leben gekommen, endlich!
Und ich rezitierte beim Gehen laut die Worte des Psalms: »Ich danke dir, Gott, dass du mich so wunderbar ausgezeichnet hast, wunderbar sind deine Werke, das erkennt meine Seele vollauf!«
Mein Kopf war mit großen Plänen beschäftigt und so liefen die Füße wie von selbst. Es ging ja auch immerzu bergab. Und die Straße befand sich in leidlich gutem Zustand. Am frühen Nachmittag erblickte ich zum ersten Mal ein Stück vom See. Seine östliche Hälfte. Den Blick auf die diesseitigen Uferstädte, Tiberias und Kapernaum, versperrten die Berge.
Ich ließ mich auf einem Stein nieder und aß ein Stück Traubenkuchen aus meinem Reiseproviant. Seit der Mittagszeit waren Wolken über mich hinweg ostwärts gezogen. Jetzt sprang der Wind um, über dem See verfinsterte sich der Himmel. Schauer gingen nieder. Ich zog den Kapuzenmantel fester um meine Schultern, bald würde der Regen auch mich erreichen. Doch unversehens erschien ein Regenbogen in den Wolken. Der Regen zog ab, die Nachmittagssonne vergoldete den Seespiegel und das umliegende Bergland mit dem Taborgipfel im Süden. Im Norden leuchteten die Schneehänge des Hermon. Ein überwältigender Anblick! Schnee habe ich zum ersten und einzigen Mal davor mit Vater in Griechenland gesehen. In Ägypten kennen wir keinen Frost, nicht Eis noch Schnee.
Während sich meine Füße ausruhten, krabbelte eine armlange, grünfarbene Eidechse vor meinen Zehen durchs Geröll. Sie besaß einen langen klobigen Schwanz, der mit Stacheln bewehrt war, und sah fast aus wie ein kleines Krokodil. In Ägypten gibt es diese Krokodil-Eidechsen in großer Zahl. Araber mästen sie und braten und verzehren sie. Ihr Fleisch soll überaus wohlschmeckend sein. Wir, die Israeliten, meiden Eidechsen, Geckos, die sich in Häusern einnisten und an den Wänden hochlaufen, und ähnliche bäuchlings krabbelnde Tiere, wie das Chamäleon.
Die Torah sagt: »Wer sie berührt, wenn sie tot sind, ist unrein vor Gott bis Sonnenuntergang.«

Die Krokodil-Eidechse aber belustigte mich. Sie wandte ihren Kopf bald nach dieser, bald nach jener Seite. Dann hatte sie mich entdeckt, stieß einen dumpfen Warnlaut aus und verschwand blitzschnell im Gestein.

»Keine Angst, ich esse dich nicht!«, rief ich ihr hinterher.

Wenn ich in ein paar Wochen aus Jerusalem zurückkomme, werde ich vielleicht auch hier an dieser Stelle rasten. Und in Sepphoris werden Simon und ich einen Vertrag aufsetzen und besiegeln.

Nein, nein, keinen Augenblick muss ich mich fragen, was ich mit dem goldenen Überfluss anstellen werde. Der demnächst auf unser Haus herabregnen wird. König Salomo schreibt in seinen Sprüchen: »Ein Wohltäter wird immer reicher, der Geizige spart sich arm. Was du mit anderen teilst, damit wirst du selbst beschenkt!« Oder wie mein Vater es sagt: Wir müssen uns Freunde machen mit dem ungerechten Mammon! Und genau das werde ich tun.

Mein Vorbild ist Joseph, Jakobs Sohn. Jeder von uns kennt seine Geschichte. Joseph wurde von seinen neidischen Brüdern nach Ägypten verkauft. Dort stieg er zu Würden und Reichtum auf. Und der Pharaoh vertraute Joseph seinen Siegelring an. Jakobs Sohn mehrte den Reichtum Ägyptens, sodass der Pharao zu ihm sprach: Bring auch deinen Vater und deine Brüder zu mir! Sie sollen in Ägypten ansässig werden, damit es unseren beiden Völkern wohlergehe! So kamen wir Israeliten nach Ägypten. Und das war ein großen Glück für unser Volk. Denn zu dieser Zeit herrschte im Land am Jordan große Hungersnot. Am Nil aber hatte Joseph vorgesorgt. Im Verlauf von Jahrhunderten wurden die Israeliten groß und stark im Ägypterland. Dann jedoch kam ein Pharaoh, der von Joseph nichts mehr wusste. Er knechtete das Gottesvolk. Wir mussten für den Pharaoh fronen und uns plagen. Bis Mose erschien. Der die Israeliten befreite.

Unser Volk verehrt zwei Männer als seine Retter: Der eine ist Joseph, durch den der Ewige uns nach Ägypten führte, der andere ist Mose. Durch ihn kamen die Israeliten aus dem Ägypterland wieder zurück ins Jordanland.

Mit Mose kann sich niemand messen. Joseph aber, der soll mein Vorbild sein. Wenn ich durchs Schwarze Gold reich und überreich geworden bin. Fließt doch verwandtes Blut in meinen Adern. Josephs Bruder nämlich war Benjamin, dessen Samen auch meine Mutter Johana entstammt. Und ich, Tobit aus Alexandria, werde dem Kaiser zu Rom unser Volk abkaufen. Das stelle ich mir vor. Bin ich mit Gottes Hilfe erst über und über vergoldet, dann komme ich mit den Römern ins Geschäft. Und endlich wird unser Volk frei in seinem Land leben können.

Solche Gedanken kamen mir, seit Simon vor Tagen unserem Haus die Partnerschaft antrug. Seitdem kann ich an nichts anderes mehr denken als an unser Schwarzes Gold. Und versetze mich dabei in die Gestalt von Joseph, dem Wohltäter unseres Volkes. Wenn es der Höchste will, wird er mich zu einem zweiten Joseph machen.

Auch jetzt, unterwegs nach Tiberias, rumorte es in meinem Kopf. Meine Füße liefen und liefen, ich konnte gar nicht schnell genug nach Tiberias kommen. Denn, das war mir klar, ohne die Römer ging nichts. Also wollte ich jetzt sogleich Quintianus in Tiberias aufsuchen. Um persönlich den Mann kennenzulernen, den Simon über ein Schutzgeldabkommen mit ins Geschäft holen wollte.

Unterdessen erreichte die Straße eine Schlucht. Zu beiden Seiten stiegen hohe Felswände auf. Zwischen ihnen schlängelte sich die Straße in vielen Windungen bergab.

Warme Luft schlug mir entgegen. Je tiefer ich stieg, desto wärmer wurde mir. Es musste wohl an dem See da unten liegen, der die Luft erwärmte, dass es mir Schweiß auf die Stirn trieb. Schwül war es hier am See. Und das mitten im Winter. Ich fühlte mich fast nach Ägypten versetzt. Auch wegen der schwarzen Kormorane, die oben zwischen den Felswänden segelten und ihre Schlafnester aufsuchten. Ihr wildes Geschrei betäubte meine Ohren. Im Niltal nisten sie zu tausenden in den Bäumen, ihr Kot färbt Gezweig und Äste kalkweiß. Was für ein merkwürdiges Land war dieses Land Israel, dachte ich. Schneefelder im Norden und ein Warmwasser-See zu meinen Füßen!

Die Schlucht weitete sich und die Straße fiel zu einer weiten Ebene hinab. Zum ersten Mal sah ich jetzt den See in seiner vollen Ausdehnung vor mir. Zu meiner Rechten tauchte eine mauerumwehrte Stadt auf. Das musste Tiberias sein. Die Stadt mit der römischen Kommandantur, in der Quintianus residierte.

Ich erkundigte mich bei der Torwache nach ihm. Als ich ihm den Namen von Quintianus nannte, stutzte der Wächter.

Dann sagte er höflich: »Junger Herr, Quintianus lebt nicht hier! Er wohnt in Tiberias, der Königsstadt!« Dabei wies er hinter sich in Richtung Süden. »Eine Stunde Fußweg ist es bis dort.«

»Und wie heißt diese Stadt hier?«, fragte ich verwirrt.

»Das ist Taricheai oder auch Magdala, wie die Einheimischen sagen«, erklärte er mir.

Ich sah nach der Sonne. Die war schon hinter den Bergen verschwunden. Also musste ich in Magdala übernachten. Ich drückte dem Wächter ein paar Münzen in die Hand und erkundigte mich nach einer Unterkunft.

»Mit Mädchen?«, fragte er.

»Nein, ohne«, antwortete ich.

»Dann findest du Quartier bei Elisabeth, junger Herr«, sagte er. »Du gehst innen die Mauer entlang. Fast bis an den See. Vorher kommt ein jüdisches Bethaus und zwei Häuser dahinter findest du eine kleine Herberge. Eine Frau mit dem Namen Elisabeth betreibt sie.«

Ärger brodelte in mir, als ich meinen Weg zur Herberge suchte. Ärger über mich selbst. Irgendwo auf der Passhöhe musste ich eine Abzweigung verpasst haben. Den Weg hinab nach Tiberias. Vermutlich ein Stück vor meinem Rastplatz mit der Krokodil-Eidechse. Und nun war ich in Magdala gelandet. Und Magdala gefiel mir nicht.

Schon deswegen, weil die ganze Stadt nach Fisch stank. Wie die Nester von Kormoranen. Und so eng wie Kormoran-Nester steckten auch Magdalas Häuser ineinander. Eine Straße fand ich nicht. Nur Durchgänge. Ein Durchgang führte in den nächsten. Immerzu die Mauer entlang. Und die Leute wuselten wie ein aufgestörter Fischschwarm durcheinander. Als gälte es, vor dem nächsten Weltuntergang sein Hab und Gut in Sicherheit zu bringen. Männer stritten sich in den höchsten Tönen. Einen Schritt weiter lehnte ein Frau an der Hauswand und stillte ihr Kind. Ungeniert, auf offener Straße. Jugendliche warfen mit Steinen. Nackte Kinder quirlten umher. In einem Durchgang machten zwei unverschleierte Frauen mir schamlose Angebote und schimpften laut hinter mir her. Einzig eine bunte Katze, die mir über den Weg lief, hellte meine Stimmung für einen Augenblick auf. Ich wollte sie zu mir locken, doch sie nahm fauchend Reißaus.

Nach verdrießlichem Hin und Her hatte ich die Synagoge gefunden. Wenn denn das unscheinbare Gemäuer wirklich ein Bethaus war. Doch auf dem Türsturz erkannte ich den Davidstern.

Bei einem kleinen Jungen, der auf einem Steckenpferd vorbeitrabte, erkundigte ich mich nach Elisabeth.

»*Pai, pou oikos Elisabetes? Hospitium? Bajit Elischaba?*«, fragte ich ihn in drei Sprachen.

Der Junge strahlte mich an. »*Hade Tabea!*«, schrie er und knuffte seinem Steckenpferd in die Flanke.

Ich schüttelte den Kopf. Tabea war ein schöner Pferdename, ich aber suchte nach einer Frau namens Elisabeth. Und probierte es von Neuem: »*Zeto ton oikon Elisabetes! La hippos Tabea, ala bajit Elischaba!* Nein, ich meine nicht deine Tabea, nach der Elisabeth frage ich!«

»*Elischaba, Elischaba!*«, schrie der kleine Reiter vergnügt. »*Diki!*«, und zeigte dabei auf ein gegenüberliegendes Haus, gleich neben der Synagoge, und stürmte dann im Galopp davon.

In Elisabeths Herberge fand ich alles zu meiner Zufriedenheit vor und verbrachte eine ruhige Nacht. Scheinbar war ich der einzige Gast. Morgens servierte mir die Wirtin sogar eigenhändig das

Frühstück. Warme Milch, knuspriges Brot und als Zukost in Honig eingelegte Kürbisstücke.

Elisabeth stand dabei und sah mir zu, wie ich es mir schmecken ließ. Dann setzte sie sich sogar und wir unterhielten uns. Die Wirtin sprach neben der Landessprache ein vorzügliches Griechisch. Ich versuchte meine neuerworbenen Kenntnisse der Landessprache mit in das Gespräch einfließen zu lassen. Und die Frau verbesserte mich lächelnd, wenn mir Fehler unterliefen.

Magdala, erfuhr ich, war das Zentrum der Fischindustrie am See Genezareth. Man exportiere aus Magdala oder Taricheai gepökelten Fisch in alle Himmelsrichtungen. Und natürlich auch die beliebte fermentierte Fischsoße, die bei den Römern *garum* hieß. Der fischreiche See nämlich erzeuge besonders leckere Fischarten. Wegen des Zuflusses von aromatischen Quellen, die besonders an den Küsten von Magdala in den See träten. Auch bei Kapernaum im Norden treffe man auf manche wohlschmeckende Fischarten. Doch in der Güte des Fischbestandes könne sich keine Stadt rund um den See mit Magdala messen.

Ich hörte der gesprächigen Frau gerne zu. Als Kaufmann zahlt es sich aus, offene Ohren zu haben.

»Das ganze Fischgewerbe am See Genezareth aber ist in römischer Hand«, erklärte sie mir. »Über Mittelsmänner. Boote, Netze, Segel, Lagerhallen, die Fischsoßen-Betriebe, Verkauf und Transport, das ist insgesamt genossenschaftliches Eigentum. Doch nur zum Schein. Letztlich kontrollieren hier am See alles die römischen Banken.«

Ich traute meinen Ohren nicht. »Wieso das?«, fragte ich sie. »Gibt es keine Leute aus unserem eigenem Volk, Israeliten, die in Magdalas Fischereibetriebe investieren?«

»Ich bin eine einfache Frau, junger Herr«, sagte Elisabeth. »Von solchen Dingen verstehe ich nichts. Aber das ist doch ein offenes Geheimnis, dass die Besatzer überall ihre Finger drinhaben. Und denen geht es um Profit. Damit die reichen Leute in Rom immer noch reicher werden.«

»Es gibt doch auch reiche und vermögende Familien in Israel«, sagte ich und dachte an Simon in Sepphoris. »Wieso lassen die das zu? Dass fremde Banken unser Land ruinieren?«
»Das müsst Ihr mich nicht fragen«, sagte meine Wirtin und zuckte die Schultern. »Vielleicht stecken die da oben ja alle mit den Römern unter einer Decke.«
Ohnehin hätten die Römer in Magdala leichtes Spiel, fuhr Elisabeth fort. Denn die Bevölkerung hier in der Stadt sei ein zusammengewürfelter Haufen von Leuten. Man treffe Syrer, Griechen, Araber an jedem Straßendurchgang. Entsprechend schlecht sei es auch mit den Sitten der Stadt bestellt. Israeliten seien in Magdala in der Minderheit.
Elisabeth erzählte mir mit Tränen in den Augen: Palal, ihr Mann, der mit eigenen Händen geholfen habe, nebenan das Bethaus zu errichten, sei vor drei Jahren während eines Wagenrennens im Hippodrom von Magdala niedergestochen und beraubt worden. Seitdem betreibe sie allein die Herberge, was für eine Frau nicht immer so einfach sei. Dem Ewigen sei gedankt, der Synagogenvorstand halte seine Hand über ihr Haus! Und sie, Elisabeth, beherberge ausschließlich Israeliten. Da wisse man doch, wen man vor sich habe.
Ich entlohnte sie kulant. Nur mit Mühe konnte ich die Frau davon abhalten, mir die Hände zu küssen.

Vor dem Stadttor von Magdala zögerte ich. Beim Ankleiden hatte ich mich dazu durchgerungen, von Magdala aus nach Kapernaum aufzubrechen. Eigentlich zog es mich nach Tiberias, zu Quintianus. Um ein Gefühl dafür zu bekommen, was für ein Mann das war, den Simon mit ins Boot holen wollte. Und von Tiberias aus wäre ich am liebsten gleich zum Asphalt-See weitergereist. Meinem Vater zuliebe hatte ich mich dann doch anders entschlossen. Nathanael würde es mir nicht verzeihen, wenn ich nicht seine Synagoge in Kapernaum aufsuchte. Um mit einem Geldgeschenk das Andenken an ihn dort zu erneuern. Also hatte ich mich für

Kapernaum entschieden. Zumal Elisabeth mir versichert hatte, ich könne die Stadt in ein paar Stunden Fußmarsch bequem erreichen. Also noch lange bevor sich die Sonne entfernte. Am Abend beginne der Sabbath-Tag, den könne ich in der Stadt am See verbringen. Am Tag darauf fände ich leicht dann ein Boot, das mich über den See nach Tiberias bringe.

Die unweit vom Seeufer verlaufende Straße führte durch eine weite Ebene. Mehrere starke Bachläufe, die in den See mündeten, bewässerten das Land. So weit das Auge reichte, bedeckten Baumgärten, Weinstöcke, leuchtend grüne Gemüsefelder und fettes Ackerland die Senke. Und wo der Boden nicht bewirtschaftet war, schossen übermannshoch Disteln und wilder Senf empor. In der Ebene Genezareth, hatte Elisabeth, meine Wirtin, gesagt, ernte man mehrmals im Jahr. Fast das ganze Jahr hindurch könne man dort Trauben und Feigen pflücken, so paradiesisch fruchtbar sei die Ebene am See. Aber natürlich sei das ganze Land in den Händen von Großgrundbesitzern. Wie immer hätten die kleinen Leute das Nachsehen.

Das Städtchen Genezareth, das dem See und der Ebene den Namen gab, lag auf einem Hügel am Ende der Senke. Die Straße umging die Siedlung in einem großen Bogen. Von ihrem Scheitelpunkt aus sah ich den Hafen und die Stadt Kapernaum aus nächster Nähe vor mir. Rechterhand, schräg über dem See, erkannte ich Magdala und dahinter, schon im Dunst des Nachmittags, Tiberias.

Während ich diese Zeilen schreibe, stehe ich am Schreibpult in Alexandria. Ich habe die Nacht über geschrieben, das Leuchtfeuer des Pharos vor mir. Jetzt trifft das erste Morgenlicht den Hafen. Im Nildelta hat die Ernte begonnnen. Seit fünf, sechs Wochen bin ich zurück aus Jerusalem. Und schreibe Zeile um Zeile, fülle geduldig Blatt um Blatt. Ich könnte einen Schreibsklaven mieten, der mir die Schreibarbeit abnimmt. Beim Diktieren auf und ab gehend, könnte ich meine Gedanken logischer ordnen, meine Worte besser wählen. Das stimmt. Doch beim Schreiben ertrage ich keinen Menschen in meiner Nähe. Mit meinen Gedanken

muss ich allein sein. Um unabgelenkt meinen Erinnerungen zu folgen.
Während mein Blick über die Dächer von Alexandria hinaus aufs Meer geht, wundere ich mich, dass mich damals keine Vorahnung überkam. Als ich zum ersten Mal Kapernaum vor mir sah. Ein, zwei Stunden später geriet mein Leben aus den Fugen. Danach war nichts mehr wie vorher. Und während ich auf die Stadt zuging, hatte mich kein Gefühl davor gewarnt, was gleich mit mir passieren würde. Das verstehe ich nicht, bis heute.

Die Erinnerung an sein Augenpaar muss ich nicht suchen. Seine Augen sind immerzu vor mir. Doch die Fischerboote am See, das Bethaus aus dunklem Basalt, die Menschentraube vor dessen Eingang, das ganze äußere Drum und Dran nehme ich in meiner Erinnerung nur unscharf wahr. Mein Gedächtnis hat nur diesen Augenblick festgehalten, als er, von Leuten bedrängt, aus dem Eingang trat. »*Mikwe Israel, Jeschua! Retter Israels!*«, höre ich es rufen. Dann stehe ich plötzlich mitten im Gedränge, werde vorwärtsgeschoben, ihm entgegen. Hände strecken sich aus, Stimmen tönen durcheinander: »*Jeschua, Joschu schezban, Jesu mnestheti mou!*« Und immer wieder: »*Jahuschua, Jesus iou!*« Mit einen Mal stehe ich unmittelbar vor ihm. Zufällig im Gedränge. Stehe vor ihm von Angesicht zu Angesicht.
Einen Augenblick ruht sein Blick auf mir. Ich streife die Kapuze nach hinten, lege meine Hand an die Stirn. Verbeuge mich und sage: »*Mari, rabbuni!*« Er berührt mich, nimmt mir die Hand von der Stirn. Ich hänge an seinen Augen, sehe, wie er mich ansieht. In der Erinnerung wird der Augenblick zur Ewigkeit. Alle Gesichter um mich sind ausgeblendet, der Lärm ist verstummt. Nur seine Stimme nehme ich wahr. Ich verstehe nicht eins von den Worten, die er zu mir spricht. Das ist nicht schlimm. Meine Ohren brauche ich nicht. Sein Blick ist mir genug.
Im nächsten Moment bin ich allein mit mir. Leute haben sich zwischen uns geschoben, drängen, schieben ihn weiter. Und

die Menge verschwindet schließlich mit ihm zwischen den Häusern.
Ich rühre mich nicht von der Stelle. Ein unwirkliches Gefühl hält mich fest. Ich sehe mich mit seinen Augen. Und mir ist, als hätte ich all die Jahre vor einer Tür gestanden. Vor einem Raum, den ich nicht zu betreten wagte. Alles, was dem Volk meiner Mutter, alles, was Israel heilig war, ist auch mir heilig gewesen. Die Torah, die Sitten und Gebräuche unseres Volkes. Jahr für Jahr habe ich zu den Füßen von Philon gesessen. Wort für Wort kann ich ganze Abschnitte unserer Torah auswendig hersagen. Und doch war ich außen vor, draußen vor der Tür.
Jetzt war sie aufgesprungen. Ich befand mich drinnen, auf der anderen Seite. Wenigstens für einen winzigen Augenblick. Für diesen einen Augenblick, der mir damals wie eine ganze Ewigkeit vorkam. Als er mich ansah, mir die Hand von den Augen nahm.
Ich halte inne beim Schreiben. Mein Blick geht über das im Morgenlicht glitzernde Meer. Geht hinüber zum Hafen, der zum Leben erwacht. Aus der Erinnerung kehre ich zurück in die Wirklichkeit. Doch die Wirklichkeit hat ein unwirkliches Gesicht. Wirklich und real ist die Erinnerung an Kapernaum. Die Erinnerung an ihn. An sein Augenpaar, an seinen Blick.
Irgendwann nach der Begegnung trat ein Mann auf mich zu. Er fasste mich bei meiner Schulter und rüttelte mich.
»Fremder«, hörte ich ihn sagen, »der Sabbath naht. Hast du kein Haus? Keinen Tisch?«
Ich glaube, er musste mich zweimal, dreimal ansprechen, bis ich reagierte.
»Spricht man schon das Gebet?«, fragte ich.
»Es steht noch kein Stern am Himmel«, sagte er. »Sobald ich drei Sterne zähle, blase ich ins Sabbath-Horn. Wenn du keinen Tisch und kein Dach hast, komm mit ins Bethaus! Dort sehen wir weiter.«
Ich folgte. Berührte den Haussegen am Türpfosten, küsste meine Fingerspitzen, trat ein. Es war ein eher bescheidener Raum. Doch

alles war so, wie es sein sollte. Unter dem Dach die Galerie für die Frauen, unten einige Bänke, an der Stirnseite der Torah-Schrein, umhängt mit einem farbigen Gewebe. Der siebenarmige Leuchter brannte noch. Drei Männer standen in seiner Nähe und unterhielten sich leise.

Mein Führer stellte mich ihnen vor: »Ein Fremder ohne Tisch«, sagte er und blickte in die Runde. »Wer lädt ihn zum Sabbath-Mahl?«

Wie einen körperlichen Schmerz empfand ich es, so unvermittelt in die Wirklichkeit zurückzukehren. Es kostete mich Überwindung zu reden. Mit erstickter Stimme entbot ich den Friedensgruß.

»Fremder, ist dir nicht wohl?«, erkundigte sich einer der Männer besorgt.

Ja, ich wäre am liebsten davon gelaufen. Um mit mir allein zu sein. Doch ich blieb. Und brachte halb stotternd zwei, drei Sätze hervor. Nannte meinen Namen, sprach von meinem Vater, Nathanael von Alexandria, der vor Jahren dieser Synagoge eine Stiftung vermacht hatte.

Die Männer rissen die Augen auf. Und einer, ein älterer Mann mit schütterem weißen Bart, schlug auf seine Schenkel, hinkte auf mich zu, umarmte, küsste meine Schultern und rief den anderen zu: »Ich habe ihn gekannt! Nathanael, unseren großherzigen Gönner! In meinem Haus hatte er gewohnt! Das muss vor mehr als zwei Jahrzehnten gewesen sein.« Dann umarmte er mich ein zweites Mal: »Und du bist Tobit, sein Sohn!«

Ich streckte ihm meine Hand mit dem Siegelring entgegen. Bedacht, mein entstelltes Gelenk nicht zu entblößen.

»Richtig, das ist sein Siegel!«, rief der Weißbart. »Und ich bin Joazar! Den Ring mit den zwei Gänsen trug auch damals dein Vater. Ich erkenne ihn wieder. – Sei willkommen, Sohn unseres Freundes! Dies ist der Tag, den der Ewige macht, wir wollen uns freuen und fröhlich darinnen sein!«

»Amen«, riefen seine Gefährten. Sie umarmten mich, einer nach dem anderen, und riefen Segenswünsche auf mich herab.

Der Hornbläser wurde unruhig.
»Die Sterne ziehen auf!«, rief er. »Zeit, den Sabbath einzuladen!«
Er eilte in einen Nebenraum und kehrte mit dem Schofar-Blashorn zurück. Während draußen das Horn ertönte, verließen wir das Bethaus.
»Sei mein Tischgast!«, sagte Joazar, nachdem sich die anderen Männer verabschiedet hatten.
Er duldete nicht, dass ich mich einen halben Schritt hinter ihm hielt, bat mich an seine rechte Seite und führte mich durch die verlassenen Straßen zu seinem Haus. Sein linker Fuß war behindert, doch der Schritt des alten Mannes war leicht und behände. Vor einem verschachtelten Haus hielt er inne.
»Erweise uns die Ehre und sei mein Hausgast, junger Freund, solange es deine Geschäfte erlauben«, sagte er, wartete keine Antwort ab und ging mit mir über einen geräumigen Hof auf das gegenüberliegende Gebäude zu. In einem Stall schrie ein Esel, ein anderer antwortete ihm, irgendwo meckerten Ziegen.
Wir berührten die Mezuzah, Joazar rief einen Namen und wartete, bis ein großer schlaksiger Junge mit einer Laterne erschien.
»Das ist Achin, mein ältester Sohn«, erklärte Joazar. »Achin, ich habe uns einen Tischgast mitgebracht, erweise ihm die Ehre!«
Der Junge stellte die Laterne auf einen Mauervorsprung, verbeugte sich mit der Hand an der Stirn, entbot mir mit heller Stimme den Friedensgruß und leuchtete uns darauf voran. Dann öffnete er eine Tür, trat zur Seite und ließ seinem Vater und mir den Vortritt.
Wir betraten den festlich gerichteten Speiseraum der Familie. Zwei Sabbath-Lichter erhellten die Tafel. Die Hausfrau, ein kleidsames Schleiertuch um sich geschlagen, erhob sich mit ihren Kindern und dem Gesinde von den Sitzen.
»Das ist Tobit aus Ägypten«, stellte der Hausherr mich vor. »Er wird für eine Weile unser Gast sein. – Bevor wir den Sabbath willkommen heißen, geht, richtet unserem Gast das Obergemach«,

befahl er seinen Hausleuten. »Erst soll unser Gast sich erfrischen und umkleiden können!«

»Herr, versündige dich nicht meinetwegen an dem heiligen Sabbath«, sagte ich halblaut. Steht doch der Siebte Tag unter besonderem Schutz des Höchsten und ist mit einem Zaun von zahllosen Geboten eingefriedet. Die uns davor bewahren, den Ruhetag unseres Volkes durch irgendwelche Arbeit zu entheiligen.

»Lass nur, junger Freund«, sagte der Hausherr und legte begütigend die Hand auf meine Schulter. »Liebeswerke heben alle Gebote der Torah auf! Und die Aufnahme von Wanderern, die Gastfreundschaft, ist unter den Liebeswerken eins der größten: *Hachnasat orchim.*«

Dann winkte er seine Frau herbei, die abwartend an der Tafel stand.

»Du hast uns liebevoll den Tisch gedeckt, Susana!«, lobte er sie. »Zusammen mit dem Sabbath heißen wir heute einen Ehrengast willkommen. Tobit ist der Sohn unseres Stifters Nathanael. Du kennst die Gedenktafel im Hof unseres Bethauses. Sein Name ist darauf verewigt. – Gelobt seiest du, Ewiger, unser Gott, du regierst die Welt. Wie groß ist deine Güte, dass Menschen unter dem Schatten deiner Flügel Zuflucht finden!«

»Amen«, antworteten die Frau und ich. Susana war eine noch junge Frau. Joazar mit seinem schütteren weißen Bart war eventuell früher schon anderweitig verheiratet gewesen.

»Junger Herr, seid willkommen an unserem Tisch«, sagte sie. »Am Sabbath gedenken wir unseres Lehrers Mose. Der unser Volk aus Ägypten hinausführte. Und heute kommst du aus Ägypten zu uns! Bedrückt der Pharaoh dort noch immer unser Volk?« Die Frau war bei ihrer langen Begrüßung errötet und schaute verlegen zu Boden.

»Niemand bedrückt uns in Ägypten«, antwortete ich. »Roms Herrscher halten ihre Hand über uns.«

Susana verbeugte sich. »Ich gehe und schaue, ob alles recht gerichtet ist«, sagte sie kaum vernehmlich und verschwand.

Wenig später führte mich Joazar in das Obergemach. Und er bestand darauf, mir selbst die Füße zu waschen. Nein, es half nichts, dass ich, verlegen bis an die Tränen, mir seine Handreichung nicht gefallen lassen wollte. Er ehre das Andenken meines Vaters, sagte Joazar, ließ sich ungelenk auf seine Knie nieder und schnürte meine Stiefel auf.

Danach erschien einer der Bediensteten mit angewärmtem Wasser. Ich wusch mich und legte neue Kleidung an, die mir die Hausherrin hatte bereitlegen lassen.

Ich eilte mich sehr, die Hausleute an der Sabbath-Tafel nicht länger warten zu lassen. Ein Sohn des Hauses holte mich ab, Joazar wies mir den Ehrenplatz zu und begrüßte den Sabbath, indem er in feierlichem Sprechgesang die Torah rezitierte: »Da wurde Abend, dann wurde Morgen, der sechste Tag. Himmel und Erde und alles, was in ihnen ist, waren vollendet. Am siebten Tag hatte Gott sein Werk vollendet, das er gemacht hatte. Und er ruhte am siebten Tag von seinem ganzen Werk.«

Danach sprach Joazar den Weinsegen, uns wurden vom Tischdiener die Hände abgespült, dass wir rein vor Gott essen konnten. Schließlich folgte der Weinsegen und das Mahl begann.

Der Tisch bot kaum Platz für die Fülle der Speisen und Leckereien. Gewiss hatte die Hausfrau für den Ehrengast ihre Vorräte geplündert. Und Joazar hatte wohl befohlen, noch einmal das Feuer anzufachen. Entgegen dem Verbot der Torah: »Am Sabbath sollt ihr in keiner eurer Wohnstätten ein Feuer entzünden!« Doch die Speisen dampften wie frisch vom Herd aufgetragen. Gekochte Mehlspeisen, gedünsteter Fisch, Bohnengrütze, Röstkorn, gedämpfte Melonen und Gurken, dazu feines Backwerk, wie frisch aus dem Ofen, und warme Eierspeisen.

Das Essen verlief schweigsam. Womöglich machte die Anwesenheit eines Fremden die Hausleute befangen. Und es oblag ja auch dem Hausherrn, als Erster das Gespräch zu eröffnen.

Mir stand nicht der Sinn nach Reden und Unterhaltung. Ich dachte an Vater und Mutter. Es war ein seltsames Gefühl, zu wissen,

dass auch die beiden, jetzt am selben Tag, zur selben Stunde, im selben Augenblick wie wir in Kapernaum den Sabbath segneten. Wie allüberall die Israeliten des ganzen Erdkreises. Am Sabbath wird unser ganzes Volk zu einem Volk der Philosophen, pflegt Philon zu sagen. Und unseren Sabbath nennt er den »Geburtstag der Welt«. Wir Israeliten feiern alle sieben Tage, dass es die Welt gibt. Und nicht nur das Nichts.
Das zweite Handwasser beschloss das Essen, der Umtrunk und die Gespräche konnten beginnen.
Joazar richtete zuerst das Wort an mich.
»Du hast die Menschenmenge vor dem Bethaus gesehen?«, erkundigte er sich.
Ich nickte.
»Es ist alles wegen diesem Jeschua aus Nazareth. Ihn musst du doch auch gesehen haben.«
Ich nickte abermals.
»Wenn du über die Berge von Galiläa gekommen bist, kannst du uns sicher berichten, was dort die Menschen über ihn sagen. Der Mann ist uns ein Rätsel.«
»Ich war zu Gast bei Freunden in Sepphoris«, sagte ich. »Auch dort redet man über ihn. Man fürchtet, dass er Unruhen auslösen könnte. Wie damals, als ihre Stadt brannte.«
Joazar seufzte. Er schwieg eine Weile und wollte dann wissen, ob ich auch in Nazareth gewesen sei.
Ich berichtete von meinem Besuch mit Simon in der Werkstätte.
»Seine Familie, Miriam, die Mutter, und seine Brüder trauern um ihn«, sagte ich. »Seine Brüder denken, er sei verrückt geworden. Und seine Mutter weint um ihren Sohn.«
»Sie waren vor Kurzem hier in der Stadt«, sagte Joazar. »Seine Leute wollten ihn zurückholen in ihr Dorf. Jeschua aber weigerte sich.«
»Darf ich etwas fragen?«, meldete sich einer der Söhne.
»Sprich nur, Hanina, mein Kind«, sagte sein Vater.
»Ich möchte fragen, ob der Vorstand etwas beschlossen hat«,

sagte der Junge. »Dass nicht noch mal dasselbe passiert wie am vorigen Sabbath.«

Joazar schüttelte den Kopf. »Der Vorstand hat nichts beschlossen«, sagte er. »Hanina spricht vom Sabbath-Gottesdienst der vorigen Woche«, erklärte er mir. »Im Bethaus drängten sich so viele Menschen, dass wir fürchten mussten, eine Panik könne ausbrechen. Bis unters Dach, auf den Galerien, schoben und drückten sich die Menschen. Selbst Frauen mit ihren Kindern. Es bestand Einsturzgefahr. Dem Ewigen sei es gedankt, dass uns ein Unglück erspart blieb!«

»Und wenn morgen beim Gottesdienst das Gleiche passiert?«, wollte Hanina wissen. »Kann der Vorstand nicht einfach das Bethaus für Auswärtige sperren?«

»Junge, du weißt nicht, was du redest«, wies Joazar ihn zurecht. »Die Leute kommen, um die Torah zu hören. Wie der Mann aus Nazareth sie erklärt. Sie kommen aus Tiberias über den See, zu Fuß und auf Eseln aus Magdala und Bethsaida. Dürfen wir jemanden davon abhalten, die Torah zu hören?«

Niemand wagte zu widersprechen. »Höre mein Sohn, in den Büchern der Propheten steht geschrieben: Siehe, es kommt die Zeit, spricht Gott, der Ewige, da will ich einen Hunger ins Land bringen. Nicht einen Hunger nach Brot, sondern Hunger nach dem Wort des lebendigen Gottes! Vielleicht meint der Prophet die jetzige Zeit, unsere Gegenwart!«

Ich sah, dass Hanina einen roten Kopf bekam, weil der Vater ihn zurechtgewiesen hatte.

Dann aber holte der Junge Luft und sagte: »Kommen sie denn wegen der Torah? Wenn du sie reden hörst, dann wollen sie doch bloß den neuen Propheten sehen! Ihn anfassen, berühren. Jeschua soll ja sogar schon Wunder getan haben, das sagen viele Leute!«

Auch mir brannte das Gesicht. Ich musste an mich halten, um dem Jungen nicht zuzurufen: Weiter! Sprich weiter! Erzähle alles, was du von ihm weißt! – Denn mein Herz brannte bei Haninas

Worten. Ich sah wieder die Augen vor mir, fühlte seine Hand, die mich berührte.

Sollte ich erzählen, dass ich ihrem Jeschua persönlich begegnet war? Vielleicht hätte ich es getan. Doch ich konnte nicht. Mir fehlten die Worte. Um auszudrücken, was mir bei der Begegnung mit ihm geschehen war. Als ich ihm gegenüberstand, war ich in einer anderen Welt. Die nicht die Welt unserer Worte ist.

Einer der Bediensteten füllte unsere Becher aufs Neue. Die Runde wurde gesprächiger. Scherze flogen hin und her. Endlich war der Sabbath gekommen. Die Münder lachten, die Augen glänzten, die Hände durften ruhen. Alles, um Gottes Werk zu ehren, den Geburtstag der Welt. Unsere Weisen sagen: Wegen der Ehrung des Sabbaths wird Israel die künftige Welt besitzen, die ohne Aufhören voll Sabbath-Freude ist.

Die Fröhlichkeit steckte an. Ich lachte und scherzte mit. Und erzählte kleine Geschichten aus Ägypten. Von abgerichteten Äffchen, zum Beipiel, die für ihre Besitzer in den hohen Palmen Datteltrauben ernten.

»Die süßen Datteln reifen in großen Büscheln, hoch oben am Stamm, man muss bis in die Baumspitze klettern, um an die Fruchtzweige heranzukommen«, erklärte ich den Kindern. »Die Äffchen brechen die Zweige mit den Datteltrauben ab und werfen sie nach unten auf den Boden. Da warten dann Frauen und Kinder, die stecken die Datteln in Körbe und Esel bringen die Dattelladung ins Dorf zu den Häusern.«

»Kriegen die Äffchen auch was von den Früchten ab? Als Belohnung?«, fragte ein Mädchen aus dem Gesinde.

»Nein, die nehmen sich schon von selbst ihren Teil«, sagte ich. »Die kleinen Affen sind versessen auf süße Früchte! Doch wenn sie zu viel davon fressen, bekommen sie Prügel.«

»Mir würde das Spaß machen, in die Dattelbäume raufzuklettern«, meinte einer der Jungen. »Warum lässt man das bei euch von den Tieren machen?«

»Ich weiß es nicht«, sagte ich.

Joazar aber war mit einer Erklärung zur Hand. »Denke daran, Nachum, mein Sohn, wie der Pharaoh unser Volk in Ägypten geknechtet hatte! Wir mussten uns für die Ägypter plagen und wir bekamen zum Dank obendrein noch Prügel. Ägypter sind faul. Sie lassen ihre Arbeit lieber durch andere machen!«

Ich musste tief durchatmen. Es gefiel mir nicht, wie Joazar alle Ägypter in Bausch und Bogen heruntermachte.

Und ich erzählte, wie in Ägypten die Kormorane, mit einem Band am Halsring gehalten, auf Fischjagd gehen.

»Weil die Kormorane die besseren Fischjäger sind«, erklärte ich. »Sie sind flinker und geschickter als wir Menschen.«

Und dann wandte mich direkt an Nachum und sagte: »Vielleicht bist du ein guter Kletterer! Aber denkst du, dass du mit einem Kletteräffchen mithalten könntest?«

Nachum hob verlegen die Schultern. »Einen richtigen Affen habe ich noch nie gesehen«, sagte er. »Nur davon gehört.«

Ich versuchte dem Gespräch eine andere Wendung geben.

»Die Ägypter sind tierlieb«, erklärte ich. »Auch uns Israeliten befiehlt Mose in der Torah, wir sollen dem Dreschochsen nicht das Maul verbinden. Und wir dürfen einer Vogelmutter nicht die Eier aus dem Nest rauben. Doch in Ägypten gehören die Tiere fast mit zur Familie. Bei mir war mal eine Katze nachts durchs Fenster eingestiegen, die trug einen goldenen Ring im Ohr! Als ich morgens aufwachte, lag sie auf meinem Bett. Ich wusste nicht, wie sie heißt. Also habe ich sie einfach Miu genannt. Ich habe sie gestreichelt und mit ihr geredet. Seitdem kam Miu jede Nacht über die Dächer durchs Fenster und machte es sich irgendwo in meinem Zimmer bequem. Immer mit dem schönen goldenen Ohrring. Ich machte Miu ein Schlafnest bei mir und eines Tages lagen vier kleine Katzenkinder darin und Miu hat sie saubergeleckt und gesäugt.«

»Richtig in deinem Zimmer, junger Herr?«, fragte Susana, Joazars Frau. »Und was hast du mit den Kätzchen gemacht?«

»Gar nichts«, antwortete ich. »Wirklich nichts. Ich habe sie ein-

fach angeschaut und mich daran gefreut. Und Miu ließ es sogar zu, dass ich die Kleinen streichelte. Bloß mit einem Finger, versteht sich, denn die waren winzig klein. Eins von den vieren war bunt gemustert, rot, schwarz und weiß.«
Ich hielt inne. Verlegen, so lange geredet zu haben. Schließlich gilt es zu Recht als unhöflich, wenn ein Gast ununterbrochen plappert und sich wichtig tut.
Aber die Leute um Joazars Tisch drängten mich weiterzureden. Und ich erzählte, wie Miu mich eines Tages mit ihren Kindern verließ. Die konnten noch nicht richtig laufen. Miu hat eins nach dem anderen in ihrem Maul fortgetragen. Zuletzt das bunte Kätzchen. Und danach war Miu nicht wieder bei mir erschienen.
Ich sah in die Runde und schloss. »Hoffentlich ist ihr nichts passiert!«
»Vielleicht hat ihr jemand den goldenen Ohrring weggenommen«, sagte Hanina.
»Ausgeschlossen!«, widersprach ich. »Kein Mensch in Ägypten wird sich an einer Katze vergreifen! Also, ich weiß nicht, was passiert ist. Wenn ich zurück in Alexandria bin, warte ich einfach, dass Miu wieder nachts durch mein Fenster steigt.«
»Und dann schimpfst du mit ihr, weil sie so lange weg war!«, sagte Joazars Frau.
»Ach was, ich werde Miu doch nicht ausschimpfen!«, erwiderte ich. »Miu ist so ein kleines Katzentierchen, damit kann man nicht schimpfen. Höchstens ein bisschen, während ich sie streichle. Aber dann schnurrt Miu sicher so laut, dass sie bestimmt nichts davon mitbekommt.«
Alles lachte, die Hausherrin hinter der vorgehaltenen Hand. Danach erzählte Nachum von einem Lämmchen, das er verbotenerweise mit sich ins Bett genommen hatte, und so ging es weiter. Ich schwatzte und schwadronierte mit, beantwortete Fragen, ließ mir mit hebräischen Worten aushelfen, trank drei Becher vom gewürzten Wein und fühlte mich gut.
Und war zugleich weit weg. Ständig zugleich in einer anderen

Welt, die nicht die Welt unserer Worte ist. Im hintersten Winkel meiner Seele stand ich noch immer wie angewurzelt vor der Synagoge, sprachlos und stumm, während ich seine Hand auf meiner fühlte.

Schließlich sagte Joazar: »Wir wollen unseren Gast nicht ungebührlich bedrängen. Singen wir zum Schluss noch ein Lied!«

Das Jüngste, ein Mädchen von sieben oder acht Jahren, begann unaufgefordert das Lied von dem Zicklein zu singen, von dem Hund und dem Ochsen, dem Feuer und dem Wasser und von dem Todesengel, den der Ewige Gott vertreibt. Ich sang mit. Auf Hebräisch. Und sah mich wieder auf dem Weg in den Bergen Galiläas. Umringt von den Kindern Nazareths, die mich umtanzten, mitsangen und Beifall klatschten.

Bei Jesus und seinen Begleitern

Der Schlaf holte mich mit Macht ein, sobald ich mich auf meinem Bett ausgestreckt hatte. Doch ein Rest des Wachbewusstseins sträubte sich gegen den Schlaf. Unter die Traumbilder mischten sich die Bilder des vergangenen Tages. Jeschua stand vor mir. Ich versuchte mich im Halbschlaf an seine Augenfarbe zu erinnern. Gewiss hatte er dunkle Augen, wie die meisten aus unserem Volk. Aber sicher war ich mir nicht. Es konnten auch graue, es konnten auch blaue Augen gewesen sein, die mich angeschaut hatten.
Und an der Grenze zum Schlaf kamen seine Worte zu mir zurück. Das Gedächtnis hatte sie festgehalten, obwohl ich sie nicht verstand. Ein Wort jedoch war dabei, das ich aus meiner Kindheit kannte. Daran erinnerte ich mich jetzt. *Dodi* sagte meine Mutter auf hebräisch zu mir. Wenn sie sich bückte, mich in ihre Arme schloss.
Und wenn ich auf ihrem Schoß saß, sagte sie mir, dass ich früher einmal in ihrem Leib gewohnt hatte. Und sie erzählte mir, was unsere Weisen darüber wissen. Dass nämlich ein Kind im Mutterleib umgeben ist von göttlichem Licht. Mit dem es von einem bis zum anderen Ende der Welt schaut. Und das Kind lernt im Mutterleib die ganze Torah. Jeden einzelnen ihrer 304.805 Buchstaben. Kommt aber das Kind zur Welt, gibt ihm der Geburtsengel einen Klaps. Dann vergisst das Neugeborene alles, was es wusste und sah, als es noch in seiner Mutter wohnte.
Später, in der Torah-Schule, erinnern wir uns wieder. Doch nur

an die Torah-Unterweisung im Mutterleib. Das göttliche Licht kehrt erst zu uns zurück, wenn wir heimkehren zu Gott. Dem Vater des Lichts.

Dodi hatte die Mutter mich genannt. Und *dodi* hatte auch er gesagt. Und ich bin sicher, ich sah zugleich dabei jenes vorgeburtliche Licht. Wenigstens einen Schimmer davon auf der anderen Seite. Wenigstens einen Augenblick war ich dort gewesen.

Morgens, beim Ankleiden, entdeckte ich, dass der Auswuchs an meiner Hand verschwunden war.
Restlos. Bis auf einen rötlichen Schimmer unter der Haut. Dabei hatte ich gestern Abend bei Tisch noch ständig darauf geachtet, meine Scham unter dem Ärmel versteckt zu halten. Und jetzt schaute ich auf meine Hand und sie sah so fehlerlos aus, als hätte jener hässliche Makel sie niemals verunstaltet!
Ich hob sie mir vor die Augen. Ungläubig, wieder und wieder. Tränen liefen mir übers Gesicht, ich schluchzte laut auf.
Ach, wie lange hatte ich gebangt, unter den Aussätzigen, draußen vor der Stadt sitzen zu müssen. Die Lepraklapper in der Hand, den Ruf »Aussätzig! Unrein!« auf den Lippen. Ein lebender Leichnam. Die Kleider in Fetzen, das Haar verwildert, das Gesicht bis zur Oberlippe verhüllt. Mit 40 Geißelhieben bestraft, wenn ich innerhalb der Mauern aufgegriffen wurde.
Und jetzt die Erleichterung! Vom Verdacht des Aussatzes befreit zu sein! Überwältigt von lauter Glücksgefühlen!
Nun werde ich am Passah-Fest das Gotteshaus betreten, konnte ich in der Tischgemeinschaft der Pilger vom Passah-Lamm essen. Befreit von jedem Aussatzverdacht kehre ich nach Alexandria zurück! Ich war rein vor Gott geworden. Rein ohne Priester, rein ohne Opferrauch. Und keinen Augenblick musste ich mich fragen, wem ich es verdanke. *Seine* Hand hatte meine berührt.
Was hätte jemand anderes an meiner Stelle jetzt getan?
Vielleicht wäre er augenblicklich aus dem Haus gerannt. Mit geschürztem Gewand. Er würde durch die Straßen laufen und

lauthals nach ihm rufen. Um vor ihm niederzufallen. Um ihn zu preisen, ihn zu loben, um ihm zu danken. Ich tat es nicht. Ich rannte nicht aus dem Haus.

Von Anfang an war in mir eine seltsame Scheu, ja Abneigung, ihm zu nahe zu treten. Auch nur seinen Namen auszusprechen. Jeschua, Jeschu, oder auf Griechisch *kyrios mou Jesous*. Es erschien mir wie eine unangemessene Vertraulichkeit, die ich mir nicht gestatten wollte. Dass seine Augen vor mir waren, immerzu, das genügte mir. Und so geht es mir bis heute.

Wo immer ich konnte, suchte ich ihm in den nächsten Tagen nahe zu sein. Ich erlebte ihn am See, wenn er von einem Fischerboot aus sprach, folgte ihm durch die Straßen, sah, wie er in Häuser einkehrte, um mit den Hausbewohnern am Tisch zu sitzen, ich begleitete ihn, wenn er hinauszog vor die Stadt, sich im Freien niederließ und sich die Leute dort um ihn scharten, ich sah, wie er sich zu Kindern bückte, sie umarmte und segnete, und ich folgte ihm, wenn er in den Nachbarstädten Bethsaida und Chorazin die Bethäuser aufsuchte.

Ein paar von seinen ständigen Begleitern waren jedes Mal um ihn. Es waren lauter junge Männer, fünf bis zehn Jahre älter als ich. Sie hatten sich von ihrer Arbeit beurlaubt, um bei ihm zu lernen. Ich erfuhr auch die Namen von einigen. Wichtig für mich war Andreas. Weil Andreas flüssig Griechisch sprach. Er übersetzte mir die Worte seines Rabbis, wenn ich mit der Sprache Israels nicht zurechtkam. Sein älterer Bruder war ein Fischer namens Simon. Man nannte ihn auch *Kephas* oder Petrus, weil er verlässlich war wie ein Fels.

Mit insgesamt zwölf ständigen Begleitern hatte sich der Zimmermann aus Nazareth umgeben. Man sah ihm seine frühere Tätigkeit an. Die Schultern und seine Hände waren breit von der Arbeit mit dem schweren Werkzeug der Holzarbeiter. Mit Hammer und Keilen, mit Axt und Säge. Zu seiner Gestalt passte seine Stimme. Mühelos erreichte er hunderte von Zuhörern. Über lange Zeit hatte er einem vielköpfigen Haushalt vorgestanden. Wo er als Ältester den Ton angegeben hatte, ohne dass er dabei befehlen oder kommandieren musste. Seine Stimme hatte eine natürliche Autorität. Auf mich wirkte sie wie sein Blick. Ich konnte mich ihr nicht entziehen.

Joazar, mein Gastgeber, war überaus freundlich zu mir. Regelmäßig begleitete ich ihn zum Abend- und Morgengebet in die Synagoge. Und jedes Mal stellte sich eine ganze Schar von Leuten im Bethaus ein. Kapernaums Bewohner waren fromme und gottergebene Leute.

Nach dem Morgengebet am zweiten Tag meines Aufenthalt führte mich Joazar unter Begleitung des gesamten Vorstands zu der Inschrift, die zum Gedenken meines Vaters im Vorhof der Synagoge angebracht war. Ich war bewegt. Und freute mich, nach meiner Rückkehr dem Vater davon berichten zu können. Vor meiner Abreise würde ich der Synagoge eine Handvoll Golddrachmen spendieren. Zwischen den Gebetszeiten war ich zumeist außer Haus. Wir befanden uns in der winterlichen Regenzeit. Doch in diesen Tagen zeigte sich kein Wölkchen über dem See. Die Luft war mild, genau wie im Nildelta Ägyptens um diese Jahreszeit. So konnte ich die Tage unbehelligt von Wind und Wetter mit dem Rabbi und seinen ständigen Begleitern unter freiem Himmel verbringen.

Platon lehrt, dass man Philosophie nicht lernt wie Mathematik. Wo man eins und eins zusammenzählt. Einsicht, sagt er, kommt so zustande, dass einem plötzlich ein Licht aufgeht. Wenn ein Funke beim Reden und Hören überspringt.

Meine Torah-Lehrer, auch Philon, behandeln die Torah wie ein Rechenbuch. Sie addieren, subtrahieren, multiplizieren und dividieren untereinander die göttlichen Worte.

Der Rabbi aus Nazareth machte es wie Platon. Er war selbst in seinen Worten gegenwärtig. Wenn er lehrte, erzählte und erklärte, löste er einen wahren Funkenregen von Gedanken in mir aus. Und erreichte die Herzen seiner Hörer, weil er selbst mit dem Herzen dabei war.

Dazu passte seine Redeweise. Häufig erzählte er Geschichten. Mitten aus dem Leben. Oder er griff auf geläufige Geschichten zurück, auf Märchen oder andere bekannte Erzählungen, machte Gebrauch von Sprichwörtern und erfand neue bildhafte Vergleiche.

Gern eröffnete er seine Erzählungen mit der Frage: »Was meint ihr zu diesem Vorfall?« Oder er schloss mit einer Frage an die Hörer, forderte sie heraus, sich selbst den Fortgang der Geschichte weiterzuerzählen. Ihre eigene Fantasie mit ins Spiel zu bringen. Damit stellte er Einverständnis mit seinen Hörern her. Und statt ihnen Wahrheiten aufzunötigen, beteiligte er die Zuhörer selbst an seiner Botschaft.

Ich verstand nur einen Bruchteil von dem, was der Prophet aus Nazareth sagte. Erst Monate später, als ich ihn wieder in der Nähe von Jerusalem traf, war mir die Landessprache so geläufig, dass ich ihm wirklich folgen konnte. Damals in Kapernaum ließ ich mir einige seiner Worte durch Andreas übersetzen.

»Was heißt *malkhuta delaha*?«, fragte ich ihn zum Beispiel.

»Das Reich Gottes«, antwortete mir Andreas.

»Und was bedeutet das?«, wollte ich wissen.

Andreas schaute mich entgeistert an.

»Das Reich Gottes«, sagte er dann, »du weißt nicht, was das ist?«

»*Basileia theou*«, übersetzte ich ins Griechische, »mit dem Begriff kann ich nichts anfangen. Was soll man sich darunter vorstellen?« Ich wusste es wirklich nicht. In Philons Wörterbuch kam die Wendung nicht vor. Auch bei keinem anderen Lehrer in Alexandria hatte ich jemals etwas von einem Gottesreich gehört.

Andreas merkte schließlich, dass es mir ernst war mit meiner Frage. Und er sagte mir, die Botschaft vom Reich Gottes sei der Kernpunkt von Joschuas Lehre. »Dein Reich komme«, bete Joschua täglich mit ihnen. »Gott, der Himmelskönig, soll auch auf Erden König sein. Hier im Land Israel.«

»Und wie soll ich mir das vorstellen?«, fragte ich weiter.

»Es wird alles anders werden«, antwortete Andreas. »Gott wird alle Tränen von den Augen wischen. Er selbst wird bei den Menschen wohnen. Und der Tod wird nicht mehr sein. Noch Geschrei, noch Schmerz wird mehr sein. Alles, was heute ist, wird morgen vergangen sein.«
Andreas sah meinen ungläubigen Blick.
»Tobit, denke an die Worte unserer Propheten!«, sagte er. »Erinnere dich an Jesaja! Bei dem geschrieben steht: Dann wird der Wolf wohnen beim Schaf, die Wildkatze wird bei den Ziegen schlafen, Kalb und Löwenjunges fressen zusammen, Kuh und Bärin befreunden sich, der Löwe frisst Stroh wie das Rind, am Schlangennest spielt ein Kind. Und kein Unrecht geschieht mehr, denn Gott wird König sein. – Das alles steht doch in unseren heiligen Büchern!«, sagte Andreas und stieß provozierend mit dem Zeigefinger gegen meine Brust. »Oder seid ihr in Alexandria augenkrank?«
»Aber, Andreas, das alles sind doch Bilder!«, verteidigte ich mich. »Niemals wird der Löwe Stroh fressen wie das Rind!«
»Nein, Bilder sind das nicht!«, widersprach er. »Das alles wird eintreffen, wenn das Reich Gottes kommt! Die *malkhuta delaha*! Es kann morgen schon geschehen, vielleicht schon heute!«
Ich hob meine Schultern. »Noch sehe ich nichts davon«, sagte ich.
»Doch, doch!«, sagte Andreas. » Das Reich Gottes kommt nicht mit Riesenspektakel. Jeschua sagt, es ist, wie wenn eine Frau ein paar Krümel Sauerteig unters Mehl mengt. Das bisschen genügt, um den ganzen Teig aufgehen zu lassen. Wir, seine Begleiter, Jakobus und Johannes, Judas, Thomas und all die anderen, aber allen voran mein Bruder Simon, wir sagen: Ist der Bote gekommen, dann ist auch der König nicht mehr fern. Und Jeschua ist sein Bote!«
Andreas war mir sympathisch, ich mochte ihn. Bei ihm war der Funke übergesprungen. Ich aber bin das Denken der Griechen gewohnt. Darum überzeugte mich auch Andreas nicht.

Andererseits war etwas Besonderes um diesen Propheten, dem Andreas diente. Das sah ich wohl. Auch wenn ich es mir nicht erklären konnte. Und das spürten auch die Menschen, die ihn umdrängten. Deswegen hingen sie an seinen Lippen, suchten sie ihn zu berühren und deswegen baten sie, er möge seine Hand auf sie legen. Und auch ich selbst konnte mich ihm nicht entziehen, seit er mich angesehen hatte.

Man erzählte sich, dass er Lahmen wieder auf die Füße half, Blinden das Augenlicht zurückgab, Tauben die Ohren öffnete, den von Dämonen Besessenen die bösen Geister austrieb. Die Leute mochten übertreiben. Man wollte sogar wissen, der Prophet aus Nazareth habe sogar Tote ins Leben zurückgeholt. Ganz von der Hand weisen mochte ich jene Geschichten nicht. Schließlich hatte Jesus auch meine entstellte Hand geheilt. Doch nie würde der Löwe Stroh fressen wie das Rind. Und dass der Ewige, wie Andreas glaubte, irgendwann leibhaftig das Land Israel regieren werde, war für mich auch ein Bild. Ein schönes Bild, aber doch eben ein Bild.

Das man sich übersetzen musste.

Irgendwann, so verstehe ich das Bild, werden sich die Menschen nicht mehr vor Gott schämen müssen. Wie Adam es tat, als er sich vor ihm in den Büschen versteckte, weil er von der verbotenen Frucht gegessen hatte. Irgendwann also werden wir Gott von Angesicht zu Angesicht begegnen. Ihm ins Herz schauen. Und nichts Äußerliches wird mehr zwischen ihm und uns stehen. Die ganzen äußerlichen Handlungen würden sich erübrigen, die wir jetzt noch brauchten, um rein vor seine Augen zu treten. Sogar die Torah wird überflüssig werden, der ganze Buchstabendienst.

Ähnlich lehrt es uns Philon. Der eigentliche Tempel Gottes, so erklärt es uns Philon in seinen Vorlesungen, sei unsere Seele. Die inwendige Seele sei das Gotteshaus. Und unsere Hingabe an den Ewigen sei das wahre Opfer, der rechte Gottesdienst, mit dem wir den Höchsten wahrhaft ehren.

Es traf sich gut, dass ich am selben Tag, als Andreas mir die *mal-*

khuta delaha zu erklären versuchte, aus dem Mund von Jesus eine Geschichte hörte, die zu meinen Gedanken passte.

Um die späte Mittagszeit hörte ich in Kapernaum, der Prophet werde heute Tischgast bei einem der großen Landbesitzer außerhalb der Stadt sein. Die Fischer legten ihre Netze beiseite, Mädchen und Frauen ließen die Wollspindel ruhen, der Töpfer hielt seine Drehscheibe an. Auch ein paar Familien, die gerade von der Feldarbeit kamen, schlossen sich unserem Zug an.

Die herrschaftliche Hofstätte lag auf einem mit Weinreben bepflanzten Hügel. Neben dem Wohnhaus sah ich mehrere fest gemauerte Scheunen und andere Wirtschaftsgebäude. Die einen weitläufigen, mit Weinreben überdachten Hof umschlossen. Der Herr des Hauses war ein wohlhabender Mann.

Die Menge wartete erst vor der Hofeinfahrt, dann drängte sie in den Hof. Nach einiger Zeit trat Jesus in Begleitung des Gutsherrn aus dem Haus. Er wandte sich an uns und redete mit den Leuten. Was er dabei im Einzelnen sagte, ist mir entfallen. Im Gedächtnis ist mir nur jene Geschichte geblieben, die ich damals zum ersten Mal hörte.

»Ein Mann hatte zwei Söhne«, begann Jesus zu erzählen. »Der jüngere sagte zu seinem Vater: Gib mir mein Erbteil! Und der Vater teilte sein Vermögen unter die beiden Söhne auf. Nach kurzer Zeit nahm der jüngere alles, was er hatte, und ging damit ins Ausland. Dort brachte er sein Geld unter die Leute, trieb sich herum und gab alles bis aufs letzte Kleingeld aus. Es kam aber eine große Hungersnot in das Land und der Junge hatte nichts mehr zum Leben. Da machte er sich an einen Bürger des Landes heran. Der schickte ihn zum Schweinehüten aufs Feld. Schweine aber, sagt man, sind unrein vor Gott, eine sich bewegende Latrine. Doch der Junge hatte so großen Hunger, dass er am liebsten noch von dem Schweinefutter gegessen hätte. Aber er bekam nichts davon. Da ging er in sich und dachte: Mein Vater hat so viele Arbeiter, die satt zu essen haben, und ich sterbe hier vor

Hunger! Ich will zu meinem Vater und will zu ihm sagen: Vater, ich habe mich an Gott und an dir versündigt! Ich habe das Recht verloren, dein Sohn zu sein. Stelle mich bei dir als Arbeiter ein! Mit diesem Entschluss ging er zu seinem Vater. Er war noch ein ganzes Stück entfernt vom Vaterhaus, da sah ihn schon sein Vater und es ging ihm durch und durch. Er lief dem Jungen entgegen, fiel ihm um den Hals und küsste ihn. Der junge Mann aber sagte: Vater, ich habe mich an Gott und an dir versündigt! Ich habe nicht mehr das Recht, dein Sohn zu sein! Doch der Vater rief die Angestellten des Hauses und sagte: Schnell, holt die besten Kleider für ihn! Steckt ihm Ringe an und bringt Schuhe für seine Füße! Dann holt das gemästete Kalb und schlachtet es. Wir wollen essen und fröhlich sein. Hier ist mein Sohn! Er war tot und jetzt ist er wieder da. Er war weg und jetzt habe ich ihn zurück!«
Der Rabbi machte eine nachdenkliche Pause.
Sein Gastgeber hatte während der Erzählung zu Boden geschaut. Jetzt hob er den Kopf und sah Jesus erwartungsvoll an. Als wollte er fragen: Wo in aller Welt würde ein Vater so reagieren? Sich so albern, so würdelos aufführen? Da geht dem guten Rabbi doch seine Fantasie durch.
Doch ich glaube zu verstehen, was Jeschua sagt. Er spricht von Gott, dem Heiligen Israels. Er ist wie jener Vater. Der auf die Familienehre pfeift und lieber auf sein Herz hört.
Gott, mit meinen Worten gesagt, hat ein Äußeres und ein Inneres. Das Äußere, das ist der Tempel, das sind die Gebote, die Reinheitsvorschriften. Das Wichtigere aber ist Gottes Herz. In das der Rabbi seine Hörer blicken lässt.
Davon handelt auch der zweite Teil seiner Ausreißer-Geschichte. Die er an diesem Nachmittag im Hof seines Gastgebers erzählte.

»Der älteste Sohn«, nahm der Rabbi seinen Erzählfaden wieder auf, »war noch bei der Arbeit. Als er heimkam, hörte er das Singen und Tanzen. Und er fragte einen der Hofleute: Was ist denn da los? Und der sagte: Dein Bruder ist zurück und dein Vater hat ihm das Mastkalb schlachten lassen, weil er ihn gesund wiederhat! Da packte den älteren Bruder die Wut und er weigerte sich, das Haus zu betreten. Sein Vater kam vor die Tür und redete ihm gut zu. Doch er hielt seinem Vater vor: All die vielen Jahre tu ich dir jeden Gefallen. Nie habe ich mir etwas zuschulden kommen lassen. Mir hast du aber noch nicht mal eine Ziege zum Schlachten gegeben, dass ich mit meinen Freunden feiern könnte. Aber jetzt, wo der da kommt, der sein Geld mit leichten Mädchen durchgebracht hat, kriegt der das Mastkalb geschlachtet! Junge, sagte der Vater, du bist doch immer bei mir. Und was mir gehört, das gehört auch dir. Aber jetzt mussten wir doch feiern und fröhlich sein! Denn dein Bruder war tot und ist wieder lebendig, er war verloren und jetzt haben wir ihn zurück!«

Nein, gerecht ist das nicht. Schließlich gilt: Strafe muss sein! Wo kämen wir denn sonst hin? Vielleicht hatte sich das auch der würdige, etwas beleibte Mann neben Jesus gesagt, sein Gastgeber.
Den Ausgang der Geschichte ließ der Rabbi offen. Wir erfuhren nicht, ob der ältere Bruder doch noch einlenkte und mitfeierte. Oder aber, ob die Brüder jetzt zu Todfeinden wurden. Der Rabbi überließ es uns, seinen Zuhörern, die Geschichte uns selbst weiterzuerzählen. In meiner Version haben sich die ungleichen Brüder schließlich doch noch ausgesöhnt. Aber das war natürlich reines Wunschdenken meinerseits. Wer weiß, vielleicht weil ich an eine grünblickende Katze, an meine entlaufene Miu in Alexandria dachte.

Ein plötzlicher Regenschauer trieb mich mit der Menge zurück in die Stadt. Gern hätte ich die Ausreißer-Geschichte mit jemandem diskutiert. Weil sie so viele Fragen offenließ. Jesus spielte mit dem Feuer. Das war mir klar. Wenn er Herzenswärme gegen Gehorsam ausspielte. Darüber hätte ich mit Andreas zum Beispiel liebend gern diskutiert. Doch Andreas war sicher noch bei seinem Rabbi im Haus auf dem Hügel.
Abends ging ich zum Gebet in die Synagoge. Seit jenem Morgen,

an dem die Beule an meiner Hand verschwunden war, überkam mich jedes Mal wieder das Gefühl von Erleichterung, wenn ich in der Gemeinde betend meine Arme erhob. Dass ich mich nicht länger schämen und ängstigen musste. Eigentlich konnte ich mein Glück auch nach Tagen noch immer nicht fassen. Der Ausreißer musste sich ähnlich gefühlt haben, als der Vater ihn in seine Arme schloss. Unglaublich erleichtert. Ich war zurückgekehrt in die Gemeinschaft Israels!
Als die Besucher das Bethaus verließen, bat mich Joazar, mein Hausherr, nach vorn zu dem Vorstand. Der Leuchter warf flackerndes Licht auf die Wände. Die Gesichter der Männer, die mich erwarteten, waren ernst.
»Wir möchten die Stimme eines Außenstehenden hören«, richtete einer der Männer das Wort an mich. »Du besuchst die Torah-Schule in Alexandria, sagt Joazar. Und du hast hier in Kapernaum diesen Jeschua aus Nazareth erlebt. Wie schätzt du den Mann ein?«
Ich musste nicht lange überlegen.
»Er ist anders als sonst die Torah-Gelehrten«, sagte ich. »Die Leute fühlen sich von ihm persönlich angesprochen.«
Die Männer nickten zustimmend, als hätten sie diese Antwort erwartet.
»Gilt das auch für dich?«, wollte ein anderer wissen.
Wieder musste ich nicht überlegen, sondern antwortete spontan: »Ich bin noch jung und unerfahren. Aber einer wie dieser Prophet aus Nazareth ist mir noch nicht begegnet. Man nimmt ihm jedes Wort ab.«
»Tobit, mein Sohn«, sagte Joazar. »Wir aber sind in großer Sorge. Wir hatten gedacht, die ganze Aufregung legt sich bald. Aber das Gegenteil ist der Fall. Unter seinen Begleitern ist einer mit Namen Simon. Den sie auch Petrus nennen. Hast du auch mit ihm gesprochen?«
»Nein, nur mit Andreas, seinem Bruder«, antwortete ich.
»Simon, das ist ein hitziger Mann«, sagte Joazar. »Wir kennen

ihn seit Kindesbeinen. Es gibt Leute, die halten diesen Jeschua für die Wiedergeburt des Elia. Du weißt, das war der Prophet, der mit dem Feuerwagen zum Himmel fuhr. Andere sagen, dieser Zimmermann ist in Wirklichkeit jener Einsiedler, der früher am Jordan taufte. Oder er sei der Prophet Jeremias, der den Tempel eine Räuberhöhle genannt hatte. – Es ist unglaublich, was die Leute sich alles zurechtfantasieren! – Der Bruder von Andreas, Simon, nimmt den Mund sogar noch voller! Simon bringt das Gerücht unter die Leute, sein Rabbi wäre der Messias! Gottes Gesandter, der gekommen ist, das Land Israel zu säubern.«

»Was lehrt man in Alexandria über den Messias?«, wollte ein anderer Vorstehen wissen.

»Ich weiß nicht viel darüber«, antwortete ich. »Der Messias ist bei uns kein großes Thema.«

Die Männer schwiegen.

Dann sagte Joazar: »Die Sache mit Jeschua wächst uns hier über den Kopf! Wir haben uns an Jerusalem gewandt. Mit der Bitte, dass man uns von dort Berater schickt. – Solche Leute wie unser Simon machen uns Angst! Als ich noch ein Junge war, erschien in Galiläa ein gewisser Jehuda und gab sich als Messias aus. Auch ihm strömten die Menschen in Scharen zu. Und die Sache endete in einem Blutbad.«

Ich erinnerte mich an die Gespräche in Sepphoris. An die Schilderungen von der verbrannten Stadt, dem Morden und Brennen, von tausendfacher Versklavung, und dass an den Kreuzen der Römer damals zahllose Menschen den Tod fanden. Auch der Name des Jehuda, der in Galiläa die Messias-Bewegung angeführt hatte, war mir im Gedächtnis geblieben.

»Wenn Simons Jeschua ein neuer Jehuda ist, dann müssen wir ihn loswerden«, erklärte Joazar.

»Und zwar möglichst bald«, fügte ein anderer hinzu.

Alle vom Vorstand bestätigten es mit einem stummen Kopfnicken.

Mich überlief es vor Schreck.

In der Nacht schlief ich unruhig. Und am Morgen war mein Entschluss gefasst.
Gleich nach dem Morgengebet ging ich zum Hafen. Um Andreas zu suchen. Ich fand ihn bei seinem Boot. Er spannte gerade die Netze zum Trocknen aus. Auf der Mole standen Körbe voll zappelnder Fische. Andreas sah müde aus. Er war die Nacht über auf dem See gewesen.
»Aber es hat sich gelohnt, wie du siehst«, sagte er, nachdem er meinen Friedensgruß erwidert hatte.
Ich kam gleich zur Sache.
»Andreas, ist euer Jeschua ein neuer Jehuda?«, fragte ich ihn geradeheraus.
Er stutzte, strich sich das nasse Haar aus der Stirn.
»Sagt man das bei denen da drüben?«, fragte er und wies mit dem Kopf hinüber zur Synagoge.
Ich nickte.
»Ich will dir ein paar Worte von ihm zitieren«, sagte Andreas. »Dann kannst du selbst beurteilen, ob unser Rabbuni das Land mit Blut waschen will. Wie Jehuda das tat. Also hör zu. Jeschua sagt: Denen, die arm mit sich dran sind, wird das Gottesreich gehören. Und die weinen, sollen getröstet werden. Und das Land Israel werden die Sanftmütigen besitzen. Und die nach Gerechtigkeit hungern, sollen satt werden.«
»Weiter«, sagte ich.
»Denen, die helfen, wird auch geholfen werden. Und die reinen Herzens sind, sollen Gott schauen. Und die Friedensstifter werden Söhne und Töchter Gottes heißen.«
»Das genügt«, sagte ich. »Bring mich zu eurem Rabbi!«
»Jetzt gleich?«, fragte Andreas überrascht. »In diesem Aufzug? Eilt es so sehr?«
»Oder ich gehe und suche ihn selbst«, sagte ich.
»Er ist wohl in Simons Haus, gleich ein paar Schritte von hier«, meinte Andreas.
Wir liefen durch die Gassen, kamen an Simons Haus und hatten

Glück. Jeschua schnürte gerade seine Sandalen und richtete sich auf, als er uns kommen sah.
Ich verbeugte mich vor ihm mit der Hand an meiner Stirn.
Dann sagte ich: »Guter Rabbi, nur eine einzige Frage: Was muss ich tun, um mit Gott zu leben?«
Er antwortete mir: »Was nennst du mich gut? Keiner ist gut außer dem Einen. Du kennst seine Gebote: Du sollst nicht töten. Du sollst keine Ehe zerstören. Du sollst nicht stehlen. Du sollst nicht falsch reden. Du sollst nicht betrügen. Ehre Vater und Mutter.«
Ich sagte: »Rabbi, daran halte ich mich seit meiner Kindheit.«
Da sah Jesus mich an. Mit dem selben Blick wie vor Tagen, als er zu mir *dodi* sagte.
Und sprach: »Eins fehlt dir. Geh, verkaufe alles was du hast und gib das Geld den Armen. Und dann komm und folge mir nach!«
Er redete in seiner Sprache und ich verstand ihn aufs Wort: »*Kol mah dait lekaw*, verkaufe alles, was du hast!«
Doch ich brauchte einen langen Augenblick, um zu begreifen. Dann drehte ich mich stumm um und verließ den Hof.

Tiberias

Noch am selben Vormittag bestieg ich ein Schiff in Kapernaum. Und ließ mich nach Tiberias übersetzen. Schräg über den See.
Ich war nach Hause gestürmt, schnürte mein Bündel. Joazar stand vor Schrecken der Mund auf, als ich reisefertig vor ihm stand. Sein schütterer Bart bebte.
»Tobit, was ist geschehen?«, erkundigte er sich und schlug an seine Brust. »Hat unser Hausdienst etwas versäumt?«
Ich versuchte ruhig zu sein.
»Nein, nein«, beschwichtigte ich ihn. »Ich schulde deinem Haus Dank! Doch ich bin länger geblieben, als ich geplant hatte. Meine Geschäfte aber dulden keinen längeren Aufschub.«
Wie in aller Welt hätte ich meinem Gastgeber den Tumult meiner Gefühle beschreiben können? Mir lief die Galle über. Vor gerechtem Zorn. Und niemand sollte sich unterstehen, mir gut zureden, mich besänftigen zu wollen! Und der verstörte Joazar hatte schon gar nichts damit zu tun, dass mich der Nazarener vor den Kopf gestoßen hatte. Absichtlich, ganz offensichtlich. Also steckte ich meinen Gastgeber stumm eine Handvoll Gold zu. Als Spende für die Synagoge.
Der alte Mann wollte mich zum Hafen geleiten, doch ich mochte ihn nicht bemühen. Ich musste mit mir allein sein.
Joazar verabschiedete mich mit einem Segenswort. Er legte seine Hände auf meinen Scheitel. Sie bebten. Und ich konnte mich kaum aufrecht halten.

Bei der ganzen Überfahrt verharrte ich reglos auf meinem Platz im Bootsheck. Mir war elend zumute. Zugleich kochte ich vor Wut.

Unser Vermögen den Armen schenken? Hatte der Mann überhaupt die geringste Ahnung, was es meinen Vater und Großvater gekostet hatte, das Haus Ariston von einem kleinen Geschäftshaus zu einer der besten Adressen von Alexandria zu machen? Ariston, dessen Ring ich trug, würde sich aus dem Grab erheben und vor mir ausspucken. Und meine Eltern? Nathanael und Johana? Wie würden die wohl reagieren? Ich wusste es nicht. Schließlich hatten die Eltern alles hinter sich zurückgelassen und lebten asketisch in ihrem Philosophendorf. Natürlich hat dieser Jesus mir angesehen, dass ich aus wohlhabendem Hause war. Spätestens mein Ring musste es ihm gesagt haben.

Doch der Mann irrte sich, wenn er mich mit dem Ausreißersohn in seiner Geschichte verwechselte.

Ich führte kein Lotterleben wie dieses Früchtchen. Mir geht es wie Sokrates. Als er über den Markt von Athen ging, das Warenangebot besah, sagte er nur: Wie viele Dinge gibt es doch, die ich alle nicht brauche! Was Geld mir bedeutet, ist Unabhängigkeit, ist die Sicherheit, die es mir gibt. Und mit Geld kannst du Einfluss nehmen. Genau wie es der Wahlspruch unseres Hauses sagt: Sich Freunde machen mit dem Mammon! Und ich habe besonders große Pläne mit dem Schwarzen Gold, das uns winkt. Ich träume davon, ein Wohltäter meines Volkes zu werden. Ein zweiter ägyptischer Joseph. Mit dem Schwarzen Gold werde ich die Römer kaufen. Das Kaiserhaus und den Senat. Damit sie ihre Truppen abziehen und Israel frei wird. Und das alles soll ich aufgeben? Alle meine Pläne, alle meine Ideen? Um mit diesem galiläischen Propheten durch die Lande zu ziehen? Was hat sich der Mann bloß gedacht? fragte ich mich böse.

Alles gute Argumente, ihn stehen zu lassen, mein Bündel zu schnüren. Und doch war mir elend zumute. Irgendetwas in mir widersprach. Ließ sich nicht von meinen Argumenten beeindrucken. Ein unbestimmtes Gefühl. Dass ich einen Fehler machte. Würde mir zur Strafe vielleicht wieder die Schandbeule wachsen?

Und noch schlimmer. Warum sah ich auch jetzt seine Augen vor mir? Genau wie beim ersten Mal? Die Wahrheit ist, dass ich mir schäbig vorkam, einfach davongelaufen zu sein. Ich hätte wenigstens mit ihm diskutieren sollen. Meine Sache verteidigen. Nach Art der Griechen, logisch, wie ich es gelernt hatte. Doch nein, ich hatte ihm stumm den Rücken gekehrt. Und jetzt hockte ich mit diesem elenden Gefühl hier in dem Boot, das mich nach Tiberias brachte.

Joazar hatte mich vor Tiberias gewarnt. Eindringlich sogar.
»Der Herodessohn, Antipas, den wir den Viertelkönig nennen, hat die Stadt vor gut zehn Jahren regelrecht aus dem Boden gestampft. Er wollte den Tempel des Vaters in Jerusalem übertreffen. Und um dem Imperator Tiberius* zu schmeicheln, hat er die Stadt nach ihm benannt.« Beim Ausschachten jedoch, hatte Joazar weiter erzählt, waren die Bauleute auf ein altes Gräberfeld gestoßen. Auf menschliche Knochen. Die Arbeiter hatten daraufhin ihre Arbeit niedergelegt. »Denn du weißt«, erklärte mir Joazar mit erhobener Hand, »wer die Gebeine von Toten berührt, ist nach unserem Gesetz unrein vor Gott. Mindestens eine Woche lang. Und wenn er auch nur in die Nähe eines Grabes kommt. Im Tauchbad muss er seine Befleckung abwaschen und danach im Tempel ein Reinigungsopfer darbringen.« Antipas aber, so Joazar, war vernarrt in seine Idee. Er nahm keine Rücksicht auf unsere Gefühle und hatte weiterbauen lassen. Durch auswärtige Bauleute. Aber dann mochte kein Israelit in der verseuchten Stadt leben. »Die meisten Leute, die du in Tiberias siehst, sind Syrer, Römer, Araber, Griechen, Volk aus aller Herren Länder. Um dann doch

---
* Römischer Kaiser von 14 bis 37 n. Chr. Nach seinem Stiefvater Augustus war Tiberius der zweite Kaiser des Römischen Reiches.

noch Israeliten in seine Stadt zu bringen, kaufte Antipas israelitische Sklaven auf, schenkte ihnen die Freiheit, dazu Häuser und Landbesitz. Auch andere verschuldete Leute, Bettler und Arme aus Israels Samen, zog er in seine Stadt. Teilweise unter Gewalt. Doch ein Bethaus wirst du in Tiberias vergeblich suchen! Kein wirklich frommer Israelit würde es wagen, auf diesem unheiligen Boden den Heiligen Israels anzurufen.«

Das alles hatte Joazar mir lang und breit dargelegt. Ich hatte mit den Schultern gezuckt. Schließlich wollte ich ja nicht in der Stadt des Antipas wohnen und leben.

Joazar hatte sogar behauptet, ich werde in ganz Kapernaum kein Boot finden, das mich nach Tiberias über den See brächte. Doch da hatte er sich geirrt. Schon nach kurzem Suchen war ich mit einem Fischer handelseinig geworden. Um ein paar Drachmen. Und die Fahrt war bisher glatt verlaufen. Ohne dass die berüchtigten Fallwinde auf dem See uns dazwischengekommen waren.

Mir ging die Überfahrt nicht schnell genug. So sehr verlangte es mich, Kapernaum hinter mir zu lassen. Und ich atmete auf, als dann Tiberias in nächster Nähe wie ein weißes Kliff vom Seeufer aufstieg. Doch der Fischer und sein Sohn ließen die Hafenanlagen rechts liegen, hielten auf den Strand südlich von der Stadt zu und warfen dort Anker. Weiter wollten sie sich nicht der unreinen Stadt nähern, erklärte der Fischer. Und erbot sich, mich zusammen mit seinem Sohn watend an Land zu tragen. Ich mochte das nicht. Also entledigte ich mich meiner Stiefel, des Mantels und Obergewandes und suchte mir, mein Bündel überm Kopf, durch Wasser, Sand und Muscheln den Weg ans Ufer.

Vom Stadttor fragte ich mich durch bis zur römischen Kommandantur. Nach einigem Hin und Her fand ich sie gegenüber der Stadthalle. Es war ein achtunggebietendes Gebäude mit einer schön gegliederten Säulenvorhalle.

Zwei Soldaten bewachten den Eingang.

Ich grüßte mit einem »*Salve!*« und stellte mich in römischer Sprache vor: »*Civis Romanus sum, Tobit Alexandrinus.* Meldet mich bitte dem Herrn Quintianus!«

Einer der Wachen kreuzte die Arme über der Brust, verbeugte sich und verschwand eiligen Schrittes im Inneren des Gebäudes. Schon wenig später kehrte er mit einem Diener zurück.

Auch der verbeugte sich förmlich und sagte: »Mein Herr Quintianus lässt dich bitten, Herr!«

Quintianus erwartete mich im Innenhof. Dem Atrium des Hauses. Er war ein hochgewachsener, sehniger Mann, der sich in seiner mit Purpur abgesetzten Toga in lässiger Würde präsentierte. Er kam mir im Säulengang entgegen und hieß mich mit einem »*Salve!*« willkommen, noch ehe ich ihn mit meinem »*Salve domine!*« begrüßt hatte.

Quintianus wies auf eine Polsterbank im Schatten und sagte: »Junger Herr, setze dich zu mir!«

Ja, es tat gut, den Schatten zu suchen. In Tiberias am See brennt im Winter die Sonne wie anderwärts zur Sommerzeit. Aus dem Wasserbecken in der Mitte des Atriums erhob sich die Bronzefigur von Neptun, dem römischen Meeresgott. Er ließ eine üppige Wasserfontäne aus seinem Füllhorn sprudeln.

»Ich kann es noch gar nicht glauben, dass wir beide uns jetzt schon begegnen, junger Herr! Vor Tagen erst saß da auf deinem Platz Simon ben Phabi aus Sepphoris. Er hatte die Eselskarawane mit den Schiffsbauteilen bis nach Tiberias begleitet. Hier saß er. Und wir haben von dir gesprochen, junger Freund! Ist es wahr, dass du das römische Bürgerrecht besitzt?«

»Julius Caesar hatte es meinem Großvater Ariston verliehen«, erklärte ich. »Damals, als Caesar in Ägypten am Hof von Kleopatra residierte. Er schenkte Großvater das römische Bürgerrecht als Anerkennung für seine wissenschaftlichen Verdienste. Ariston hatte unter anderem die Quellen des Nils erforscht.«

»Beeindruckend, sehr beeindruckend«, meinte Quintianus. »Mein Bürgerrecht habe ich mir für einen Batzen Geld erkaufen müssen. Als junger Mann hatte ich mich in der Armee hochgedient, stammte eigentlich aus Spanien und wurde nach Sepphoris versetzt.«

»Simon und du, Herr, ihr kennt euch seit damals?«

»Simon gehörte dem Magistrat an. Und ich vertrat als *Aedile*, als Verwaltungsbeamter, die Belange des Reiches gegenüber der Stadt. Gelegentlich gerieten wir beide uns in die Haare, doch wir respektierten uns.«

Quintianus klatschte in die Hände und rief nach dem Dienstpersonal.

»Entschuldige, junger Herr, dass ich dich auf dem Trockenen sitzen lasse!«, sagte er und befahl dem herbeigeeilten Diener Säfte und Früchte zu servieren.

»Ich nehme an, du bist wie Simon ein Jude«, bemerkte er. »Simon erzählte, du hättest einige Wochen als Gast in seinem Haus verbracht. Und ich weiß, ihr Moses-Leute richtet euch akkurat nach dessen Vorschriften. Mit dem Wein und den Speisen der Nicht-Juden habt ihr Probleme. Doch Säfte und Früchte sind euch gestattet, habe ich recht?«

»Danke, Herr, dass du auf unsere Besonderheit Rücksicht nimmst«, sagte ich. »Allerdings werden die Moses-Gesetze nicht überall gleich ausgelegt. In meiner Heimatstadt geht man nicht so sehr in die Details. Auch ich weiß oft nicht, wie ich mich hierzulande korrekt verhalten soll.«

Quintianus winkte ab.

»Lass nur, du musst mir das nicht erklären«, sagte er. »Uns Außenstehenden ist das Sammelsurium eurer Gebote sowieso ein Rätsel. Doch hier mit dem Gedeck hast du ganz sicher keine Probleme!«

Zwei Bedienstete hatten inzwischen einen Beistelltisch herbeigetragen, der mit Früchten beladen war, und sie füllten unsere Becher mit Rimmon-Saft.

»Kommen wir jetzt zur Sache«, sagte Quintianus, nachdem wir gegessen und getrunken hatten. »Simon sagt, dass euer Haus sich am Asphalt-Handel beteiligen will.«

»Es gibt noch keine vertragliche Vereinbarung, aber wir sind interessiert daran«, bestätigte ich.
»Und ihr seid bereit, in den Handel zu investieren?«, wollte er wissen.
»Gewiss, wenn die Bedingungen stimmen«, sagte ich.
»Es werden unter Umständen hohe Investitionen nötig sein. Ist sich euer Haus darüber im Klaren?«, fragte er.
»Wir werden sehen«, sagte ich ausweichend. »Jedenfalls, das Kapital ist da, und wir sind bereit, ein Risiko einzugehen, wenn es sich lohnt.«
»Gut«, sagte Quintianus zufrieden. »Also, du musst wissen, junger Freund, Simons Idee ist einfach überzeugend. Merkwürdig nur, dass bisher kein anderer darauf gekommen ist! Der alte Simon hat ein Gespür für große Geschäfte, das muss man ihm lassen. *Mens agitat molem*, wie unser Dichter sagt, der Geist besiegt die Materie. Bis jetzt sind es die elenden Sandläufer, die Bedus*, die ihr Geschäft mit dem schwarzen Zeug machen. Aber, wie die Bedus eben sind, kommt ihnen ein Blutracheschwur dazwischen oder ist es Zeit, dass ihre Schafe werfen, dann hat das bei diesen Herumtreibern natürlich den Vorrang. Und die Lieferungen bleiben aus, obwohl die ganze Welt nach Asphalt schreit.«
Quintianus redete ohne Schnörkel und das gefiel mir. Man merkte, dass er aus der römischen Verwaltung kam. Wo man das Prozedere effizient, ohne zeitraubenden Aufwand organisiert.
»Also, ich will damit sagen: Es wurde Zeit, dass der Asphalt-Handel in die richtigen Hände kommt!«, erklärte Quintianus. »Wir müssen eine stabile Versorgungslinie aufbauen. Zwischen dem Asphalt-See und dem römischen Ägypten. Die Sache ist von öffentlichem Interesse, deswegen hat Simon mich eingeschaltet. Und wenn wir den Asphalt-Handel in großem Stil betreiben wollen, müssen wir ihn militärisch absichern. Gegen die Bedus und

---

* »Beduinen«, wandernde Hirtenvölker, die in den Steppen und Wüsten des Orients zu Hause sind.

sonstige Banditen. Da kommt also Rom ins Spiel. Ich werde mich persönlich bei Vitelius, dem Legaten in Antiochien, für euer Projekt einsetzen.«
Ich traute meinen Ohren nicht.
Simons Pläne waren mittlerweile weit gediehen. Dabei war gerade erst eine gute Woche vergangen, seit wir uns am Stadttor von Sepphoris voneinander verabschiedet hatten. Ich dagegen hatte in Kapernaum kaum einen Gedanken an das Schwarze Gold verschwendet.

Wenn ich Quintianus richtig verstand, war unsere Sache auf dem besten Weg, zu einer *res publica* zu werden. Zu einer Staatsangelegenheit also. Das war gewiss von Vorteil. Andererseits gefiel es mir nicht. Wollte ich doch, auf lange Sicht gesehen, mithilfe des Schwarzen Goldes Israel von den Römern freikaufen. Und jetzt mischten die selbst schon mit.
Ich griff zu einer Weintraube und pickte ein paar Beeren heraus.
»Weintrauben? Jetzt mitten im Winter?«, sagte ich. »Auf dem See habe ich den Hermon im Norden voll Schnee gesehen!«
Quintianus lachte. Dann wies er auf das Säulengebälk des Atriums. Und wahrhaftig, da hingen sie! Traubenbüschel zwischen Rebenblättern. Und das um diese Jahreszeit.
»Wir sind hier eine kleine Welt für uns«, erklärte Quintianus. »Wir ernten das ganze Jahr hindurch. Wenigstens in geschützten Lagen. Ich weiß nicht, woran es liegt. Es hat mit dem See zu tun. Rund um den See findest du heiße Quellen. Die in den See entwässern. Auch sein Fischreichtum ist deswegen unübertroffen. In Tiberias, vor allen Dingen aber in Magdala, floriert die Fischindustrie. Mit unserer Fischsoße beliefern wir sogar das ferne Rom!« Quintianus hob den Zeigefinger: »Und das wird den Enkel des Ariston interessieren: Es gibt Wissenschaftler, die behaupten, euer Nil sei unterirdisch mit dem See Genezareth verbunden! Sagtest du nicht, dein Großvater habe über den Nil ein Buch geschrieben? Jedenfalls findest du hier im See Fische, die du sonst

nur in euren Gewässern antriffst. Das ist wissenschaftlich bewiesen.«

»Dann könnten wir ja unser Schwarzes Gold unterirdisch von hier nach Alexandria transportieren«, scherzte ich.

Quintianus riss die Augen auf.

Er holte Luft und platzte heraus: »Simon und du, ihr seid aus dem gleichen Holz! Was für eine Idee! Unterirdisch hier von Tiberias nach Alexandria! Damit sollten sich mal unsere Wissenschaftler beschäftigen. Dann könnten wir uns den ganzen beschwerlichen Landweg vom Asphalt-See über den Sinai ersparen.«

Quintianus sah mich beinah ehrfürchtig an.

»Ich sehe, unser Projekt ist in den besten Händen«, sagte er dann.

»Ich reise von hier aus in den Süden«, sagte ich. »Wie weit ist es bis ans Tote Meer?«

»Zwei, drei Tagesmärsche. Je nachdem. Und wer reist mit dir?«, erkundigte er sich.

»Zum Passah will ich in Jerusalem sein«, erklärte ich ihm. »Es ist eine Pilgerreise. Und ich reise allein, ohne Begleitung.«

Quintianus legte die Hand auf meine Schulter.

»Junger Freund, das Jordantal ist verpestet von Banditen«, warnte er mich. »Bedus, jüdische Fanatiker, die Sikarier, wie wir sie nennen. Messerstecher, auf Suizid versessene Leute. Dazu das ganze Gesindel aus dem Ostjordanland. Wegelagerer und Halsabschneider. – Also, junger Mann, das schlage dir aus dem Kopf! Allein zum Asphalt-See zu reisen. Wir können nicht riskieren, dich zu verlieren!«

»Ich bin schon um die halbe Welt gereist. Und du siehst, ich lebe noch«, erwiderte ich. »Irgendwo an der Straße werde ich Begleiter finden.«

»Und wie willst du wissen, ob die nicht mit dem Gesindel unter einer Decke stecken?«, sagte er. »Nein, nein, lieber Freund, du reist unter dem Schutz von römischen Soldaten. In den nächsten Tagen kommt ein Manipel aus Caesarea hier vorbei. Um die Garnison in Jerusalem zu verstärken. Wegen dem Passah-Fest. Mit denen reist du. Außerdem werde ich dir einen Schutzbrief ausstellen.«

Ich runzelte die Stirn. Ich wollte mich in Tiberias nicht aufhalten. Ursprünglich hatte ich mir sogar vorgestellt, ich könnte von Tiberias aus bequem über den Jordan das Tote Meer erreichen. In Sepphoris hatte mir Simon aber erklärt, auf dem Jordan verkehrten keine Schiffe. Der Strom sei, besonders während der Regenzeit, ein wildes Gewässer. Mit zahllosen Windungen, Wasserfällen und Sandbänken. Sodass noch nie ein Schiff versucht habe, den Jordan seiner ganzen Länge nach zu erkunden. Also blieb nur die Straße am Fluss entlang. Und zwei, drei Tagesmärsche waren schließlich auch keine große Sache. Andererseits, die Warnungen von Quintianus konnte ich nicht in den Wind schlagen. In Griechenland war ich mit meinem Vater einmal unter die Räuber gefallen und wir hatten uns mit einem riesigen Lösegeld freikaufen müssen. – Also erklärte ich Quintianus, dass ich sein Angebot gerne annehme.

»Ich bringe dich im Gästehaus der Kommandantur unter«, sagte Quintianus. »Da findest du allen Komfort. Es liegt gleich neben dem Warmbadehaus. Du kannst dir also ein paar schöne Tage machen.«

»Danke«, sagte ich. »Aber ich suche mir ein Gästehaus, das von Israeliten geführt wird.«

Quintianus lachte. »Wie konnte ich das vergessen! Also, ich werde meinen Haushälter fragen. Er ist Jude wie du.«

Er klatschte in die Hände, ließ den Wirtschafter rufen und der empfahl das Haus von Thomas, dem Einäugigen, an der Langen Straße.

Mit einem »*Ave atque vale!*« verabschiedete mich Quintianus und ich antwortete mit »*Dominus deus tecum sit!*« Dann ließ er einen Bediensteten mein Bündel nehmen und hieß ihn, mich zu meinem Quartier zu begleiten.

Mehrere Tage verbrachte ich in der Stadt, freudlose und missvergnügte Tage.
Täglich besuchte ich die Therme, nahm zuvor ein Schwitzbad in trockner Hitze, betrat dann den Heißbaderaum und kühlte mich danach im Kaltbaderaum ab. Ich schwamm im Becken ein wenig hin und her, ließ mich darauf von einem Badediener einölen, abschaben und massieren und trainierte anschließend auf dem Sportplatz. Eine Prozedur, die jedes Mal mehrere Stunden in Anspruch nahm.
Es besserte meine Stimmung nicht.
Auch nicht der Besuch in der städtischen Bibliothek. Sie war in der Stadthalle untergebracht. Ihr Buchbestand konnte sich sehen lassen. Der Bibliothekar brachte mir Strabons Schriftrolle über den Asphalt-See und ich fand folgende Stelle: »Dort kann man nur bis an den Nabel ins Wasser gehen. Geht man weiter hinein, wird man vom Wasser hochgetragen. In der Mitte des Sees, vom Boden aus, wird der Asphalt in unregelmäßigen Abständen nach oben getrieben. Dabei entstehen Blasen, es sieht aus, als ob das Wasser kochte. Gleichzeitig wölbt sich der Wasserspiegel empor wie ein Hügel. Die Leute am See machen sich dann daran, den Asphalt zu sammeln. Sie benutzen dazu Flöße aus Schilf. Sie zerkleinern die Asphaltbrocken und beladen damit ihre Flöße, so viel diese tragen können.«
Das hatte mir Simon in Sepphoris schon alles im Detail geschildert. Neu war mir, dass der Asphalt am Seeboden zuerst flüssig ist und erst an der Wasseroberfläche zu einer festen Masse erstarrt. Nun, das alles würde ich in den nächsten Tagen persönlich in Augenschein nehmen.
Hatte ich mich lange genug in der Bibliothek gelangweilt, schlenderte ich durch die Stadt.
An einem der vielen Brunnen spülte ich meine Hände, murmelte einen Gebetsspruch und erstand an einem der Imbisse Früchte oder Röstkorn gegen den Hunger. Gelegentlich ließ ich mir auch mit Fisch gefülltes Fladenbrot servieren. Wobei ich darauf achte-

te, dass es sich um Fisch handelte, der rein vor Gott war. Der also richtige Schuppen hatte. Eigentlich aber wurde ich nie richtig satt. Weil ich ständig mit schlechtem Gewissen aß. Denn ich konnte nie ganz genau wissen, was von den angebotenen Speisen wirklich rein war. Nein, ich hatte Bun nicht vergessen, den Bibliothekar von Sepphoris. Gerade hier in Tiberias wollte ich, so gut ich konnte, nach der Torah leben. Und das war nicht einfach.
Tiberias ist eine volkreiche Stadt. Das Gedränge auf den Plätzen, in den Straßen, an den Verkaufsständen war wie in Alexandria. Nur dass es in Tiberias kein jüdisches Viertel gab wie bei uns. Nein, und ich stieß auch nirgends auf eine Synagoge.
Thomas der Einäugige, mein Hauswirt, verzog bekümmert sein Gesicht, als ich ihn vor dem Sabbath-Tag nach einem Bethaus fragte.
»Du hast sicher davon gehört, guter Herr«, sagte er zu mir. »Unser König Antipas hat die Stadt über Totengebeinen errichtet. Deswegen ist alles und jedes in Tiberias unrein vor Gott. Auch wir sind unrein, die Kinder Abrahams. Niemand von uns würde wagen, den Gebetsmantel zu tragen. Um nicht den Höchsten zu kränken.«
Der Kummer meines Hauswirts ging mir nahe. Häscher von Antipas hatten ihn irgendwo in Galiläa aufgegriffen, nach Tiberias verschleppt. Hier hatte er auch ein bescheidenes Auskommen gefunden. In jüngeren Jahren jedoch, sagte der Einäugige, sei er Synagogendiener gewesen. Dieser Zeit trauerte Thomas nach.
Ich fragte ihn: »Kann denn keiner von den Torah-Gelehrten die Stadt vom Fluch der Unreinheit befreien?«
»Vielleicht könnten sie das«, meinte er. »Aber ob sie es wollen, weiß ich nicht. Tiberias ist eine ausländische Stadt, mitten in Israel. Und die kann man doch nicht mit der Torah regieren.«
Also mussten die Kinder Abrahams in Tiberias weiter schutzlos in der verseuchten Stadt leben. Ohne den Trost Israels. Wie lebende Tote.
Auch ich fühlte mich so in diesen Tagen. Wie ein lebender Leich-

nam. Ich wartete darauf, endlich weiterzureisen. Doch die Soldaten, unter deren Schutz ich mich stellen sollte, ließen auf sich warten.

Am übelsten ging es mir, wenn ich vom Hafen aus in die Richtung von Kapernaum sah. Quer über den See. Im Hintergrund das Schneegebirge des Hermon. Ich verlangte nach seinen Augen. Ich sehnte mich nach seiner Stimme.
»Kommt, plagt euch nicht länger, ihr sollt Luft kriegen, ihr sollt aufatmen können, kommt zu mir!«, das war eins von seinen Worten, die ich behalten hatte. Und dieses Wort klang mir im Ohr, so oft ich an Jeschua dachte.
Und ich haderte dann mit mir selbst, dass ich ihm den Rücken gekehrt hatte. Ich war zu einem Abtrünnigen geworden, wie ein Verräter kam ich mir vor.
Vergeblich sagte ich mir, dass ich richtig gehandelt, mir nichts vorzuwerfen hatte. Schließlich war er es ja gewesen, der mich mit voller Absicht vor den Kopf gestoßen hatte. Und würde ich erst im Jordantal, am Toten Meer sein und war ich dann endlich in Jerusalem angekommen, würde ich den Rabbi aus Nazareth vergessen haben. Damit tröstete ich mich, doch ich glaubte nicht daran.
Ich konnte mein Glück kaum fassen, als endlich am fünften oder sechsten Tag ein Bote mich in meinem Quartier aufsuchte.
»Mein Herr, Quintianus lässt Euch ausrichten, Ihr möchtet euch nach Sonnenaufgang bei der Kommandantur einfinden«, sagte er.
Dann griff er in seine Botentasche und zog einen gefalteten Papyrus-Brief heraus, den er mir mit einer Verbeugung aushändigte.
»Danke, mein Freund«, sagte ich und entlohnte ihn mit einem Silberstück. »Richte deinem Herrn aus, ich werde pünktlich sein!«
Ich öffnete den gefalteten Papyrus und las: »*Tobit Alexandrinus, civis Romanus, in tutela senatus populusque Romanorum.* Tobit steht unter Schutz des Senats und des römischen Volkes.« Darunter

war das Siegel der Kommandantur befestigt. Der Adler mit geöffneten Schwingen, das Blitzbündel in den Krallen. Sinnbild des Jupiter-Gottes, des Schutzherrn des Römischen Reiches. Mehr Sicherheit gab es nicht in der ganzen Welt! Wenn auch die Banditen lesen konnten. Ich stand unter dem Schutz des Kaisers persönlich. Mein Schutzbrief verpflichtete jeden Bürger des Reiches, Tobit von Alexandria, nötigenfalls unter Einsatz seines Lebens, Schutz angedeihen zu lassen. Ich stieß einen erleichterten Seufzer aus. Jetzt konnte mir nicht mehr viel passieren!

Ich eilte zum Barbier in der Therme und ließ mir den Bart stutzen. Eng ums Kinn, nach römischer Art.

Quintianus hatte sich im Morgengrauen zur Verabschiedung des Manipels persönlich eingefunden. Er stellte mich Rufus, ihrem Hauptmann, vor und begleitete die Truppe bis zum Tor hinaus.

»*Di bona ferant!*«, wünschte er mir. »Mögen die Götter dir gut sein!«

Und ich antwortete: »*Dominus custodiat animam tuam*! Der Ewige behüte deine Seele.«

Quintianus schmunzelte. »Ihr Juden könnt es nicht lassen! Ihr betet sogar für das Seelenheil von uns Ungläubigen. – Sei's drum! Kehre mir wohlbehalten zurück, junger Freund!«

Ich suchte nach einem Platz im Tross. Bei den Eseltreibern und ihren bepackten Tieren, die Gepäck und Schanzzeug der Soldaten trugen. Rufus, der Centurio jedoch winkte mich an seine Seite.

»Quintianus hat mir deine Sicherheit ans Herz gelegt, junger Herr«, sagte er. »Halte dich in meiner Nähe!«

Er hob die Hand und der Manipel setzte sich in Bewegung. Voran Rufus, hinter ihm der Mann mit dem Feldzeichen. Ihm folgten 70 bis 80 bis an die Zähne bewaffnete Legionäre. Wie ich sah, war das Feldzeichen des Manipels mit vielen Auszeichnungen dekoriert. Rufus führte eine kampferprobte Truppe.

Im Jordantal

»Unser heutiges Ziel ist Skythopolis«, erklärte der Centurio. »Ein kräftiger Tagesmarsch. Kannst du unseren Schritt mithalten?«
»Leicht«, sagte ich. »Schließlich trage ich bloß mein eigenes Gewicht. Nicht noch zusätzlich Rüstung und Waffen wie ihr.«
»Die Männer merken es nicht. Sie sind es gewohnt«, antwortete Rufus.
Viel mehr Worte wechselte er in den nächsten Stunden nicht mit mir. Der Centurio führte seinen Befehl aus. Mich wohlbehalten bis nach Jericho zu bringen.
Eskortiert von waffenklirrenden Soldaten unterwegs zu sein war ein eigentümliches Erlebnis. Begleitet von einer Lärmwolke. Von stampfenden Schritten, rasselnden Eisenteilen, quietschenden Ledergurten. Darunter mischten sich Stimmen aus verschiedenen Sprachen. In einer Marschkolonne mitzumarschieren gibt dir das Gefühl von Unangreifbarkeit, von völliger Sicherheit.
Als ich vor einem Vierteljahr von Bord der *Hestitia* ging, war ich in einer fremden Welt gewesen. Allein auf mich gestellt, allen nur denkbaren Gefahren ausgesetzt. Niemals hätte ich mir vorstellen können, Monate später unter dem Schutz des römischen Adlers unterwegs zu sein.
Die Sonne stand mittlerweile eine Handbreit über der Bergkette im Südosten. Von Tiberias aus hatte die Straße am Ufer des Sees entlanggeführt. Jetzt erreichte sie dessen unteres Ende. Wo der Jordan aus dem See Genezareth austritt.

Ich sah zurück. Über Tiberias waren Wolken aufgezogen. Nur wenig später zog eine Regenwand über den See. Hinter dem dunklen Schleier musste sich Kapernaum befinden. Irgendwo hinter dem See, der jetzt in seiner ganzen Ausdehnung zwischen mir und dem Mann namens Jesus lag. Der mein Leben durcheinandergebracht hatte.

Der Centurio legte an einem Bachlauf eine Trinkpause ein. Die Männer legten ihre Helme ab, lockerten die Ledergurte ihrer Rüstung. Ich trank mehrmals aus meinen Händen, das Wasser hatte einen angenehmen erdigen Geschmack. Die meisten machten es wie ich, andere bückten sich und saugten das Wasser direkt aus dem Bachbett schlürfend auf.

Dann ging es geradewegs das Jordantal entlang in Richtung Süden. Den See sah ich nicht wieder. Denn die Straße nach Skythopolis führt steil bergab in die Tiefe.

Nachmittags erreichten wir unser Ziel. Rufus ließ den Manipel in das Lager der römischen Garnison einrücken, gab das Losungswort aus und entließ seine Leute bis Sonnenuntergang.

Skythopolis war eine römische Stadt. Mit allem, was dazu gehört. Mit verschiedenen Badehäusern, einem Theater, mehreren kleinen und großen Tempelschreinen, mit Ladenzeilen unter den Säulengängen, dem Stadthaus und einem geräumigen Forum. Und ich fand, wonach ich suchte. Zwei Männer, die ein Gebetstuch um die Schultern geschlagen hatten, wiesen mir den Weg zum Bethaus. Ich sprach mit den Männern von Skythopolis die abendlichen Gebetstexte. Nach den gebetslosen Tagen von Tiberias atmete ich auf, wieder am gemeinschaftlichen Gebet teilzunehmen zu können.

Nach dem Gottesdienst trat ein Mann im Vorhof auf mich zu und erkundigte sich, ob ich eine Bleibe für die Nacht hätte.

»Ich bin Titus«, stellte er sich vor. »Und ich gehöre zum Synagogen-Vorstand. Wenn du noch keine Unterkunft hast, Fremder, bist du in unserem Gästehaus willkommen!«

»Danke, Herr, ich habe mein Quartier in der Garnison«, erklärte ich ihm. »Ich bin Tobit aus Alexandria, und ich bin privat und geschäftlich unterwegs in Israel.«

Titus hob die Augenbrauen. »Aus Alexandria kommst du! Fast wie vom anderen Ende der Welt! Aus Ägypten verirrt sich selten jemand hierher in unsere Stadt!«

Inzwischen hatten sich weitere Männer zu uns gesellt. Ich merkte, wie sie mich neugierig musterten. Auf ein längeres Gespräch durfte ich mich nicht einlassen, bis Sonnenuntergang musste ich mich in der Garnison zurückmelden. Doch ich hatte eine Frage, die ich unbedingt loswerden wollte.

»Brüder, ich war vor Wochen zu Gast in Sepphoris«, erzählte ich. »Bei euch in Skythopolis fällt mir auf, dass nur wenige beim Gottesdienst die Gebetsriemen anlegen, und auch bedeckt ihr euren Kopf nicht beim Beten. In Galiläa aber ist das üblich.«

»Andere Länder, andere Sitten«, meinte achselzuckend einer der Männer.

Das aber reichte mir nicht. Und Titus musste es mir ansehen, dass eine so lasche Auskunft mich nicht befriedigte.

Doch er sagte: »Junger Freund, Elisa hat recht. Und ich erkläre dir, weshalb. Es ist nämlich so: In Sepphoris richtet man sich nach den Bräuchen von Jerusalem. Und die Galiläer tun gut daran. Warum? Weil Galiläa wirtschaftlich von Judäa* im Süden abhängig ist. Unsere Handelsinteressen dagegen liegen im Norden, und zwar in Syrien.«

»So ist es!«, bekräftigten die Umstehenden.

»Dem Ewigen sei Dank! Seit die Römer zu uns ins Land kamen, sind endlich die Straßen sicher, der Handel mit Syrien und Damaskus blüht. Uns Israeliten in Skythopolis, will ich damit sagen, junger Freund, steht Damaskus näher als Jerusalem! Und wir sind zufrieden, dass es so ist. Von habgierigen Judäern in Jerusalem wollen wir uns hier in der Stadt jedenfalls nicht gängeln lassen!«

---

* »Judäa«, offizieller Name der römischen Provinz im Süden Israels.

Die Männer im Kreis murmelten zustimmend und applaudierten dem Synagogenvorsteher.
Die feindselige Art, wie die Männer von Jerusalem sprachen, befremdete mich. Sein Tempel war doch allen Israeliten heilig! Doch ich enthielt mich der Widerrede.
Denn inzwischen hatte sich die Sonne entfernt und Fledermäuse segelten durch die Luft. Jetzt musste ich rasch zur Garnison! Leider. Denn so blieb ich mit meinen Fragen allein, obwohl es mich drängte, mehr über die Gemeinde der Israeliten in Skythopolis zu erfahren.
Also verabschiedete ich mich höflich von Titus und den Umstehenden, dankte für das Gespräch und wünschte ihnen allen eine gute Nacht.
An einem Straßenimbiss erstand ich Fladenbrot und Rosinen als Wegzehrung für die nächsten Tage und eilte mich, um mich bei Rufus, dem Centurio zurückzumelden.

Der Centurio hatte auf dem Freigelände der Garnison die Zelte errichten lassen. Jeweils eins für zehn Soldaten. Mich hielt er an, unter seinem Zeltdach zu nächtigen. Schließlich sei er für meine Sicherheit verantwortlich.
Als ich mich bei ihm zurückmeldete, hockte Rufus am Boden. Er putzte und polierte seinen Helm. Ich grüßte, stellte mich zu ihm und sah ihm bei der Arbeit zu.
Bisher hatten wir nur wenige Sätze gewechselt.
»Du warst tagsüber in Gedanken«, sagte er jetzt. »Und ich muss auf dem Marsch Augen und Ohren für meine Leute offen halten. Ich bin für ihr Leben verantwortlich. – Wenn du willst, setze dich jetzt ein wenig zu mir!«
Ich nahm ihm gegenüber Platz und erkundigte mich neugierig: »Findet eine Parade statt? Dass du deinen Helm auf Hochglanz polierst?«
Der Centurio warf mir einen belustigten Blick zu. Dann sagte er: »Von Militärsachen verstehst du nichts, junger Herr? Sonst wür-

dest du so nicht fragen. Also, erstens, wenn ein Soldat seine Waffen nicht liebt, werden sie ihn nicht schützen. Wie es heißt: Der Stier schützt seine Nase mit den Hörnern! Zweitens sammelt sich unter dem Helm Schweiß und tagsüber haben wir etwas Regen abbekommen. Das gibt Rostfraß, wenn man nichts dagegen tut. Und drittens, wir polieren unsere Waffen, um für unseren Imperator Ehre einzulegen.«
Er beschaute sich seinen Helm kritisch von allen Seiten.
Unvermittelt fragte er mich: »Möchtest du ihn aufsetzen?«
Ja, natürlich wollte ich. Und Rufus stülpte mir seinen Helm mit dem gewaltigen Helmbusch über. Ich rüttelte, schüttelte den Kopf und die beiden seitlichen Wangenschützer klirrten. Mir war, als hätte man mir einen anderen Kopf auf die Schultern gesetzt. Der bei jeder Bewegung meine Ohren mit rasselnden Geräuschen füllte.
Rufus aber meinte: »Steh auf! Ich sehe, du würdest einen prächtigen Soldaten abgeben. Soll ich dir auch noch den Panzer und die Beinschienen anlegen?«
»Lass nur«, wehrte ich ab. »Ich merke auch so schon, mit was für einem Gewicht ihr euch abschleppen müsst! Nimm mir bitte den Helm ab.«
»Schade, schade«, meinte der Centurio. »Ich hätte dich gern in vollem Ornat gesehen. Du bist trainiert, muskulös, hältst dich aufrecht und gerade. Genau wie man sich einen Soldaten wünscht.«
»Ich weiß nicht«, sagte ich. »Mit dem Gewicht möchte ich nicht den ganzen Tag herummarschieren. Was wiegt denn das alles?«
»Reine Gewohnheitssache«, sagte Rufus. »Und die ganze Ausrüstung wiegt so viel wie ein Handmühlenstein. Wenn du noch Schanzzeug, Hacke, Spaten und vielleicht noch die Palisadenhölzer mit hinzunimmst, kommst du auf das Gewicht von einer ausgewachsenen Ziege, nehme ich an. Aber wie gesagt, da verschwendet unsereins keinen Gedanken daran.«
Wir setzten uns wieder. Rufus zog sein Schwert blank. Er prüfte beiderseitig die Schneide und ölte dann den Stahl.

»Bevor ich unter das Kommando von Pontius Pilatus nach Caesarea versetzt wurde, diente ich als Centurio in Damaskus«, erzählte er. »Nicht jeder lässt sich gern ins Judenland versetzen. Wegen der ständigen Unruhen. Ich hatte mich freiwillig gemeldet. Weißt du, ich will es zu einem *Primus pilus* bringen. Das ist ein Elite-Centurio. Mein Manipel in Damaskus bestand aus lauter Juden. Und ich hatte keine Probleme mit den Leuten.«

»Und wie ist das mit dem Sabbath?«, wollte ich wissen. »Und mit den Speisevorschriften, mit den ganzen Reinheitsgeboten? Wenn deine israelischen Soldaten im Einsatz sind, funktioniert das alles doch nicht.«

»Du musst dich auf ihre Gewohnheiten einstellen, ist doch klar«, meinte der Centurio. »Ich habe meine Leute so weit wie möglich gewähren lassen. Im Ernstfall heißt es dann natürlich: Not kennt kein Gebot! Also, wenn du mich fragst, gibt es nichts Besseres als jüdische Soldaten. Warum? Weil die wie Pech und Schwefel zusammenhalten. Die kämpfen genau wie die alten Spartaner! Bis zum Umfallen.«

»Deine Leute hier in dem Manipel sind aber keine Israeliten«, sagte ich.

»Kein einer!«, bekräftigte er. »Und warum? Weil es nach Jerusalem geht. Um euren Tempel zu schützen. Vor verrückten Fanatikern und ähnlichem Gesindel. Die auf euer Passah-Fest warten, um den Aufstand zu proben. Gegen uns Römer. Nein, da kann ich keine Juden unter meinem Kommando gebrauchen. Gegen ihre Landsleute würden die nicht das Schwert ziehen.«

»Nein«, stimmte ich zu. »Das Gottesgesetz verbietet, Bruderblut zu vergießen.«

»Das weiß auch Pontius Pilatus«, sagte der Centurio. »Aber sonst sind mir jüdische Soldaten die liebsten. Du findest sie auch überall im römischen Heer. In Afrika, Spanien, Syrien, wo du willst.«

Der Centurio faltete sorgfältig sein Putzleder und verstaute es in einer Tasche. »Da fällt mir ein«, erzählte er mit vergnügtem Lachen, »ich hatte in Damaskus einen unter meinen Leuten, um

den beneidete mich die ganze Truppe. Der Kerl hatte sich früher in der Arena als Gladiator einen Namen gemacht. Verstehst du, bei der Tierhatz. Manchmal erzählte der von seinen Kämpfen. Mit irischen Wolfshunden, mit Panthern und Löwen. Der hatte mal einen Riesenkerl von Löwen aufgespießt und das Vieh anschließend durch die ganze Arena getragen! Ich glaube ihm das aufs Wort. Dieser Sohn Abrahams war nämlich ein Hüne von Mann. Und ein gewaltiger Kämpfer, wenn es zur Sache ging.«
Mich beeindruckte das nicht und ich enthielt mich eines Kommentars. Du findest solche Geschichten bei Homer. Und auch in unseren heiligen Büchern. Meine Lieblingsgeschichte aber ist die von David und Goliath. Wo ein kleiner Hirtenjunge einem raubeinigen Riesenmonster das Maul stopft. *Mens agitat molem*, frei übersetzt: Geisteskraft statt Muskelkraft. Darüber wollte ich aber nicht mit Rufus diskutieren.
Der Centurio merkte wohl, dass ich von seinen Geschichten genug hatte. Denn Rufus erhob sich, legte klirrend die Rüstung an, stülpte sich den Helm über und sagte: »Ich mache noch einen Kontrollgang. Richte dir einen Schlafplatz im hinteren Zeltteil. Mein Platz ist im Eingang.« Damit verschwand er gebückt nach draußen.

Gegen Mitte des Folgetages rückten die Bergzüge, welche uns seit unserem Abmarsch von Skythopolis rechts und links in der Ferne begleitet hatten, enger zusammen. Wie zwei Mauern stiegen sie bewaldet zu beiden Seiten des Jordan-Flusses in den Himmel. Unsere Straße folgte auf der westlichen Seite des Flusses seiner hochgelegenen Uferbank. Tief unter uns suchte der Jordan den Weg zum Toten Meer. Während des Marsches sahen wir wenig von ihm. Denn der Fluss umgab sich beiderseits mit einem undurchdringlichen Grüngürtel.
Mit eigenen Augen sah ich jetzt, wie töricht es von mir gewesen war, zu glauben, ich könnte vom See Genezareth aus zu Schiff das Tote Meer erreichen.

In unseren heiligen Büchern hatte ich oft vom Jordan gelesen: Mose sah ihn aus der Ferne. Josua, sein Nachfolger, führte die Israeliten über den Fluss in das gelobte Land. David eroberte das östliche Jordan-Land und der Prophet Jeremia spricht vom »stolzen Jordan«. So war der Jordan in meiner Fantasie zu einem Strom wie der breit fließende Nil geworden. Mit zahllosen Schiffen, die auf ihm hinauf- und hinabsegelten. Und in dessen Dickicht Löwen und Bären hausten. Von solchen Raubtieren jedoch sah ich nichts, während wir die Uferstraße bergab marschierten. Nur einmal brach ein Wildschwein mit seinen Jungen im Galopp aus dem Ufergebüsch. Und das Tier war tatsächlich so groß wie ein Esel.

Nein, der Jordan war kein Nil. Sondern ein brausender, sich windender Wildstrom. Der über Klippen, Gestein und scharfe Felsen stürzte. Gelegentlich gab er den Blick auf breit ausladende Sandbänke frei. Sie waren mit Weiden, Tamarisken und riesigem Röhricht besetzt. Die ganze Flussniederung war eine einzige grüne Wildnis. Landwirtschaftlich, für Ackerbau und Viehzucht, war sie wohl nicht für die Menschen zu nutzen. Das Dickicht bot aber gewiss unzähligen Tieren Lebensraum. Unaufhörlich stoben Vögel in Schwärmen aus dem Grün, aufgescheucht durch unsere klirrende Marschkolonne.

Obwohl die Straße stetig abwärts fiel, ermüdete sie die Füße. Denn zahllose Wasserrinnsale durchfurchten die Uferbank und gelegentlich durchschnitten die Straße tiefe Scharten, die wir unter Mühen überquerten. Dazu hing stickig heiße Luft über der Jordan-Niederung, die einem den Schweiß in die Stirn trieb. So kamen wir nur schleppend voran.

»Wir schaffen es gerade noch bis zu unserem Erdkastell«, ließ sich Rufus neben mir vernehmen. »Unterhalb vom Alexandrium.«

Ich nickte. Der Name sagte mir nichts.

Der kräftezehrende Marsch bringt die Gedanken in meinem Kopf nicht zum Schweigen. Gedanken, die sich gegenseitig anklagen und verteidigen. Hätte ich, von Sepphoris kommend, nicht die Abzweigung nach Tiberias verpasst, wäre ich dem Rabbi Jeschua und seinen Leuten womöglich nie begegnet. Und wäre mit Simons Leuten und seinem Schiff jetzt schon längst am Toten Meer.

So weit ist alles klar. Und in diesem Augenblick innerer Klarheit entscheide ich mich: Auf meinem Rückweg nach Galiläa werde ich ihn in Kapernaum aufsuchen! Bis dahin werde ich mit mir im Reinen sein. Um ihm gegenüber bestehen zu können.
Wer weiß, vielleicht würde der Rabbi es dann bedauern, mich vor den Kopf gestoßen zu haben. Ja, ich malte mir aus, wie Jesus mir die Hände auflegen würde, um mich zu segnen. Mich, Tobit, und mein Vorhaben, Israel mit Bergen von Schwarzem Gold freizukaufen.
Der Entschluss, mich dem Propheten aus Nazareth zu stellen, erleichterte mich. Dass ich in Panik weggelaufen war, sollte nicht das letzte Wort gewesen sein. Bis ich vom Passah-Fest zurückreise, ist es noch ein Vierteljahr, rechnete ich mir vor. Und die Zeit genügte mir, die Landessprache so weit zu beherrschen, dass ich mit dem Rabbi in seiner Sprache diskutieren konnte. Vielleicht war also der Abstecher nach Kapernaum doch kein Irrweg gewesen. Sondern eine unerlässliche Zwischenstation!
Der Himmel gab gerade noch so viel Licht, dass man einen weißen von einem schwarzen Faden unterscheiden konnte, als unsere Kolonne das Erdkastell erreichte. Es hatte einen eiförmigen Grundriss mit nur einem einzigen Zugang. Den umlaufenden Graben hatten Wind, Wetter, oder vielleicht auch Tiere teilweise eingeebnet. Die Palisadenwand über dem Wall musste neu befestigt werden. Ohne laut zu werden, gab der Centurio seine Befehle. Die Männer wussten ohnehin, was sie zu tun hatten. Die einen errichteten im Oval die Zelte, andere hoben den Graben neu aus, wieder andere spitzten frische Palisadenhölzer zu. Die Eselstreiber entluden die Tiere. Sie brachten ihre Lasten innerhalb der Umwallung in Sicherheit und pferchten außen, nah am Eingang,

die Tiere ein und breiteten daneben ihre Zeltdächer aus. Es wurde Nacht darüber. Das erste Sternenlicht durchbrach das fahle Abendgrau.

Der Centurio teilte die Nachtwachen ein. Schnell wurde es ruhig in den Zelten. Der Marsch hatte alle ermüdet. Ich nahm noch die Schritte der Wachrunde wahr, dazwischen heulte ein Schakal. Dann war ich eingeschlafen.

Trompetenstöße weckten mich, mitten in der Nacht. Ich schrak auf, nahm Feuerschein durch die Zeltritzen wahr. Mit einem Satz war ich an dem Centurio vorbei, der sich gerade den Helm überstülpte.

»*Siste! Ades dum!*«, schrie er mir hinterher. »Halt, zurück!«
Die Eseltreiber trieben ihre Tiere in die Umwallung. An ihnen vorbei drängte ich hinaus ins Freie und rannte. Ich hatte hebräische Rufe und Schreie vernommen. Und an der Seite von Römern gegen meine Landsleute kämpfen, das konnte ich nicht. Mitten im Lauf schaute ich hinter mich. Zelte standen in Flammen, Schreie gellten, Waffen klirrten. Ein Überfall, mitten in der Nacht.

Wie aus dem Boden gewachsen stand plötzlich eine dunkle Gestalt vor mir. Ich hörte keuchenden Atem. Noch ehe der Schock mich lähmte, schoss ich auf den Mann zu. Mit geballter Faust traf ich seinen Hals. Wir schrien beide auf. Er schlug hintenüber zu Boden. Mir hatte der Siegelring die Finger so zerquetscht, dass mich der Schmerz fast betäubte.

Aus der Dunkelheit sprang mich ein zweiter Mann an. Ich bekam seinen erhobenen Arm zu fassen, duckte mich, riss ihn mir über die Schulter. Mein Gegner stolperte über seinen liegenden Kameraden. Ich warf mich ihm auf den Rücken. Stumm kämpfend versuchte einer den anderen von oben her in den Griff zu kriegen. Mein Gegner war mir an Körpergewicht überlegen. Ich aber hatte jahrelanges Training auf den Sportplätzen von Alexandria hinter mir. Schließlich gelang es mir, ihn in die Rückenlage zu werfen, rammte mein Knie in seine Weichteile und stieß ihm aufspringend die Ferse in den Magen. Der Mann heulte vor Schmerz laut auf und wand sich am Boden. Ich rannte. In die nur vom Sternenlicht und von einer schmalen Mondsichel erhellte Nacht hinaus. Irgendwann warf ich mich stöhnend zu Boden. Ein scheußliches Geräusch wie das Summen eines Bienenschwarms brauste in meinem Kopf. Mein Körper fühlte sich an, als hätten sich alle Glieder voneinander getrennt.

Ich weiß nicht, wie lange ich so lag. Als ich den Kopf anzuheben vermochte, sah ich, wie weit ich mich vom Lager entfernt hatte. Fackeln irrlichterten im Vorgelände des Lagers umher. Die Zeltbrände aber schienen gelöscht zu sein. Mühsam kam ich auf die Beine. Meine rechte Hand schmerzte sehr. Im unsicheren Nachtlicht konnte ich nicht feststellen, ob ich mich ernsthaft verletzt hatte. Doch ich konnte alle Finger bewegen, wenn auch unter stechenden Schmerzen. Ich versuchte den Siegelring vom Finger zu ziehen. Ich schaffte es nicht. Und es tat ganz gemein weh. Der Finger, spürte ich, war dick angeschwollen.

Auf dem Rückweg ins Lager trottete mir ein Esel entgegen. Zwischendurch knabberte er an ein paar Distelstauden. Ich näherte mich dem Tier von der Seite, sprach ihm gut zu, fasste mit der Linken den Halfter und ging mit ihm auf die Palisaden zu.

Bevor die Wachen mich gesichtet hatten, blieb ich stehen und rief: »*In tutela centurionis sum, Tobit ex Alexandria!*«

Zwei Soldaten näherten sich mir hinter ihren Schilden. Der eine mit Fackel, der andere mit gezücktem Schwert.

Der Fackelträger leuchtete mir ins Gesicht und schrie: »*Inventus est!* Wir haben ihn!«

Und sein Kamerad sagte zu mir: »Der Centurio tobt, er ist außer sich! Wir suchen die ganze Gegend nach dir ab. Wo hast du gesteckt?«

Er nahm mir den Esel ab und ließ mich zum Lagereingang voran gehen.

Rufus stürmte mir mit einer Fackel entgegen: »*Stercus! Ubi eras, puer?* Verdammt noch mal, wo hast du gesteckt!«, schrie er mich an.

»Juden kämpfen nicht gegen Juden«, sagte ich so ruhig ich konnte.

»Das sage mal euern Messerstechern, diesen Fanatikern«, entgegnete er böse. »Die würden dich mit Wonne aufschlitzen, wenn sie dich in die Hände bekämen.«

Rufus packte mich am Arm, ich fuhr vor Schmerz zusammen.

»Hast du dich verletzt?«, fragte er besorgt.

»Ich musste mir einen vom Leib halten«, sagte ich. »Die Hand ist geschwollen, nichts Ernstes.«

»Los, ab ins Zelt«, kommandierte er mich. »Das will ich mir ansehen.«

Im Licht der Zeltlaterne begutachtete Rufus die wehe Hand.

»Ein Bluterguss im Ringfinger«, stellte er fest. »Der Finger müsste gekühlt werden. Aber wie, hier im Schwitzhaus am Jordan? Morgen sind wir in Jericho. Du lässt dir beim Goldschmied das Ding aufschneiden. Bis dahin musst du durchhalten. – Ihr Götter, was für ein Ring! Das Siegel von eurem Haus?«

»Ja«, sagte ich. »Ariston, mein Großvater, hatte den Ring anfertigen lassen.«

»Zwei Nilgänse«, bemerkte Rufus. »Ist das nicht das Zeichen für Hapi, den Nilgott?«

»Ariston hatte über den Nil ein Buch geschrieben, deswegen«, erklärte ich.

»Ihr Juden sollt doch keine Götterbilder verehren!«, sagte Rufus.

»Das stimmt«, sagte ich. »Aber ich bete ja auch nicht zum Hapi.«

Der Centurio feixte. »Ist das ein Unterschied?«, fragte er. »Ich wette, bei euren Priestern kommst du damit nicht durch. Vielleicht darfst du den Ring überhaupt nicht tragen, das ist doch ein Götzenbild! Und mit dem Ding hast du draufgehauen?«

»Bestimmt hatte der Mann ein Messer«, verteidigte ich mich.

»Jude gegen Jude«, stellte Rufus zufrieden fest. »Und wo hast du ihn erwischt?«

»Es war dunkel, ich denke, es war der Hals«, sagte ich.

»Dann hast du den Kerl totgeschlagen«, sagte Rufus. »Zwei Leichen liegen draußen. Die Banditen werden sie abholen, sobald wir weg sind. Einem hat Fabius, unser Standartenmann, das Schwert in den Bauch gerammt. Der andere ist unverwundet. Aber mausetot, wie man so sagt. Ich konnte mir keinen Vers darauf machen. Wie gesagt, du wärst ein guter Soldat geworden!«
Wortlos drehte ich mich um und begab mich zu meinem Schlafplatz. Schlaf fand ich nicht mehr. Das Blut in meiner Hand pochte, der nächtliche Kampf zog ständig wieder an meinem inneren Auge vorbei. Hatte Rufus recht, war ein Mensch von meiner Hand gestorben. Ein anderer Israelit. Und ich war auf dem Weg nach Jerusalem.
»Wer darf stehen an seiner heiligen Stätte? Wer unsträfliche Hände hat«, sagt David in den Psalmen. »Der wird den Segen des Höchsten empfangen.«

Jetzt hätte ich einen Torah-Lehrer gebraucht. Um zu hören, was unser Gesetz über Notwehr sagt. Schließlich hatte ich den Mann bloß von mir fernhalten wollen! Mehr nicht. Ich hatte nicht geglaubt, dass ich jemals einen Menschen töten könnte. Und jetzt war es geschehen.
Der Schmerz bohrte. Heiße Stiche fuhren von den Fingern hinauf bis in den Oberarm. Und ich verfluchte Aristons Ring mit dem Hapi-Stein, ich verfluchte meine Hand. Meine Hand, die einem anderen das Leben genommen hatte. War mein Blut etwa roter, wertvoller als seins? Gott gibt das Leben und keinem steht es zu, über Leben und Tod eines anderen Menschen zu verfügen.
Seine Eltern würden um ihn trauern, vielleicht sogar eine Frau, seine Kinder. Meine wehe Hand war nur die gerechte Strafe. Eine leichte Strafe, gemessen an dem Unglück, an der Verzweiflung seiner Anverwandten. Das hielt ich mir vor, während ich mich unruhig auf meinem Lager bewegte.
»Sprich *tehilim!*«, pflegte mein Vater zu sagen, wenn es mir als Kind vor Nachtgespenstern gruselte: »Sprich Psalmen!«

Und das tat ich in dieser Nacht: »Aus der Tiefe rufe ich, Gott, zu dir, höre meine Stimme! Willst du den Schuldigen verklagen, wer könnte vor dir bestehen! Gott, meine Seele wartet auf dich, mehr als der Wächter auf den Morgen. Ist doch bei dir die Gnade und viel Erlösung bei dir!«, so sprach ich flüsternd ins Dunkel.
Wir Israeliten versuchen uns an Unmöglichem. Wir versuchen trotz allem, was gegen uns spricht, mit Gott zu leben. Mehr können wir nicht, sagte ich mir, während der Schmerz in meiner Hand bohrte. Und wir hoffen, dass es dem Höchsten genügt.

Zur Stunde, wo man die Rinder aus dem Joch nimmt, erreichten wir Jericho. Es war ein quälend langer Tag für mich gewesen.
Morgens hatten die Soldaten das Erdkastell aufgeräumt, die Brandspuren beseitigt. In aller Frühe hatte ich nach den beiden Toten gesucht. Ich fand sie nicht. Die Sikarier mussten sie noch in der Nacht geborgen haben.
Ernstlichen Schaden hatten sie nicht anrichten können. Zwei Zelte waren verbrannt, das war schon alles gewesen. Doch die tückischen Angriffe zeigten Wirkung. Sie machten die Besatzer nervös. Reizbar und unsicher. Ich merkte es dem Centurio an.
»Wenn eure Leute so weitermachen, endet das in einem Massaker«, sagte er auf dem Weg zu mir. »Rom lässt sich das auf die Dauer nicht bieten. Euer Land ertrinkt in Blut!«
Und weil ich im Römischen Reich weit herumgekommen bin, stimmte ich ihm stillschweigend zu.
Der Weg nach Jericho zog sich. Noch immer brauste unter uns der Jordan. Dann trat der Gebirgszug linkerhand zurück, eine Ebene öffnete sich weit. Der graugelbe Boden, durch den der Jordan seinen Weg zum Toten Meer suchte, war unfruchtbar, trug hier und da nur eine Spur kümmerlichen Grüns. Dann tauchte rechts vor uns die Oasenstadt Jericho auf. Wir näherten uns dem Ziel.
Meine Hand schmerzte bei jedem Schritt. Ich hatte mir das Bündel vom Rücken auf den Bauch gezogen. Die wehe Hand konnte

während des Gehens darauf ruhen. Das linderte ein wenig den Schmerz.
Ich war heilfroh, als wir endlich das Stadttor passierten.
Rufus kannte sich in Jericho aus. Er hatte bereits im vorigen Jahr hier Station gemacht und hielt geradewegs auf die Oberstadt zu. Vor dem Tor der Garnison übergab er dem Standartenträger das Kommando. Die Soldaten rückten ein und Rufus verabschiedete sich von mir mit einem Schalom. Ich lächelte ihm zu und bedankte mich.
»Schon gut«, winkte er ab. »Doch wenn dir was passiert wäre, könnte ich meine Karriere vergessen! Melde dich doch mal, wenn du zum Fest nach Jerusalem kommst. Du findest mich in der Antonia-Burg. Gleich neben eurem Tempel. Ich zeige dir die Burg. Ihr Turm überragt den Tempel. Von seiner Zinne aus siehst du die ganze Anlage von oben wie ein Vogel.«
»Ich melde mich, ganz bestimmt«, sagte ich. »Das lasse ich mir nicht entgehen.«
Während Rufus die Wachen passierte, dachte ich: Er ist unserem Volk wohlgesinnt. Der Ewige beschütze ihn!

Dann machte ich mich auf den Weg, einen Goldschmied zu finden.
Jericho ist umgeben von dichten Palmenhainen und Gärten, in denen Feigen, Rimmon-Früchte und Duftholz-Sträucher gedeihen. In gemauerten Gräben plätschert klares Wasser unter dem Schatten von Büschen und Hecken, Stege und Brücken führen zu üppig begrünten Wohnsitzen. Der Geruch von unerschöpflicher Fruchtbarkeit steigt aus der Erde. Rote und blaue Libellen schweben über den Wasserläufen. Und oben am Hang umkränzen weiße Paläste die paradiesische Oase.
Ich musste nicht lange nach der Goldschmiedestraße suchen und betrat die erstbeste Werkstätte, die sich zur Straße hin öffnete.
Der Schmied saß mit untergeschlagenen Beinen vor einer Steinmulde, in der Kohle glühte. Mit einer langen Pinzette hielt er ein

Stückchen Metall in den Schmelztopf. Dabei blies er mit einem Windrohr in die Glut, um die Hitze zu steigern.
Als mein Schatten auf ihn fiel, blickte er auf und bedeutete mir stumm, zu warten. Sein Gesicht durchzogen tiefe Falten, ein gewundener Seidenschal verhüllte das Haar, ein schlohweißer Bart umgab das Kinn.
Nach einer Weile legte er seine Geräte aus der Hand, murmelte einen Gruß und sah mich fragend an.
Ich stellte mein Bündel ab und streckte ihm meine schmerzende Hand entgegen.
»Öffne mir den Ring, guter Mann«, bat ich. »Ich hatte einen Unfall.«
Beim Anblick meiner verfärbten Hand sog er die Luft ein, erhob sich, verschwand im hinteren Ladenteil und kehrte eilends zurück. Mit einer winzigen Zange öffnete er den Ring, bog ihn auf und entfernte ihn sacht vom Finger.
»Das sieht ja böse aus!«, grummelte er vor sich hin.
Er schlug ein Glöckchen an, rief einen Namen. Umgehend tauchte aus dem hinteren Ladenteil eine tief verschleierte Frau auf.
»Sieh dir das an!«, sagte er und hob vorsichtig die Hand an. »Lauf und hol Balsam. Den besten, den aus En-Gedi*.«
Während die Frau davoneilte, besah er sich meinen Ring.
»Kannst du ihn bitte gleich wieder herrichten?«, erkundigte ich mich.
Der Schmied hielt sich den Ring dicht unter die Augen. »Und in der Fassung ist ein Haarriss«, stellte er fest. »Ja, das lässt sich machen. Ein kostbares Siegel. Vielleicht aus Antiochia?«
»Aus Alexandria«, sagte ich.
Die verschleierte Frau erschien mit einem Alabaster-Döschen. Wortlos nahm sie meine entgegengestreckte Hand, trug die Salbe auf und massierte sie mit sanften Strichen in die drei verfärbten

---

* »En-Gedi«, eine Oase am Toten Meer.

Finger. Ich biss die Zähne zusammen. Der Schmerz warf mich fast um.
Dann fragte sie den Schmied in einer Sprache, die ich nicht verstand, und reichte mir das Döschen.
»*Labe, doso soi dorean*«, sagte sie auf Griechisch. »Behalte es als Geschenk.«
Ich wusste nicht, ob ich sie anreden durfte, dankte dem Schmied, verbeugte mich vor der Frau und versenkte das Salbendöschen in mein Bündel.
In der Zwischenzeit hatte der Schmied die Kohlen mit dem Windrohr neu angefacht. Ich sah zu, wie er mit winzigen Bewegungen seiner Finger den Reifen wieder zurechtbog, ihn kurz in die Glut tupfte. Dann trug er mit der Pinzette einen Silbertropfen an der Bruchstelle auf.
Nachdem das Metall erkaltet war, er die Unebenheiten mit einem Bimsstein entfernt hatte, polierte er den Ring. Dann verschwand er damit in den hinteren Ladenteil, um mir dann das Schmuckstück auf einem weißen Baumwolltüchlein zu überreichen.
Ich steckte den Ring an meine Linke und fragte, was ich schuldig sei. Doch der Schmied antwortete, es sei ihm eine Ehre gewesen, ein solch erlesenes Kleinod wieder herrichten zu dürfen. Ich reichte ihm zwei Golddenare, die er mit einem Dankesnicken in seinen Gürtel steckte.
Schon hatte ich mich verabschiedet, als mir der Gedanke kam, mich bei dem freundlichen Alten nach dem Schiff der Galiläer zu erkundigen. Schließlich ist man nirgends so gut über Handel und Wandel unterrichtet wie in einem Schmuckhändler-Basar.
Der Schmied schaute mich überrascht an. Ja, er habe davon gehört, sagte er. Gerüchtweise. Ein Simon ben Phabi aus Sepphoris habe hier große Dinge vor. Und wieso ich danach frage, wollte der Alte wissen.
»Vielleicht werde ich mich mit Simon zusammentun«, erklärte ich.
»Das überlege dir gut, junger Herr«, sagte der Schmied. »In Jeri-

cho ist alles in festen Händen. Die Herodessöhne wollen nicht, dass ihnen jemand dazwischenkommt, der Adel von Jerusalem, die Hohenpriester, reden auch ein Wörtchen mit. Schließlich auch der Nabatäerkönig Aretas, hinten am Toten Meer, und überall mischen natürlich die Römer mit. Und vergiss nicht die Araber und die Beduinen. Ohne deren Schleichhandel geht nichts im Jordantal. Also, da hat ein Auswärtiger wenig Chancen.«
»Und was sind eure wichtigsten Handelsgüter?«, fragte ich.
»Mein Herr, was soll ich da sagen«, antwortete der Alte und strich seinen Bart. »In unserem Gewerbe interessiert man sich für Perlen, Gold, edle Steine. Für Elfenbein natürlich auch. Und für Kämme und Dosen aus Schildpatt. Das ganz große Geld aber machen die Weihrauchhändler. Du musst wissen, lieber junger Herr, allein der Tempel verbraucht jährlich ganze Kamelladungen davon. Wenn die Priester ihr Weihrauchopfer darbringen, riechst du das im Sommer bis hier herab nach Jericho! Das sind fünf, sechs Wegstunden.«
Asphalt war scheinbar kein besonders wichtiges Handelsgut. Wenigstens hatte der Schmied das Schwarze Gold nicht erwähnt. Und ich hütete mich, mein Interesse daran anzudeuten. Ich erkundigte mich aber, wo ich das galiläische Schiff zu suchen hätte. Und erfuhr, dass ich es vermutlich auf einer kleinen Halbinsel, Beth Arab genannt, finden würde. Am Nordufer des Salzsees, einen halben Tagesweg entfernt.
Ich bedankte mich und zeigte dem Alten meine Hand.
»Ich denke, die Schwellung geht schon zurück«, sagte ich.
»Wenigstens der Schmerz lässt deutlich nach.«
Der Schmied lächelte erfreut.
»Und vergiss nicht die Salbe!«, ermahnte er mich. »Sie heilt das entzündete Gewebe!«
Damit begab er sich zurück an seinen Platz vor dem Kohlebecken.
Es war die Zeit des Abendgebets. Eine Synagoge hatte ich bald gefunden. Ich überspülte meine Hände und erhob sie im Betraum.

Zwischen den Regelgebeten dankte ich im Stillen dafür, in der vergangenen Nacht mit dem Leben davongekommen zu sein.
Um Vergebung wagte ich nicht zu bitten. Zum ersten Mal hatte ich einen Menschen umgebracht. Unwillentlich, aus Versehen, unabsichtlich. Die Tat aber bedrückte mich sehr.
Es war der Tag vor der winterlichen Sonnenwende. Der Vorbeter sprach aus diesem Anlass einen besonderen Lobpreis: »Gelobt sei der Gott Israels, der die Wendepunkte für die Sonne erschuf und der den Tierkreis schön geordnet hat!«
Ich befand mich ebenfalls an einem Wendepunkt meines Lebens. Das spürte ich deutlich. Und bat den Ewigen, auch meine Lebenskreise in Ordnung zu halten.
Später lauschte ich den Gesprächen der Männer im Vorhof. Der Name von Simon ben Phabi oder der seines Sohnes Nachum fiel dabei nicht. Jemand sprach mich an. Und ich erklärte, dass ich mich auf Geschäftsreisen befand. Man bot mir ein Quartier im Gästehaus an, ein Angebot, das ich gerne annahm.

Spät erst wurde ich wach. Ich hatte durchgeschlafen, die ganze Nacht, bis in den späten Morgen. Keine Alpträume hatten mich aus dem Schlaf geschreckt und auch meine schlimme Hand hatte sich nachts nicht gemeldet. Ich trat an das Fenster. Jenseits der Jordan-Ebene sah ich über den Bergen Moabs* schon am Himmel die Sonne stehen.
Heute wollte ich zu der Schiffsbaustelle. In aller Frühe, sobald die Torflügel der Stadt sich geöffnet hatten, so hatte ich es eigentlich geplant. Und jetzt war ich so spät dran, dass ich bestimmt die volle Mittagshitze zu spüren bekam. Doch der Schlaf hatte mich unglaublich erfrischt. Und als ich meine Hand mit dem Balsam aus En-Gedi massierte, musste ich nicht mehr vor Schmerz auf die Zähne beißen. Die Sandalen allerdings verschnürte ich mit der

---

* »Moab«, das Land östlich des Jordans, das heutige Jordanien.

Linken, weil die drei letzten Finger an meiner rechten Hand noch blau und dick angeschwollen waren.

Ich ließ mein Bündel in der Obhut des Synagogendieners und machte mich auf den Weg zum Osttor der Stadt. Bei einem Wasserverkäufer löschte ich mit gewässertem, säuerlichem Rimmon-Saft den Durst. Und fand auch eine dampfende Garküche, wo Fische auf dem Rost schmorten. Ich ließ es mir schmecken. In Jericho konnte ich nach Herzenslust essen und trinken! Ist doch Jericho eine Stadt, in der Israeliten das Hausrecht haben. Die Stadtverwaltung achtete bestimmt darauf, dass auch die Imbiss-Stände die Reinheits-Vorschriften der Torah befolgten.

Während ich aß, schritten zwei Kamele vorüber, das zweite an den hölzernen Gepäcksattel des vorderen gekoppelt. Beide waren mit großen Palmfaserkörben an jeder Seite beladen und zwei Männer in verblichenen Leinengewändern dirigierten die Tiere mit Rufen und ihren Stöcken.

Drei angeleinte Esel beschnüffelten rechts von mir eine Steinwand und beknabberten sich gegenseitig zum Zeitvertreib. An die Mauer gelehnt saß ihr Besitzer, ein Mann mit grauem Stoppelkinn und krummen Schultern.

Als ich mich zum Gehen anschickte, sprang er auf. Mit schriller Stimme bot er mir seine Esel als die »sanftesten Reittiere« an. »Jedes wäre würdig, einen Hohenpriester zu tragen!«, rief er. »Junger Herr, steigt auf! Besudelt eure Füße nicht mit Straßendreck!«

»Danke, guter Mann«, wehrte ich ihn ab. »Aber mein Weg führt aus der Stadt heraus.«

»Ich begleite euch! Sofort, wohin ihr auch wollt, hochedler Herr!«, schrie er, dass seine Stimme sich fast überschlug und knotete bereits seinen Gürtel. »Ohne Aufschlag, gerade mal für zwei Drachmen als Tagesmiete!«

Ich hatte Mühe, den zudringlichen Mann loszuwerden, der sogar nach meinem Ärmel gegriffen hatte, um mich aufzuhalten.

Als ich aus dem Stadttor trat, erblickte ich halbrechts von mir das

Nordufer des Asphalt-Sees. Die Luft war klar, das Ziel schien zum Greifen nah. Doch die Sicht konnte täuschen. Wahrscheinlich würde ich gut zwei Stunden brauchen, bis ich bei der Halbinsel war, die der Goldschmied mir genannt hatte. Und ich wollte mich Simons Schiff möglichst verstohlen nähern, nicht auf dem Eselrücken, noch dazu in Begleitung des geschwätzigen Eseltreibers. Also machte ich mich zu Fuß auf den Weg. Um erst aus einer gewissen Entfernung die Schiffsbauer bei ihrer Arbeit zu beobachten, bevor ich mich an Ort und Stelle Nachum, dem Sohn meines Partners Simon, vorstellen würde.

Ja, ich hatte die Morgenstunden verschlafen. Auf der sacht abfallenden Straße kamen mir schon Frauen und Mädchen entgegen, die bereits bei Tagesanbruch aufgebrochen waren, Feuerholz zu sammeln. Sie alle, jung und alt, trugen mächtige Reisigbündel auf dem Rücken, die ihre Köpfe beinah um die halbe Körperhöhe überragten. Die tägliche Plage für Frauen, Holz herbeizuschaffen. Einige waren bis an die Nase verschleiert, und wenn eine Gruppe an mir vorbeizog, senkte ich meine Augen, damit sich keine Frau durch Blicke belästigt fühlte.

Anfangs hatten frisch bestellte Felder meinen Weg begleitet. Jetzt aber führte die Straße in eine steinige Ebene und verlor sich schließlich zwischen Dornenbüschen und fahlgelben Kriechgewächsen. Kein einziger Grashalm milderte den trostlosen Anblick der Wüstenei. Mit jedem Schritt wirbelte feiner gelbgrauer Staub auf, der zwischen den Zehen brannte. Und in der öden, von kleinen Erhebungen durchzogenen Steinebene war weit und breit kein Baum zu sehen. Die Ebene erstreckte sich bis zu den Bergen Moabs, die sich jenseits von ihr auftürmten. Wenigstens konnte ich mich nicht verlaufen! Denn zwischendurch gaben die Hügel immer wieder den Blick auf den blaugrauen Spiegel des Asphalt-Sees frei.

Nach einer guten Stunde Fußmarsch entdeckte ich rechts einen Schimmer von Grün und hielt darauf zu.

Ich landete bei einer Senke, in deren Mitte eine von Steinen umfasste Quelle sprudelte. Eine Reihe von mageren Weidenbäumen umsäumte ein Stück ihres Laufs, ein grüner Fleck inmitten der grenzenlosen Einöde. Zwei Sandhühner saßen auf der Umrandung. Die graubraunen Vögel tauchten ihre Schnäbel mehrmals hastig ins Wasser, hoben dabei jedes Mal den Kopf. Sie stoben auf, als ich mich näherte, riefen »gatta-gatta-gatta« und flogen eine Weile mit leichtem Flügelschlag hin und her. Als sie sich auf dem Hang gegenüber niederließen, verstummten sie und putzten ihr Gefieder. Ich kostete von dem Quellwasser. Es war lauwarm, doch es schmeckte gut. Und ich trank mich gründlich satt daran.

Es war noch weit bis zur Tagesmitte, aber die Sonne brannte schon vom wolkenlosen Himmel und die stickige Luft legte sich auf den Atem.

Erfrischt stieg ich aus der Senke. Oben angekommen entdeckte ich unweit von hier eine enge Landzunge, die in den Asphalt-See reichte. War ich nicht völlig verkehrt gelaufen, musste das *Beth Arab* sein, wovon der Goldschmied gesprochen hatte. Die Stelle, wo galiläische Zimmerleute unser Schiff zusammenbauten, das Simon damals mir in seinen Einzelteilen im Hof der Maria präsentiert hatte. Ich atmete auf. An ihrem Ende lief die Landzunge in einen Felshöcker aus. Ungefähr tausend Doppelschritte mochten es bis dorthin sein. Unser Schiff sah ich von hier aus nicht, vermutlich befand sich der Bauplatz hinter dem Felsen.

Bald gewahrte ich auch Hufspuren und Kothaufen. Sicher stammten die von den Eseln, auf deren Rücken die Schiffsbauteile ans Tote Meer transportiert worden waren. Mein Herz schlug schneller. Ich erreichte die Landzunge, und stieß gleich auf eine Anlegestelle mit grobem Pflasterbelag. Ja, das musste *Beth Arab* sein, sagte ich mir. Die nördliche Schiffsanlegestelle.

In unmittelbarer Nähe der Felsnase hielt ich inne. Gedämpft schlugen kleine Wellen gegen die steinerne Ufermole. Etwas stimmte nicht. Ich sah mich um. Nirgends war ein Mensch zu sehen. Auch kein wildes Tier, das mir hätte gefährlich werden können. Aber in meinem Bauch zog es. Ich legte eine Hand über die Augen und spähte über den blendenden Seespiegel hinüber zu den zerklüfteten Uferbergen. Abweisend, drohend erhoben sie sich aus dem Wasser. Gespenstige Stille lag über der Landschaft. Ein einzelner Vogelschrei durchschnitt die Luft. Und plötzlich wusste ich, was nicht stimmte. Da hätten doch Stimmen sein müssen! Hammerschläge, quietschende Sägen, die Arbeitsgeräusche der Handwerker, die an unserem Schiff zimmerten und wirkten.

Jetzt noch, Wochen später, während ich in Alexandria an meinem Schreibpult stehe, spüre ich den Schrecken wie einen körperlichen Schmerz. Das heftige Gefühl, das der Anblick des schwarz verbrannten Schiffs in mir auslöste.
Ans Tote Meer habe ich keine weitere Erinnerung. Allein dieser Augenblick steht mir vor Augen: Als ich in der gleißenden Sonne das tote Schiff entdeckte. Heruntergebrannt bis auf den Kiel. Wie schwarz verkohlte Rippen ragten seine Spanten in die gläserne Luft.
Mein Traum vom Schwarzen Gold war ausgeträumt. Von einem auf den anderen Augenblick. Und weit und breit war kein Mensch in Sicht. Ich war allein mit mir. Allein, wie ich noch nie gewesen war. Allein mit dem schwarzen Schiff und meinen ausgeträumten Träumen.

Erst mit dem Abend jenes Unglückstages setzt meine Erinnerung wieder ein. Irgendwie musste ich zurück nach Jericho gefunden haben. Gehetzt, mein Gesicht von Schweiß überströmt. Der Synagogendiener schaute mich mit großen Augen an, als er meine Reisebündel herbeiholte. Ich drückte ihm stumm eine Drachme in die Hand und stürzte hinaus auf die Straße.
Ich sehe noch das zerfurchte Gesicht des Goldschmieds vor mir. Der mich anschaute, als hätte er mich erwartet.
»Junger Herr, nimm doch Platz«, sagte er, wies auf einen Schemel und legte sein Werkzeug beiseite. »Du bist außer Atem!«
Ich ließ mich auf den Schemel fallen.

»Dein Mantelsaum ist gelb von Salzstaub. Du kommst vom Salzsee?«, fragte er. »Was ist geschehen?«

»Ich fand nur noch das Wrack. Simons Schiff ist abgebrannt. Bei *Beth Arab*. Und in der Gegend war niemand, den ich fragen konnte«, erklärte ich stockend. »Weißt du etwas darüber?«

Der Alte nickte. »Ich habe davon gehört«, sagte er. »Abends im Basar. Wenig später, als du gegangen warst. Man sagt, Beduinen hätten den Brand gelegt. Beduinen, die ihren Schleichhandel auf dem See durch Simons Schiff bedroht sahen. Mehr weiß ich nicht. Und man erzählte sich, der Sohn des Simon ben Phabi, sei mit seinen Leuten zurück nach Galiläa. Gestern, noch am selben Tag.«

Der Goldschmied ließ mir Zeit. Doch ich fand keine Worte, um auch nur mit einem einzigen Satz zu reagieren.

»Und was ist mit deiner Hand, junger Herr?«, erkundigte er sich schließlich. »Hat die Salbe geholfen?«

Ich streckte ihm die Hand entgegen.

Der Alte beugte sich über meine Finger. »Ja, das sieht besser aus als gestern!«, meinte er und fuhr sacht über die blau angelaufenen Stellen. »Tut das noch sehr weh?«

Kopfschüttelnd verneinte ich.

»Ich will dich nicht ausfragen, was ihr beide mit dem Schiff geplant hattet, Simon und du, junger Herr«, sagte der Schmied, bevor er sich wieder seiner Arbeit zuwandte. »Das Unglück kommt oft haufenweise! Aber du lebst und das ist die Hauptsache!«

Ich erhob mich. »Danke«, sagte ich. »Und richte auch deiner Hausfrau meinen Dank aus.«

Damit verließ ich den freundlichen Mann.

Über Jerusalem hinauf

Der Weg hinauf nach Jerusalem verlangt Ausdauer. Besonders der erste steile Aufstieg ins Gebirge. Ich war erschöpft von dem Gewaltmarsch am Vormittag. Der Mantel, das Reisebündel hingen schwer an mir. Doch nichts hielt mich länger in Jericho. Ich ließ die Tore der Palmenstadt hinter mir und lief los, weil ich nichts anderes mit mir anzufangen wusste. Wie betäubt stieg ich das zerklüftete Wadi hinauf, durch das die Straße nach Jerusalem führte.
Hätte ein Wegelagerer jene seltsame Kapuzenfigur überfallen, ich glaube, Tobit, der ich nicht mehr war, hätte sich nicht mal gewehrt. Doch irgendwann erreichte ich unversehrt Jerusalem. Die hoch gebaute Stadt, das Ziel meiner Pilgerreise.
Bis zum Passah waren es noch Wochen. Ich hätte also Gelegenheit gehabt, in der Zwischenzeit Jerusalem kennenzulernen. Seine Straßen und Bauten zu erkunden, mich in die Tempel-Rituale einführen zu lassen. Aber das alles tat ich nicht. Ich verkroch mich wie ein krankes Tier.
In Jerusalem unterhielt meine Heimatstadt eine eigene Synagoge. Das Bethaus der Alexandriner. In deren Gästehaus mietete ich mich ein. Und als man von mir wissen wollte, wozu ich um diese Zeit in die heilige Stadt gekommen war, gab ich an, ich wolle hier im Lehrhaus unsere heiligen Schriften im Original studieren. Damit war ich ein willkommener Gast.
Der geregelte Tagesablauf half mir, zur Ruhe zu kommen. Tag-

täglich fand ich mich pünktlich zu den Gebetszeiten ein, sprach die wechselnden Regelgebete, speiste an jedem siebten Tag mit am Sabbath-Tisch der Synagoge.
Ich zögerte, mir einen Sprachlehrer zu nehmen. So viel persönliche Nähe eines anderen Menschen konnte ich nicht ertragen. Erst musste ich wieder zu mir selbst finden.
Stattdessen setzte ich mich zu den Kindern der Synagogen-Schule. Zusammen mit ihnen lernte ich Abschnitte der Torah auswendig hersagen. Durch stetes Wiederholen im Sprechchor.
»Aschre ha isch ascher lo halach baazat reschaim ubedrek chattaim lo amat«, tönte es wie aus einem Mund, nachdem uns der Lehrer die Worte vorgesprochen und erklärt hatte.
»Gut ergeht es dem Mann, der nicht dem Rat der Bösen folgt und der nicht abweicht vom rechten Wege«, übersetzte der Kinderlehrer den Anfang des ersten Psalms in die Umgangssprache. »Den rechten Weg lehrt uns die Torah, und wer sich zu Bösem anstiften lässt, verlässt den rechten Weg.«
Und auf sein Zeichen deklamierten wir von Neuem: *»Aschre ha isch ascher lo halach.«* Das erste Mal machten wir es falsch, aber nachdem Rechum, unser Lehrer, uns verbessert hatte, wiederholten wir alles richtig. Und so ging es weiter, wieder und wieder, bis wir beim letzten Vers des Psalms angekommen waren.
»Ki jodea adonai derek saddiqim we derek reschaim tobed, denn der Ewige anerkennt den Mann, welcher den rechten Weg geht, doch ins Verderben führt der Weg des Bösen.«
Ich sprach unserem Lehrer wie alle Schüler die hebräischen Texte nach. Saß bei den Jungen mit untergeschlagenen Beinen, bewegte beim Rezitieren wie sie den Oberkörper vor und zurück. Bis die Texte »vom Blut verdaut« waren, wie Rechum sich ausdrückte. Er übte mit uns, jedes einzelne Wort korrekt und deutlich auszusprechen. Dann durften einzelne von uns Texte allein vortragen und die anderen Schüler bewerteten den Vortrag.
Nein, es machte mir nichts aus, zusammen mit Fünf- bis Zehnjährigen im »Haus des Buches« zu lernen. Ohne Widerstreben wil-

ligte ich ein, an die Hand genommen, angeleitet und begleitet zu werden. Genau wie in meiner Kindheit. Mit fünf Jahren hatte ich damals begonnen, in der ins Griechische übersetzten Torah unterrichtet zu werden.

Die Jüngsten lernten die Torah bloß mündlich. Saß ich bei den älteren Schülern, lernte ich die einzelnen Buchstaben zu unterscheiden, auszusprechen und zu schreiben. Hier bekam ich Probleme. Die hebräische Schrift lässt nämlich die Vokale weg und begnügt sich damit, nur die Konsonanten festzuhalten. Das wäre im Griechischen ganz unmöglich. Denn die griechischen Vokabeln bestehen überwiegend aus Vokalen. Im Hebräischen ist es umgekehrt.

Wenn du drei hebräische Konsonanten vor dir siehst, kannst du daraus unter Umständen zwei oder drei verschiedene Worte bilden. Erst aus dem Zusammenhang ergibt sich, welches bestimmte hebräische Wort mit den betreffenden Konsonanten gemeint ist. Ein kleines Bespiel: »ptch« kann Verb oder Substantiv sein. Liest man »patach«, bedeutet die Konsonantenfolge »öffnen«, liest man »petach« bedeutet sie »Zugang«. Ob das eine oder das andere gemeint ist, musst du dem Zusammenhang entnehmen, also die Konsonantenfolge entsprechend unterschiedlich aussprechen oder lesen.

Ich übte mich im Lesen, indem ich einen auswendig gelernten Text in der Schriftrolle aufsuchte und mir dabei laut jedes Wort vorsprach. Auf diese Weise lernte ich, zu den betreffenden Konsonanten die richtigen Vokale hinzuzufügen. Völlig beherrsche ich diese Lesetechnik bis heute nicht. Manchmal muss ich auch jetzt noch herumrätseln, welches Wort im Text tatsächlich gemeint ist. Wahrscheinlich lernt man das Lesen hebräischer Texte nur im Kindesalter so effektiv, dass es einem wirklich in Fleisch und Blut übergeht.

Doch ich gab nicht auf. Ich war ein fleißiger Schüler. Es störte mich nicht, wenn die Kinder herumtollten. Es gefiel mir nicht, wenn Rechum, unser Lehrer, mit dem Stock auf die Schüler losging. Aber ich unternahm auch nichts dagegen. Schließlich hatte auch ich, wie es allen Kindern ergeht, während meiner Schulzeit Prügel bezogen.

Es kam auch vor, dass sich Jungen über mich lustig machten. Weil ich so schwer von Begriff war.

»Tubal-Tobit[*]«, nannten sie mich. Und riefen »Dummer Grieche!«, wenn ich ein hebräisches Wort falsch aussprach. Und ich musste lachen. Denn sie hatten ja recht. Trotzdem kam ich mit den Kindern gut zurecht. Besser als mit den Erwachsenen, dachte ich manchmal. Auch sprachlich konnte ich mich mit den Jungen leidlich gut verständigen. Bloß wenn sie untereinander zu schnell in ihrem Jerusalemer Dialekt sprachen, verstand ich rein gar nichts mehr. Und erst recht verstand ich die vielen Spitznamen nicht, die sie mir anhängten.

Dass ich mich manchmal blamierte, konnte mich nicht entmutigen. Im Gegenteil, es war nur ein Ansporn, noch fleißiger zu üben. Der Ehrgeiz erwachte in mir, mich mit Leistungen hervorzutun. Das war ein kleiner Anfang, wieder etwas Selbstbewusstsein zurückzugewinnen.

So mehrten sich die Tage und wurden zu Wochen.

Nach sechs Wochen Lernen nahm ich mir einen Privatlehrer. Mein Unterricht fand nun in der Bibliothek des Bethauses statt. Ich hatte Glück mit Abba ben Eliza, den ich mir zum Lehrer wählte. Aber auch er mit mir. Wir profitierten beide voneinander. Ich, weil sich mein Lehrer nicht durch meine Fragen ermüden ließ. Und Abba, weil er von mir lernte, wortwörtlich auf die Torah zu hören.

Beispielsweise stritten wir uns über die Gebetsriemen. Mit großem Eifer, doch in aller Freundschaft. In Jerusalem schienen sich die Gebetsriemen, die Abba *tefillin* nannte, großer Beliebtheit zu erfreuen. Ich kam mir fast kahl vor, wenn ich meine bloßen Arme

---

[*] Tubal, ein Verwandter von Kain, dem Brudermörder, dessen Opfer Gott verschmähte

zum Gebet erhob. Während die Mehrzahl der Synagogenbesucher ihre Gebetsriemen kunstvoll um Arm und Kopf geflochten hatten.

»Viermal steht es ausdrücklich in der Torah geschrieben, dass wir beim Gebet die *teffilin* anlegen sollen«, betonte Abba. »Es ist also ein überaus wichtiges Gebot!«

Ich ließ mir die Stellen im hebräischen Text zeigen. Sie lauteten dort nicht anders als in meiner griechischen Torah.

»Ich finde nichts in den Worten, woraus die *tefillin* hergestellt werden sollen«, stellte ich fest. »Statt der Riemen könnten es auch Stoffstreifen sein. Oder beliebig anderes Material. Und ich lese auch nichts davon, dass deine *tefillin* mit einem Kästchen zu versehen wären. Die, auf Pergament geschrieben, unser Glaubensbekenntnis zu enthalten hätten. Sind Mose die *tefillin* wirklich derart wichtig gewesen? Dann hätte er doch geschrieben, wie die Gebetsriemen aussehen müssen. Oder wie sie herzustellen sind.«

Abbas erwiderte: »Kannst du nicht lesen, du dummer Grieche? Hier heißt es, ich buchstabiere Wort für Wort: Ihr sollt legen meine Weisungen, diese da, an euer Herz und um eure Person, und ihr sollt knoten sie als Zeichen an eure Hand. Und sie seien als Gebinde zwischen euren Augen! – Das ist doch klar genug geschrieben, oder?«

»Für mich nicht«, widersprach ich. »Du liest in den Text hinein, was gar nicht darin steht. Wir sollen den Ewigen, unseren Gott, im Kopf und im Herzen haben, ständig, bei allem, was wir tun! So verstehe ich den Text. Also bildlich. So wie David das meint, wenn er zum Höchsten sagt: Sei du mir ein Fels! Verlangt David etwa, dass sich Gott für ihn in einen Fels verwandelt?«

»Jetzt gehst du zu weit!«, protestierte Abba.

»Nein, nein, du gehst zu weit, gelehrter Freund!«, sagte ich. »Für mich sind eure *tefillin* ein schöner frommer Brauch. Man soll aber daraus keine Vorschrift machen. Tragen etwa die Priester Gebetsriemen, wenn sie dem Höchsten unsere Opfer darbringen? Hat etwa Abraham deine *tefillin* getragen? Oder Mose? Oder die Propheten? Oder die Könige Israels? Davon steht kein Wort in unseren Schriften.«

»Und wenn schon«, sagte Abba. »Damals waren die Israeliten auch noch unter sich. Heute müssen wir uns von den anderen Völkern unterscheiden!«

»So ist es«, stimmte ich zu. »Auch für uns in Alexandria ist das überlebenswichtig. Sonst verschlucken uns die Gojim. Also, wir halten den Sabbath, wir essen nicht vom Fleisch unreiner Tiere, wir führen jährlich unsere Tempelsteuer ab. Jeder am Nil weiß, ob er einen Juden vor sich hat oder einen Goj. Aber dazu brauchen wir keine Gebetsriemen wie ihr in Jerusalem.«

»Aber hier in der heiligen Stadt, da solltest du dich unseren Sitten anpassen«, meinte Abba. »Du gehörst sonst nicht richtig dazu, Tobit!«

»Genau das ist doch das Problem«, erklärte ich ihm. »Was ist denn mit den Wasserträgern, mit den Bauern, den Wäschern und so weiter? Und was ist mit euren Frauen? Gehören die alle nicht richtig dazu? Weil sie keine *tefillin* anlegen? Bei euch gibt es Leute, die vor lauter Übereifer den ganzen Tag über ihre Gebetsriemen tragen. Die kleinen Leute aber leben von körperlicher Arbeit. Und die können sich dein teures Gebetszubehör auch finanziell gar nicht leisten. Denk doch nach! Sind etwa die kleinen Leute nicht Abrahams Kinder?«

Ich schreibe unsere Gespräche aus der Erinnerung nieder. Das heißt, von meinem Standpunkt aus. Abba dagegen würde sie aus seiner Sicht wiedergeben. Ernstlich aneinandergeraten sind wir aber nie. Es gab kein böses Blut zwischen uns. Je länger wir aber die Torah diskutierten, desto mehr zeigte sich, dass es zwischen uns Meinungsunterschiede gab, die nicht zu überbrücken waren.

Abbas Standpunkt war: Weil wir die Torah lieben, tun wir mehr, als die Torah von uns verlangt!

Ich hielt dagegen: Wer Gott in sein Herz aufnimmt, der weiß ohnehin, was er zu tun und zu lassen hat!

Abba verlangte, man müsse die Maschen des Gesetzes noch fester und enger knüpfen. Ich brachte als Gegenargument: »Mit immer mehr Gesetzen, damit änderst du keinen Menschen!«
Abba protestierte: »Das werden die Schlampigen und Nachlässigen gerne hören! Der *Am haaretz*, Leute, die von 29 Sabbath-Geboten nicht drei aufzählen können!«
»Und warum sind die Leute so nachlässig?«, erwiderte ich. »Weil ihr den Zaun um die Torah immer höher macht. Denn wer will schon von Gesetzen beherrscht werden, die er nicht kennt?«
Jeder von uns wusste, dass auch der andere irgendwie recht hatte. Nachgeben aber konnte keiner.

Das Passah-Fest rückte näher. Die Jerusalemer rückten zusammen in ihren Häusern, um die vielhunderttausend erwarteten Pilger unterzubringen. Wenn wir nicht gerade studierten oder diskutierten, durchstreiften Abba und ich die Stadt. Sie putzte sich für das Fest heraus. Jeden Winkel säuberte man von Schmutz und Dreck, schmückte die Straßen mit Frühlingsgrün, bunte Tücher flatterten aus den Fenstern, um die Gäste aus aller Welt willkommen zu heißen.
Mit dem nahenden Frühling kehrten auch meine Lebensgeister zurück. Der Siegelring mit den beiden Nilgänsen saß längst wieder an der richtigen Hand. Er hatte keinen Schaden genommen. Doch ich konnte ihn nicht ansehen, ohne an die Nacht im Jordantal zu denken. Wo der Ring mir das Leben gerettet hatte. Und durch den ich zum Mörder geworden war. Zum Totschläger. Mein Gewissen machte dabei keinen Unterschied. Der Hapi-Stein musste meinem Gegner die Halsschlagader aufgerissen haben und daran war er verblutet. Ein Unbekannter, doch ein Mensch mit Vater und Mutter, und, wer weiß, mit Frau und Kindern.
»Wer darf auf den Berg des Höchsten gehen, wer darf stehen an seiner heiligen Stätte –?«
Seit ich im Herbst in Caesarea an Land gegangen war, hatte mich dieser Psalm begleitet. Nun war ich an der heiligen Stätte. Hatte

ich aber »unsträfliche Hände«, wie es in Davids Psalm hieß? Sicher nicht. Hatte ich ein »reines Herz«? Das vielleicht auch nicht.
Doch etwas war mit mir geschehen, seit ich aus Jericho geflohen war. Rückblickend verstand ich mich heute nicht mehr. Dass ich mich derart in eine Fantasiewelt hineinsteigern konnte! Mir vorzustellen, erwählt zu sein, gleich einem zweiten Joseph Israel zu erretten! Allmachtsträume! Wer seinen Mund zu voll nimmt, kann nicht schlucken, das sagte ich mir jetzt. Meine Träume waren ausgeträumt, verflogen mit der Asche von Simons Schiff am Toten Meer. Die Lust am Geld war mir vergangen. Restlos.
Hätte der Prophet aus Nazareth mir heute, hier und jetzt, gesagt: Verkaufe, was du hast, und gib es den Armen! – ich hätte es ohne Bedenken getan. Heute kam ich mir lächerlich vor, dass ich ihm damals davongelaufen war.
Es ist leichter, die Haare auf seinem Kopf zu zählen, als sein eigenes Herz zu ergründen.
Dass ich in einer Fantasiewelt gelebt hatte, wurde mir noch mal nachdrücklich klar, als ich zum ersten Mal mit Abba durch Jerusalem ging. Danach hatte ich das Gefühl, dass die Stadt nur aus Palästen, herrschaftlichen Häusern und Villen bestand. So einen turmhohen Reichtum hatte ich in Jerusalem nicht erwartet. Mit Marmor gepflasterte Straßen, ein Theater im Herzen der Stadt, pompöse Badehäuser auf Schritt und Tritt, Aquädukte, die Wasser von weit her in die heilige Stadt brachten. Es war töricht von mir zu glauben, Rom würde eine so begüterte Stadt jemals aus den Fingern lassen.
Und erst der Tempel! Sein Mauerwerk war vielfach mit soliden Goldplatten belegt. Bei Sonnenaufgang strahlte er in so feurigem Glanz, dass es dem Auge wehtat. Vom gegenüberliegenden Ölberg aus erschien er wie mit gleißendem Schnee überzogen. Denn wo er nicht mit Gold umkleidet war, prangte er in makellos weißem Gestein.
Viel von seiner Pracht hatte das Gotteshaus meiner Vaterstadt Alexandria zu verdanken. Unsere Gemeinde führte dem Tempel

und seiner Priesterschaft alljährlich beträchtliche Summen an Gold und Silber zu. Privatleute unserer Stadt stifteten überdies Portale, kostbare Gewebe, Beschläge und Geräte für den Altardienst. Und wie viel Reichtum mochte dazu noch in seinen Schatzkammern aufgehäuft sein!

Beeindruckt, ja, überwältigt war ich von der enormen Baumasse des Gotteshauses. Das Tempelgelände bedeckte, so schätzte ich, ein ganzes Fünftel der Stadt. Da konnte schwerlich ein anderer Tempel mithalten. Weder in Rom noch in Griechenland noch in Ägypten kannte ich einen Bau von solchen Ausmaßen. Seine ungeheure Größe verdankte er dem Umstand, dass es in ganz Israel nur diesen einen Tempel gab. Jerusalems Heiligtum war Israels zu Stein gewordenes Bekenntnis zu dem einen und einzigen Gott: Ein Gott, Ein Tempel!

Nicht nur die Augen wurden einem schwindelig. Mir wurde auch schwindelig in den Ohren, wenn Abba mir die einzelnen Funktionen der Bauteile erklärte. Mit seinen Torgebäuden, Wandelgängen, Portalen, Treppen und Rampen, Podesten und Terrassen, mit seinen Wohnhäusern und Schlafräumen für Priester und Tempelpersonal, mit den zugehörigen Bädern, Vorrats- und Gerätekammern glich der Tempel einer ganzen Stadt. Gegen zwanzigtausend Priester, erläuterte mir Abba, zähle man in Israel. Die wohnten aber verstreut im Land. Die Priesterschaft insgesamt sei in vierundzwanzig Gruppen unterteilt, die abwechselnd zweimal im Jahr für eine Woche im Heiligtum dienten. Täglich dienten also Hunderte von Priestern in der Tempelanlage. Nicht mitgerechnet die Tempelsklaven und sonstigen Hilfskräfte. Daran gemessen sei das Heiligtum eigentlich sogar zu klein geraten, meinte Abba. Nicht nur im Hinblick auf die Menge von Priestern. Sondern noch mehr hinsichtlich der Pilgerströme, die jedes Jahr mehrmals Jerusalem überfluteten.

»In ein paar Tagen, beim Passah-Fest«, sagte Abba, »wirst du sehen, was für Menschenmassen sich auf dem Tempelgelände drängen.«

»Mir wird schwindelig bei solchen Zahlen«, bekannte ich. »So gewaltig hatte ich mir in Alexandria die Tempelanlage nicht vorgestellt! Ich zähle die Tage, bis die Posaunen den Beginn der Passah-Tage verkünden. Denn dieses Mal werde ich beim Opferfest im Tempel selbst mit dabei sein.«

In der Passah-Woche blickt unser Volk zurück auf seine Befreiung aus den Händen des Pharaohs. Der Auszug aus Ägypten geschah in großer Hast. Den Frauen blieb nicht mal Zeit, ihren Sauerteig zum Brotbacken anzusetzen. Zur Erinnerung daran essen wir in den Tagen des Passah-Festes nur Brot aus Mehl und Wasser. Es ist das Brot der Befreiung.
Unsere Passah-Torah befiehlt: »Sieben Tage lang darf kein Gesäuertes in euren Häusern sein.«
Schon Tage vor dem Fest durchsuchen wir darum unsere Wohnungen. Um alle Sauerteig enthaltenden Lebensmittel daraus zu entfernen. Jedes Krümelchen, in dem sich *chamez*, Gesäuertes, versteckt. Alle Hausbewohner beteiligen sich an der *chamez*-Jagd, auch die Kinder. Am Ende der Hausdurchsuchung erklärt der Hausherr feierlich: »Alles Gesäuerte, das sich noch unentdeckt in meinem Haus befindet, soll als beseitigt und vernichtet gelten!«
Für mich als Kind waren das herrliche Tage. Ich kroch in jeden Winkel. Und wenn ich ein Fitzelchen Gebackenes oder Getreidekörner fand, die mit Gesäuertem in Berührung gekommen waren, brachte ich meinen Fund triumphierend der Mutter. Und war stolz, wenn sie mich wegen meiner Sorgfalt lobte.
Jetzt in Jerusalem gingen die Torah-Experten durch die Straßen und erklärten jedem, der sie um Rat fragte, die *chamez*-Regeln. Bis ins letzte Detail.
Ich erinnere mich, wie ich an Abbas Seite einer Gruppe von Schriftgelehrten zuhörte. Man diskutierte, ob eine Maus, die einen Brotrest in ein Haus schleppe, das vom Sauerteig gereinigte Haus wieder unrein mache.

Einer sagte: »Angenommen, die Maus trägt das Brot wieder aus dem Haus, was ist dann?«
Jemand antwortete: »Man kann nicht sicher sein, ob es dieselbe Maus mit demselben Stück Brot ist. Deswegen muss das Haus von Neuem durchsucht werden.«
Ein Dritter sagte: »Aber nehmen wir an, es war eine weiße Maus, die mit dem Brot ins Haus lief, und später kommt eine graue Maus mit dem Brot heraus. Was dann?«
Der Vierte erklärte: »Dann gibt es zwei Möglichkeiten. Entweder es handelt sich um ein anderes Brotstück, oder die graue Maus hat der weißen Maus das Brot abgenommen. In dem einen Fall muss man das Haus nicht von Neuem absuchen, im zweiten Fall aber doch. Wie aber unterscheiden wir den einen Fall vom anderen?«
Wieder meldete sich der Erste zu Wort: »Aber nehmen wir an, die Maus läuft mit Brot ins Haus, und danach kommt eine Ratte mit Brot heraus. Was dann? Die Ratte könnte der Maus das Brot abgejagt haben. Dann ist das Haus rein. Möglicherweise hat aber die Ratte ein anderes Stück Brot im Maul. Was dann?«
Die schriftgelehrten Männer hoben ratlos die Schultern. »Wir müssen die Sache unentschieden lassen«, erklärten sie übereinstimmend.
»Lustig, oder?«, meinte Abba im Weitergehen. »Du siehst, unseren Torah-Experten entgeht nichts. Sie haben Lehren für alles, von der Wiege bis zur Bahre. Manchmal aber wissen auch sie nicht weiter.«
Mir fiel mein Gastgeschenk ein, das ich Simons Frau verehrt hatte. ein. Und ich erzählte Abba die ganze Geschichte von dem Käferstein. Der schlug vor Überraschung die Hände zusammen. »Kann das denn wahr sein?«, rief er ausgelassen. »Du, Tobit, ausgerechnet du warst das mit dem Stein?« Abba konnte sich nicht halten vor Lachen.
Ich ärgerte mich. »An der Geschichte finde ich nichts zum Lachen!«, fuhr ich ihn an. »Der Anhänger sollte mein Gastge-

schenk sein. Ein ausgesuchtes Präsent! Und dann war mein Stein plötzlich ein Ekelstein!«

Abba legte mir begütigend seine Hand auf die Schulter. »Es tut mir leid, ich wollte dich nicht kränken, mein eifriger Schüler! Ein Chaver aus Sepphoris hatte unseren Torah-Experten den Käferstein zur Beurteilung vorgelegt. Und die Gelehrten haben sich tagelang deswegen in den Haaren gelegen. Ob der Stein ein *schekez*, ein Ekelding sei oder aber nicht.«

»Und, was ist bei der Diskussion herausgekommen?«

»Tobit, ich schwöre es dir bei meinem Haupt!«, sagte Abba und fasste sich an die Stirn. »Unsere Gelehrten haben es sich nicht leicht gemacht! Aber am Ende standen sich zwei Meinungen gegenüber. Die einen sagten, Bernstein ist wie Glas, weil er ja durchsichtig ist. Und wenn du ein versiegeltes Fläschchen mit Parfüm hast, dann riechst du nichts von dem Öl. Ganz genauso ist es mit diesem Stein. Von dem unreinen Käfertier kann nichts nach draußen dringen!«

»Dasselbe hatte ich auch zu Simon gesagt!«, erklärte ich.

»Freu dich nicht zu früh!«, sagte Abba. »Einer von unseren Gelehrten hat nämlich den Käferstein in kräftiges Salzwasser gelegt. Wie das vom Asphalt-See. Und was geschah? Der Stein schwamm oben! Steine aber tun das nicht. Also ist Bernstein kein Stein und der Käfer macht den Bernstein unrein! Das hat die Mehrzahl überzeugt.«

»Binah hatte sich so gefreut!«, protestierte ich. »Und jetzt kann sie den Stein nicht tragen.«

»Oder sie tut es auf eigene Gefahr«, sagte Abba. »Denn weil die Minderheit nicht einlenken wollte, ließen unsere Gelehrten die Sache unentschieden. Vorsichtshalber aber sollte deine Gastgeberin mit dem Schmuckstein nicht unter die Leute gehen! Darin waren sich am Ende alle einig.«

»Was ist das für eine Logik!«, fuhr ich ihn an. »Soll Binah sich etwa für den Spiegel schmücken?«

»Lass gut sein, Tobit«, versuchte Abba mich zu besänftigen.

Er legte mir den Arm um die Schulter und drängte mich weiterzugehen. Ich fügte mich und wir schlugen den Weg zu meinem Gästehaus ein. Eine Weile gingen wir stumm nebeneinander. Dann ertrug ich das Schweigen nicht mehr. Ich musste meinem Ärger Luft machen.

Ich blieb stehen. »Schau mir in die Augen, Abba!«, forderte ich ihn auf. »Und dann sieh zu, ob du mir antworten kannst! Ich sage dir jetzt, was ich die ganze Zeit denke!«

Und Auge in Auge mit ihm sagte ich: »Abba, unsere Torah ist eine Herzenssache! Und eure Torah-Lehrer machen daraus eine Denksportsache. Statt Gott im Herzen haben eure Gelehrten Käfer, Mäuse im Kopf!«

Abba hielt meinem zornigen Blick stand. »Du irrst dich gewaltig, mein Griechenfreund«, widersprach er ruhig. »Den Männern liegt Gottes Ehre am Herzen. Um Gottes Ehre zu schützen, wachen sie über die Torah.«

Er fasste mich am Arm und wies hinüber zum Tempel. Der lag, jetzt zur Stunde des Sonnenuntergangs, wie ein feuriges Gebirge über der Stadt.

»Wo wohnt Gott im Tempel? Wo wohnt sein heiliger Name?«, sagte Abba. »Dort drüben, in seinem unzugänglichsten Teil! Und wer darf sich dem allerheiligsten Teil des Tempels nahen? Wer darf das Allerheiligste betreten? Der Hohepriester. Stellvertretend für uns alle betritt er den Raum. Einmal im Jahr. Ganz außen vor bleiben jedoch die Missgebildeten, die Aussätzigen und die Nicht-Israeliten. Im Tempel haben sie nichts zu suchen. Sie dürfen gerade nur den äußersten Vorhof des Heiligtums betreten.«

»Das weiß ich doch alles!«, sagte ich. »Eine Absperrung verbietet den Nicht-Israeliten weiterzugehen.«

»Richtig«, sagte Abba. »Und bist du auch schon in den inneren Vorhöfen gewesen?«

»Nein, erst wenn ich das Passah-Opfer darbringe«, sagte ich.

»Und dann musst du zuallererst unten, am Fuß vom Tempelberg ins Tauchbad steigen, damit du rein vor Gott erscheinen kannst«,

erklärte er. »Danach betrittst du den Vorhof für die Frauen. Aus dem führen Stufen hinauf in den Vorhof der Männer. Und hinter dem Männervorhof liegt der Priesterhof. Dort dürfen sich nur die Priester des Höchsten aufhalten. Und hinter dem Priestervorhof erhebt sich das eigentliche Tempelhaus. Mit dem Heiligen und dem Allerheiligsten. Das sich der Ewige zum Wohnort seines Namens erwählte.«
»Aber Abba!«, rief ich ungeduldig. »Das hast du mir alles früher schon einmal erklärt!«
»In anderem Zusammenhang«, sagte er. »Jetzt geht es um unsere Torah-Hüter. Es ärgert mich, wenn du sagst, sie hätten statt Gott im Herzen Mäuse im Kopf! Nein, unsere Gelehrten wachen über Gottes Ehre! Deswegen nehmen sie es so übergenau mit seinen Geboten! Nicht anders wie die Baumeister unseres Tempels. Du musst Mauern um Mauern, Hof um Hof passieren, um dich dem Heiligen Israels zu nahen. Tobit, du versündigst dich, wenn du mit leichtfertigen Worten über unseren Gotteseifer herziehst.«
Ich schwieg betroffen. Und umarmte Abba stumm. Ich hatte ihm nicht wehtun wollen.

Neben der Tempelanlage erhebt sich die Antonia. Die Festung der Römer. Sie dominiert den Tempelberg. Gewissermaßen kontrolliert Rom unseren Gottesdienst. Sogar die Festgewänder des amtierenden Hohenpriesters haben die Römer beschlagnahmt. Und halten sie in der Antonia unter Verschluss. Vor jedem Fest muss der Hohepriester sie von den Besatzern ausleihen! Das zeigt, wie sehr Rom darauf bedacht ist, die höchsten Repräsentanten unseres Volkes an der kurzen Leine zu halten.
Mehrmals hatte ich in den vergangenen Wochen an Rufus gedacht. Den Centurio, unter dessen Schutz ich durchs Jordantal nach Jerusalem gereist war. Rufus würde zu all seinen Göttern beten, dass es in Jerusalem ruhig blieb, wenn sich in den nächsten Tagen die Flut der Pilger über die Stadt ergoss.
Der Centurio hatte mir angeboten, die Antonia zu besichtigen.

Und ich beschloss, Rufus vor dem Fest einen Besuch abzustatten.
Der Schutzbrief von Quintianus, der mich als römischen Bürger auswies, öffnete mir den Zutritt. Und Rufus hatte mich nicht vergessen. Er schien sich sogar aufrichtig zu freuen, als er mich in die Arme schloss.
»*Salve, amice!*«, rief er bei meinem Anblick. »*Unde hoc mihi, ut veniat puer Alexandrinus ad me*? Wie kommt es, dass mich der junge Herr aus Alexandria jetzt aufsucht?«
Ich freute mich über die herzliche Begrüßung.
»Hoffentlich komme ich nicht ungelegen«, sagte ich. »Doch du hattest mir angeboten, mir unser Heiligtum von oben zu zeigen!«
»Das kannst du haben«, sagte Rufus, «Ich laufe täglich vier Male die 197 Stufen hinauf, um zu sehen, was sich da unten tut! Bis ich oben ankomme, bin ich außer Atem. Also, auf euer Fest könnte ich gern verzichten!«
Ganz oben auf der Plattform hielten zwei Soldaten Wache. Sie grüßten und erstatteten dem Centurio Meldung.
»*Omnis urbs quiescit*, in der Stadt ist es friedlich!«
»*Bene habet!* In Ordnung«, antwortete Rufus,
Er zog mich zu einer Turmzinne. Es war später Vormittag, die Sonne stand hoch über den Bergen im Süden. Unterhalb davon musste das Tote Meer liegen.
Aus der luftigen Höhe übersah man die ganze Tempelanlage. Mehrere Gruppen von Menschen bevölkerten die Säulengänge, auf dem südlichen, für die Allgemeinheit zugänglichen Vorhof verkauften Händler kleine Opfertiere, Tauben und Lämmer, Geldwechsler tätigten ihre Geschäfte, über die Treppenaufgänge strömten Scharen von Besuchern, verliefen sich zwischen den Tischen und Ständen, ein Priester erklärte Umstehenden mit ausgestrecktem Arm die Baulichkeiten. Eine Wolke von diffusen Geräuschen lag über der Szene. Rufe schnitten durch die Luft, dazwischen gurrten die Tauben, blökten die Lämmer nach ihren Müttern.

Rufus wedelte sich mit der Hand Luft zu.
»Schnuppere mal kräftig!«, sagte er. »Das ist Weihrauch. In der Frühe steigt der Weihrauchduft in ganzen Schwaden aus dem Inneren des Heiligtums auf. Hast du den hier oben ein paar Stunden eingeatmet, bist du wie betrunken!«
»Wir ehren Gott damit«, sagte ich. »So will es unsere Torah. Und die Duftwolken halten die Fliegen fern. Dass sie sich nicht aufs Blut und das Opferfleisch setzen. Und es verunreinigen.«
»Und der Weihrauch überdeckt den Gestank der Fäkalien, welche die Opfertiere hinterlassen. *Inter feces et urinam*, zwischen Kot und Urin ehren wir Menschen unsere Götter. – Ich halte es lieber mit dem weisen Pythagoras! Der ehrte die Götter mit Gebäck, mit Wein und Blumen. Mit unblutigen Opfern.«
»Unblutig begehen auch wir Israeliten im Ausland unseren Gottesdienst«, sagte ich. »Nur mit Hymnen und Gebeten. Aber hier in der heiligen Stadt will auch ich ein Lammopfer zum Fest darbringen.«
»Da unten, direkt unter uns, werden die Tiere zur Schlachtung getrieben«, sagte der Centurio und wies auf den großen Hof, der nördlich an den Tempel grenzte. »Da, schau her, Alexandriner, gerade treffen eure Priester die Vorbereitungen für das Kaiseropfer! Und das passiert jeden Tag. Täglich werden für unseren Imperator zwei Lämmer und ein Stier auf eurem Altar verbrannt. Damit euer Gott unsere Herrschaft segne.«
Ich wusste, dass unsere Priester für die Pax Roma beten. Den Himmelssegen auf die Stadt und den Erdkreis herabflehen.
Aber eigentlich ist und bleibt es ein Skandal. Dass wir für den Kaiser beten, der sich selbst als Gott verehren lässt. In den Zehn Geboten Israels heißt es ja ausdrücklich: »Du sollst keine anderen Götter haben neben mir!«
Unten trieben die Tempelsklaven den Stier und die beiden Lämmer zu den Schlachtbänken. Der Stier sträubte sich. Wohl wegen des Blutgeruchs, der ihm aus dem Schlachthof entgegenschlug. Es war ein großes, ausgewachsenes Tier. Mehrere Männer hielten es

an Seilen, die an seinen Hörnern und an den Beinen befestigt waren. Der Stier gurgelte und brüllte, hob seinen Schwanz und stieß eine Flut von flüssigem Kot aus. Über die nackten Füße der Männer, die mit den Lämmern folgten.

»Da drinnen, das geht blitzschnell«, sagte Rufus. »Sie werfen das Tier auf den Rücken und heben den Stier mit vereinten Kräften auf die Schlachtbank, schlitzen ihm die Gurgel auf und das war's dann.«

Ganz so schnell ging es allerdings bei diesem Tier doch nicht. Seine Vorderbeine schlugen im Todeskampf aus. Mir war, als wollte sich der Stier auf die Seite werfen, um wieder auf seine Hufe zu kommen. Er wand sich ein paarmal hin und her, dann erst gab er auf.

Unterdessen hatten sich einige Priester vor der Schlachtbank aufgereiht. In goldenen Schüsseln fingen sie das Lebensblut des Stieres auf, der für den Kaiser sein Leben lassen musste. Eine Schüssel nach der anderen füllte das Blut. Unglaublich, wie viel Blut so ein Tier hat! Dann umkreisten die Priester mit den Blutgefäßen den Altar. Spritzten von dem Blut auf dessen Wände, beträufelten die vier obersten Ecken, die Hörner des Altars damit, verteilten auch etwas davon auf den Vorhang, der den Zugang zum Allerheiligsten verschloss. Ein Chor von Bläsern stieß dazu in silberne Trompeten, deren Hall das ganze Tempelgelände erfüllte.

Eine andere Priestergruppe hob jetzt die Tierleiche vom Schlachttisch. Sie hängten den Körper an einen Pfahl und enthäuteten den Stier. Sein Bauch wurde geöffnet, die Innereien entnommen, aus dem Herzen das letzte Blut gequetscht. Andere wuschen an den Marmortischen die Eingeweide aus, ein Hüftmuskel wurde entfernt. Dann zerlegte man das Tier und brachte seine Teile zusammen mit den Innereien über eine Rampe zu den Gluthaufen auf der Plattform des Altars.

Der Altar war ein Würfel von dreifacher Manneshöhe, seine Seitenlänge schätzte ich auf jeweils zwanzig Schritte. Mehrere Opferfeuer rauchten auf der weitläufigen Plattform. Ohne sich gegenseitig zu behindern, konnten etwa zehn Priester zugleich ihren Opferdienst versehen. Doch nahm sich der massive Altar beinah winzig aus zwischen den ihn umgebenden Gebäuden und dem alles überragenden Bau des Allerheiligsten.

Mittlerweile waren auch die beiden Lämmer geschlachtet, enthäutet, zerlegt und über die Rampe auf die Altarplattform gebracht worden.

Fasziniert und zugleich mit Abscheu verfolgte ich das Schauspiel.

»Das also ist das Kaiseropfer«, sagte ich zu Rufus. »Und wirklich, das spielt sich jeden Tag wieder so ab?«

»Tagtäglich«, antwortete er. »365 Tage im Jahr.«

»Das sind 365 Stiere und über 700 Lämmer«, rechnete ich mir vor.

»730 Lämmer, keins mehr und keins weniger«, sagte er.

»Von den Lämmern rede ich nicht«, sagte ich. »Die gibt es in Hülle und Fülle. Aber doch nicht solche Mengen von Stieren!«

»Und von allen nur die Besten der Allerbesten«, sagte Rufus.

»Und wie kommen die alle nach Jerusalem?«, fragte ich. »So viel Weideland gibt es gar nicht im Umkreis der Stadt. Für 365 Stiere und noch mehr!«

»Da musst du mich nicht fragen«, sagte Rufus. »Ich habe keine Ahnung, wo sie die Tiere hernehmen. Und schau, das hatte ich mir doch gedacht!«

Der Centurio zeigte hinauf in den hellen Mittagshimmel. Ich konnte einen einzelnen dunklen Punkt ausmachen. Ein Geier. Und mit rasanter Schnelligkeit folgte dem ersten ein zweiter, ein dritter, bis ein ganzer Pulk von Raubvögeln den Himmel über dem Heiligtum verdunkelte. Geier, Adler, Bussarde, Krähen und Raben. Ich glaubte das zugige Rauschen ihrer Flügel zu vernehmen.

»Wo das Aas ist, da sammeln sich die Geier!«, rief Rufus mir zu. »Sie trauen sich nur nicht! Auf den Dächern haben die Bauleute ringsum scharfe goldene Spitzen angebracht. Damit sich die Biester nicht niederlassen.«

Jetzt erst fasste ich die speerartigen Gebilde auf den Dächern richtig ins Auge. Die sollten also die Vögel von Höfen des Heiligtums fernhalten! Ich hatte sie für Verzierungen gehalten.
Rufus redete inzwischen weiter: »Einmal, im vorigen Jahr war das, da ist ein Adler herabgestoßen! Und hat einem Priester, der das Opferfleisch die Rampe hinauftrug, den Brocken aus den Händen gerissen! Mit einem Ruck! So ein Adler, das ist eben ein Riesenvieh! Der Mann ist von der Rampe gestürzt, der hat sich bestimmt ganz schön wehgetan. Ich musste trotzdem lachen. Der Adler ist doch der Vogel von unserem Jupiter. Dem höchsten Gott. Ihm gehört die Welt. Um Erlaubnis brauchte der nicht zu fragen!«
»Mir tun diese Priester da unten leid«, sagte ich. »Einer wie der andere. Das ist doch Knochenarbeit! Was diese Männer jeden Tag auf dem Schlachthof hinter sich bringen müssen.«
Rufus winkte ab. »Du sollst erst mal sehen, was da unten an den Feiertagen los ist! Zum Beispiel jetzt, am Passah-Fest. Junge, da werden jeden Tag, von morgens bis abends, zehntausende von Lämmern geschlachtet. Das Fleisch nehmen die Leute mit nach Hause. Nur das Blut gehört dem Tempel. Es gibt irgendwo am Altar eine Kanalisation. Durch die fließt das Blut vom Tempelberg hinab ins Kidrontal. Und im Tal stehen die Färber Schlange. Sie fangen das Blut auf und verfertigen daraus roten Farbstoff. Und die Gärtner düngen damit die Felder.«
»Das hört sich nicht schön an«, sagte ich.
»Und wenn die Kanalisation es nicht schafft, waten die Priester den ganzen Tag mit nackten Füßen im Blut«, erzählte Rufus.
»Hör auf!«, sagte ich böse. »*Omitte me! Potin ut desinas*! Hör auf mit deinem Gerede.«
»Ich mache mir nur Luft«, sagte Rufus. »Was meinst du, eure Feiertage sind für unsereins kein Vergnügen! Mir wurde zugetragen, dass sich dieses Mal ein Haufen von Galiläern unter den Pilgern befindet. Und diese Galiläer, das sind rebellische Leute. Schon immer gewesen.«

»Was? Galiläer, sagtest du?«, fragte ich. »Hat man Namen genannt?«
»Nur einen«, antwortete Rufus. »Jehuda oder Jeschua oder so ähnlich. Der soll so einer von diesen verrückten Messias-Leuten sein. – Ich sage dir, mein Judenjunge, wenn die Galiläer hier erscheinen, dann gibt es Ärger. Und ich bin für die Sicherheit verantwortlich. Von hunderttausenden! Ich kann schon jetzt nachts nicht mehr schlafen.«
Das Herz stockte mir, als ich seinen Namen hörte. Und ich wusste, ich wollte Jesus wiedersehen! Und ich wusste, ich würde ihm entgegengehen. Um mit ihm zu gehen. Diesmal ohne Zögern. Wohin auch immer. Als Rufus seinen Namen nannte, sah ich wieder seine Augen und spürte seine Hand, die auf meiner gelegen hatte.
Der Centurio schaute auf den Sonnenstand und hatte es plötzlich sehr eilig. »Der Kommandeur erwartet mich«, sagte er. »Im Lauf des Tages wird Pontius Pilatus hier eintreffen. Mit seinem ganzen Gefolge. Wir müssen seinen Empfang vorbereiten!«
Wir hasteten die 197 Stufen hinunter. Rufus begleitete mich jedoch bis zum Torausgang der Festung. Wir nahmen Abschied mit einem *Schalom*.
Und Rufus sagte: »*Puer Alexandrinus*, nach dem Fest sehen wir uns wieder! Hoffentlich gesund und wohlbehalten.«

Bevor ich die von Brückenbögen überführte Straße verließ, die an der Westmauer des Tempels hinab in die Unterstadt ging, schaute ich mich noch einmal um. Über dem Heiligtum kreisten die Geier. Und in meinem Kopf wirbelten Fragen über Fragen, auf die ich keine Antwort wusste.
Abba, mein privater Torah-Lehrer, hatte mir die Baugeschichte der Tempelanlage erzählt. Der Zentralbau sei von tausend Priestern errichtet worden. Die eigens als Bauhandwerker ausgebildet waren. Außerdem sei die Baustelle damals jahrelang mit Tüchern verhangen gewesen. Um das entstehende Gotteshaus unbefugten Blicken zu entziehen. Und wenn der Hohepriester ein einziges Mal im Jahr das innerste Heiligtum betrat, wurde er bis zum

nächsten Morgen abgeschirmt. Auf Schritt und Tritt, nachts sogar auf seinem Lager, damit er sich nicht zufällig irgendeine Verunreinigung zuzog. Alles, damit der Heilige Israels nicht entheiligt würde.

Doch ich fragte mich auf dem Weg zum Gästehaus der Synagoge: Wer beseitigt die Spinnweben im Allerheiligsten, zwischen den Wänden, wo sein Name wohnt? Wer schaut nach, ob sich darin nicht von einem Jahr zum anderen unreine Tiere eingenistet hatten? Fledermäuse, Geckos und sonstiges Kleingetier? Und wer wäscht den Vorhang, der das Heilige vom Allerheiligsten trennt? Eine fünfundzwanzig Schritt lange und fünfzehn Schritt breite, handgewirkte Stoffbahn? Wer wäscht die blutgetränkten Kleider der Priester? Wer säubert nachts den Opferhof und den Altar von Blut? Den Schlachthof von den Exkrementen der Opfertiere? Das Heiligtum besitzt keine oberirdische Quelle, es bezieht sein Wasser aus unterirdischen Zisternen, tief unten im Tempelberg. Wie schafft man das Wasser hinauf in den Altar- und Schlachthof? Und was ist mit dem Reinigungspersonal? Wer garantiert für deren Reinheit vor Gott? Vermutlich besitzt der Tempel Hunderte von Sklaven. Bevor sie nachts im Tempelbezirk an ihre Arbeit gehen, sind sie alle durchs Tauchbad gegangen? Um mit heiligen Händen, rein vor Gott ihre Arbeit zu verrichten?

Fragen über Fragen. Eine Antwort weiß ich auf keine. Doch mir ist klar: Sogar das Haus Gottes kann nicht völlig rein sein vor ihm! So wenig wie ein vom *chamez*-Sauerteig gereinigtes Haus. Auch ich selbst würde vor dem Heiligen Israels nicht bestehen können. Und ich sprach bei mir den Psalm: »Wer kann merken, wie oft er sich an dir, du Höchster, vergeht?«

Wir können es Gott nicht recht machen, dachte ich verzagt. So in traurige Gedanken versunken, erreichte ich die Unterstadt. Ich schnürte mein Bündel, erstattete der Synagoge meine Dankesschuld. Und machte mich auf den Weg. Ich würde zum Fest im Gefolge von Jesus zurückkehren in die Stadt.

Jerusalem hinab

Ich verließ im Süden der Stadt die Mauern Jerusalems durchs Wasser-Tor. Und folgte dem Weg, der zur Brücke übers Kidron-Tal* zum Ölberg führt. Lastesel begegneten mir, Händler mit Sack und Pack. Die auf ein gutes Feiertagsgeschäft hofften. Und immer neue Pilgergruppen, aus allen Städten und Dörfern des Landes, kamen mir entgegen. Die hinauf zum Fest zogen. In fröhlicher Stimmung, unter Freudentrillern, endlich das ersehnte Ziel ihrer Wallfahrt zu erreichen. Die Gottesstadt.
Gegenüber der Kidron-Brücke erhob sich das in einem gemauerten Zeltdach auslaufende monumentale Grabgebäude, in dem die sterblichen Überreste von Absalom ruhten. Dem schönhaarigen Prinzen, der seinem Vater David den Thron entreißen wollte. Einige halbwüchsige Jungen warfen in hohem Bogen Steine gegen das von Säulen getragene Prinzengrab. Sie stießen dabei mit schrillen Stimmen Flüche gegen den Davidssohn aus.
»Es handelt sich dabei um einen alten Brauch«, hatte mir Abba erklärt, als wir irgendwann durchs Kidron-Tal gingen. »Wenn jemand in Jerusalem ein ungehorsames Kind hat, bringt er es vor Absaloms Grab und zwingt es unter Schlägen, den bösen Prinzen

---

* Das »Kidron-Tal« verläuft unterhalb der Ostseite des Tempelbergs. Es führt seinen Namen nach dem Kidron-Bach, der durch die Talenge zwischen dem Tempelberg und dem Ölberg fließt.

unseligen Gedenkens zu verfluchen! Absaloms Grab mit Steinwürfen zu schänden.«

Mir missfiel das. Das sagte ich Abba auch. »Das ist doch unmenschlich!«, protestierte ich laut. » Den Toten soll man ihre Ruhe lassen. Gott ist es, der am Ende richtet. Es ist doch schändlich, Kinder zur Grabschändung anzustiften! Eure Torah-Gelehrten sollten gegen solche gottlosen Eltern einschreiten.«

Und ich erzählte Abba die Jesus-Geschichte von dem Ausreißer-Sohn. Meine Ausreißer-Geschichte wiederum missfiel Abba. Er hielt zu dem älteren Bruder. Der sich darüber aufregte, dass der Vater dem Ausreißer nicht die Tür gewiesen hatte.

»Junger Freund, Strafe muss sein!«, erklärte er und ließ zum Nachdruck seinen Wanderstock durch die Luft pfeifen. »Wo kämen wir sonst hin!«

Und ich konnte ihm nichts darauf antworten.

Von meiner persönlichen Begegnung mit Jesus hatte ich ihm nichts erzählt. Ich sagte ihm auch nichts von der Heilung meiner Beulenhand. Und auch nichts von meiner letzten Begegnung mit ihm, bei der ich dem Propheten aus Nazareth davongerannt war. Es waren für mich zu verwirrende, zu schmerzliche Erlebnisse.

Berichte über die Aktivitäten des Jeschua ben Miriam hatten mittlerweile allerdings auch Jerusalem erreicht. Im Vorhof der Synagoge sprach man gelegentlich über ihn. Aber mit abfälligen Bemerkungen, die mich schmerzten.

Obed beispielsweise, der als Bethausdiener seine Ohren überall hatte, erzählte Rechem, dem Kinderlehrer der Synagoge: »Der Mann umgibt sich mit Fischern und ähnlichem unbedarften Volk. Ob die jemals in einer Torah-Rolle gelesen haben? Das ist doch wohl nicht anzunehmen. Was meinst du, Rechem?«

»Kann man nicht wissen«, antwortete der. »Gibt es nicht auch Lehrer in Galiläa?«

»Jedenfalls, ich habe gehört«, fuhr Obed unbeirrt fort, »dieser Jeschua macht die Leutchen mit seinen Ideen regelrecht verrückt. Ständig redet er von der *malkhuta delaha*, dem Gottesreich. Und gibt sich als dessen Bote aus. Dabei ist der Mann bloß ein Zimmermann und was versteht so einer schon von den Sachen der Gelehrten!«

»Nicht so eilig, Obed! Unser Rabbi Mose, Gott segne ihn, war der nicht auch ein Schafhirt?«, wandte der Kinderlehrer ein.

Ich nickte zustimmend. Mich äußern mochte ich nicht. Das erwartete auch niemand. Schweigen doch junge Leute in Gegenwart der Älteren und warten, bis man ihnen das Wort erteilt. Und das fiel weder Obed noch Rechem ein. Schließlich war ich eben erst ein Schüler der Torah geworden.

Ein anderer Zuhörer schaltete sich ein, ein gewisser Huna, den ich aber nicht näher kannte. Hin und wieder amtierte er als Vorbeter beim Abendgebet.

Eine Abordnung der Gelehrten unter Führung des Jakob ben Acha habe kürzlich in Kapernaum mit diesem Jeschua diskutiert, erzählte Huna. »Ich war dabei, in der Königshalle, als Jakob ben Acha ihnen Bericht erstattete. Bei den Delegierten habe der Mann aus Nazareth keinen guten Eindruck hinterlassen. Zum Beispiel weil der Sohn Miriams mit unseren Reinheitsvorschriften sehr nachlässig umgehe. Seine Begleiter würden schamlos mit ungewaschenen Händen essen, in aller Öffentlichkeit. Bei unstudierten Leuten, dem *Am haaretz*, käme so was natürlich gut an! Dieser Jeschua ließe sich obendrein in deren unreine Häuser einladen. Von ›Fressern und Weinsäufern‹, wie Jakob ben Acha diese Leute rundheraus nannte.«

Mir tat es in der Seele weh, zu hören, wie man meinen Jeschua herabsetzte. Doch ich war ihm davongelaufen. Mit welchen Worten sollte ich ihn da verteidigen können?

Der Synagogendiener aber rief: »Das sage ich doch! Die Torah in den Händen eines Zimmermanns, daraus kann nichts Gutes werden. Der Mann soll gefälligst bei seinem Handwerk bleiben und ordentliche Bretter zuschneiden!«

Huna erzählte weiter: Besonders sein Umgang mit dem weiblichen Geschlecht habe bei den Gelehrten Besorgnis ausgelöst. Der

Mann aus Nazareth lasse sich beispielsweise von einigen dummen Weibern finanziell aushalten. Sie zögen mit ihrem Jeschua von Dorf zu Dorf. Ohne sich auch nur zu genieren. Und überhaupt, das sage man hinter vorgehaltener Hand, der Sohn Miriams entstamme einer unehelichen Beziehung seiner Mutter.
Die Umstehenden blickten sich vielsagend an.
Abba allerdings meinte: »Brüder, hängt die Sache mit dem närrischem Zimmermann doch nicht so hoch! Wir haben in Israel schon mehr Verrückte erlebt. Später sind alle spurlos in der Versenkung verschwunden. Und ich sage euch voraus, so wird es auch diesem selbst ernannten Propheten der Galiläer ergehen!«
Heute, an meinem Schreibpult in Alexandria, frage ich mich, warum ich mir das anhörte, ohne zu widersprechen. Ich kam während dieser Wochen in Jerusalem langsam erst wieder zu mir. Doch dann, als Rufus auf dem Turm der Antonia den Namen von Jesus erwähnte, wusste ich, dass ich meinen Rabbuni wiedersehen musste. Gleich und sofort. Um endlich bei ihm zu bleiben.

Ein Talgrund öffnete sich vor mir, als ich den Ölberg auf halber Höhe umgangen hatte. Mit Feigen-, Mandel- und Ölbäumen, so weit das Auge reichte. Das erste Grün des Frühjahrs schmückte sie. Dann senkte sich der Weg und vor mir lag ein Dorf. Es war noch Mittagszeit, die Sonne stand eine Lanze hoch über den Bergen Judäas. Wenige Leute waren um diese Zeit zwischen den Häusern zu sehen. Ein von Generationen zusammengetragener Aschenberg hinter dem Dorf überragte die niedrigen Dächer. Kinder turnten darauf herum.
Am Dorfbrunnen, beschattet von einem ausladenden Wacholder, schöpfte eine junge Frau Wasser. Über ihre Schulter schaute aus dem Tragetuch ein Kindchen hervor. Ich nahm den süßsäuer-lichen Wohlgeruch von Milch wahr, als ich mich dem Brunnen näherte.
»Bitte lass mich trinken«, sagte ich und wies auf ihren Schöpfkrug. Mit niedergeschlagenen Augen reichte sie mir stumm das Gefäß.
»Gelobt seist du, Ewiger, du bist es, der uns am Leben erhält«,

sagte ich, als ich den Krug absetzte. »Wie heißt dieses Dorf?«, erkundigte ich mich.

»Bethanien«, antwortete sie, zog ihren Mantel hoch bis an die Augen und errötete bis an den Haaransatz.

Ich hatte gegen die guten Sitten verstoßen und ich schämte mich ebenfalls. Kein Mann spricht eine einzelne Frau an. Einen Schritt zurücktretend dankte ich, wünschte ihr und ihrem Kind mit dem Friedensgruß den Segen des Ewigen.

Bald nach dem Dorf ging es steilab in eine Senke.

Beim Laufen fragte ich mich, wieso ich noch immer allein lebte. Ohne eine Frau, die nach Milch roch, auf deren Hüfte ein Kind ritt. Vater Nathanael hatte es versäumt, mir eine Frau zu wählen. Bevor er sich von der Welt verabschiedete, sich mit Mutter ins Philosophenkloster zurückzog. Wollte ich mich verheiraten, musste ich mich allein auf Brautsuche begeben. Oder müsste einen *propoles* oder *schadchan** damit beauftragen, mir in Alexandria eine Braut zu suchen. Aber wollte ich das? Im Augenblick wenigstens nicht, sagte ich mir.

Ich kam ja kaum allein mit meinem Leben zurande. Und ich war gerade mal siebzehn Jahre alt! Ich weiß, in meinem Alter sind schon viele junge Männer verheiratet. Aristoteles jedoch, ein Schüler Platons, meinte, mit der Ehe solle ein Mann warten, bis er wenigstens dreißig geworden sei. Und Platon, der hatte erst gar nicht geheiratet.

Der Weg führte weiter über die Hochebene ostwärts. Hinab nach Jericho. Als ich vor Monaten wie betäubt hinauf nach Jerusalem rannte, war ich hier keinem Menschen begegnet. Und aus dem Gestein stachen damals nur verdorrte Disteln mit zerflatterten Blüten und entblätterte Dornensträucher hervor. Jetzt, am Ende der Regenzeit, überzog ein grüner Flor die Senke. Büschelweise blühten gelbe und weiße Blumen am Weg, vereinzelt sogar rote

---

* »Propoles« (griechisch), »Schadchan« (hebräisch): kommerzieller Ehevermittler.

Anemonen. Und Scharen von Menschen kamen mir entgegen. Familien mit Reisegepäck auf den Schultern, immer neue Gruppen von Männern mit ihren Söhnen, alle unterwegs zum Fest.
»*Schalu schalom Jeruschalajim*, Heil und Segen für Jerusalem!«, riefen sie mir zu.
Und ich antwortete: »*Jischalju ohabajik*, die dich, Jerusalem, lieben, werden wachsen, blühen und gedeihen!«
Von den Bergflanken hallten trillernde Freudenrufe, viele Pilger hatten sich mit Blumen bekränzt. Ständig erschallte neuer Jubel.
»*Haschanah bi-Jeruschalajim*! Dieses Jahr in Jerusalem!«
Die Fröhlichkeit steckte an. Mir wurde leichter und leichter, je näher es auf Jericho zuging. Mehrmals erkundigte ich mich bei einer rastenden Gruppe, ob auch Galiläer unter ihnen wären. Doch die meisten Pilger waren aus dem östlichen Jordanland, den Siedlungen am Toten Meer und aus Jericho aufgebrochen. Andererseits sei es undenkbar, dass sich die galiläischen Pilger verspäten könnten, sagte man mir. Bestimmt würde ich sie unten bei Jericho finden.
Nachmittags, als mein Schatten mir schon weit voraus war, versiegte der Pilgerstrom. Nun führte der Weg steilan auf die schroffe Bergkette zu, welche die Jordanebene von dem judäischen Hochland trennte. Jäh abfallende Schluchten begleiteten den sich verengenden Weg. Tief unten rauschte Wasser in den dunklen Wadis, rotfarbene Felswände strebten rechts und links von mir in den blassgrauen Himmel. Ich befand mich plötzlich allein in einer Welt aus Stein.
Andreas aus Kapernaum hatte mir damals eine Jesus-Geschichte nacherzählt, die genau in dieser Gegend spielte. Daran erinnerte ich mich, als ich dem Schluchtenweg folgte. Denselben Weg musste Jesus gekommen sein, jedes Mal wenn er, inmitten der galiläischen Pilger, mit seiner Mutter und den Geschwistern hinauf zu der Feststadt zog.
Ein Mann ging hinab von Jerusalem nach Jericho, hatte Jesus erzählt. Da kamen Räuber, überfielen ihn, schlugen auf ihn ein

und raubten ihn aus. Sie zogen dem Mann zuletzt die Kleider vom Leib und ließen ihn halb tot liegen. Nun kam ein Priester des Weges, vielleicht auf seinem Heimweg vom Tempeldienst. Er sah den Mann, ging an ihm vorbei. Wenig später folgte ihm ein Priestergehilfe. Auch er sah den Mann und ging an ihm vorüber. Fürchteten die beiden, sich an dem Opfer zu verunreinigen? Zuletzt kam ein Samaritaner* des Wegs. Als er den Halbtoten sah, ging es ihm durch und durch. Er ging zu ihm, versorgte seine Wunden, hob ihn auf seinen Esel und brachte den Mann zu einer Herberge. Dem Wirt bezahlte er die Kosten für die Unterbringung und stellte in Aussicht, auch für etwaige Mehrkosten aufzukommen, sobald er wieder des Weges käme.

Ja, ich erinnerte mich jetzt zwischen den rötlichen Felsmauern an jene blutige Geschichte. Die dann doch noch ein gutes Ende fand. Und blickte unwillkürlich um mich. Ob auch keine verdächtige Gestalt in meiner Nähe auftauchte.

Jesus, das wusste ich von Andreas, erzählte seine Geschichten mit einem offenen Ende. Seine Zuhörer sollten sich selbst einen Vers darauf machen. Für mich enthielt seine Jerusalem-Jericho-Geschichte eine massive Kritik an den Bediensteten des Jerusalemer Heiligtums. Wer weiß, vielleicht sogar am Tempel selbst. Ganz im Sinn des alten Gotteswortes: »Barmherzigkeit will ich und keine Opfer!« Mit solchen Geschichten machte sich Jesus keine Freunde unter den Jerusalemern.

Auch nicht unter seinen Zuhörern in Galiläa. Samaritaner nämlich waren jedem rechtgläubigen Israeliten verhasst. Weil deren Sekte sich vom Haus Gottes in Jerusalem losgesagt hatten. Samaritaner schmähten Israels geheiligten Tempelberg als einen stinkenden »Misthaufen«. Wenn sie nicht noch gehässigere Worte dafür fanden, hatte Abba mir erzählt. Und einen derartig verabscheuten Menschen stellte Jesus als leuchtendes Beispiel dar?

---

* »Samaritaner«, Bewohner der römischen Provinz Samaria, zwischen Judäa und Galiläa gelegen.

Die Jerusalemer würden sich das nicht gefallen lassen, sagte ich mir, während ich dem Weg zwischen den Feldswänden weiter folgte. Und ich bangte um meinen Rabbuni.
Von der Passhöhe aus erblickte ich unter mir die Jordanebene. Abgestorben, verdorrt lag sie da. Genau wie ich die Gegend in Erinnerung hatte. Und rechterhand konnte ich die Ufer des Toten Meeres ausmachen. Wo ich auf das schwarz verbrannte Schiff gestoßen war. Auf Simons Schiff, das meine Träume tragen sollte. Wie weit, weit weg war das alles inzwischen! Ja, und links unter mir, da prangte die Oase von Jericho im üppigsten Grün. Dort würde ich Jesus suchen und finden. Ihn, nach dem ich verlangte, nach dessen Augen ich mich sehnte.

Bis ich die Mauern von Jericho erreicht hatte, war die Sonne bereits verschwunden. Lampen und Fackeln brannten schon in der Stadt. Und ich sah, dass es zwecklos war, jetzt in der Stadt nach den Galiläern zu suchen.
Abertausende Pilger drängten sich in den Straßen und Gassen, in den Herbergen und Höfen von Jericho, umkreisten und durchquerten den Oberen und Unteren Markt, und manche waren schon dabei, sich einen Schlafplatz für die Nacht zu sichern. Ich trank mich an einem der Bachläufe satt und erstand am Unteren Markt eine Portion Röstkorn. Aus der frischen Gerste des Jahres! Gerste wurde in der Ebene von Jericho schon geschnitten. Bis zur Ernte auf den Feldern Judäas würde es noch eine ganze Weile dauern. Die Körner waren ein wahrer Genuss. Und als ich noch eine Melonenscheibe verzehrt hatte, suchte ich mir einen Schlafplatz.
Unweit des südlichen Stadttors setzte ich mich zu anderen Pilgerleuten an ein Feuer. Das Dornenholz prasselte und krachte. Scherze machten die Runde, ich verstand und sprach inzwischen die Landessprache so weit, dass ich auch mithalten konnte.
Ich schilderte den Umsitzenden, wie die Israeliten von Alexandria alljährlich unter dem Pharos-Leuchtturm das »Siebziger-Fest«

begingen. Zum Dank und Gedenken an jene siebzig weisen Männer, die uns einstmals die Heiligen Bücher ins Griechische übersetzt hatten. Ich zitierte auf Griechisch eins der fünfzehn Wallfahrtslieder aus den Psalmen. Jenes schöne Lied, das auf Griechisch mit den Worten beginnt: »*Hera tous ophtalmous mou eis ta hore* – Ich hebe meine Augen auf zu den Bergen, von denen mir Hilfe kommt. Meine Hilfe kommt vom Ewigen, der Himmel und Erde erschaffen hat. Er, der Hüter Israels, schläft noch schlummert nicht!«

Mein Gesicht glühte vom Feuerschein. Und es glühte von innen heraus, weil ich mich in den fröhlichen Festkreis um den Pharos versetzt fühlte. Die Umsitzenden klatschten Beifall. Auch wenn die Wenigsten von ihnen die griechischen Worte verstanden haben mochten.

Unter meinen Kapuzenmantel gerollt verbrachte ich im Schatten der Mauer eine ruhige Nacht.

Noch vor Anbruch des Morgens erwachte ich. Andere waren schon auf den Beinen. Man suchte irgendwo einen Platz, um sich zu erleichtern. Man schöpfte Wasser und teilte untereinander die Essensvorräte. Einer der ältesten Männer stimmte mit dem Herannahen der Sonne das Morgengebet an. Und wir alle fielen mit ein: »Höre, Israel, der Ewige, unser Gott, der Ewige ist Einer!« Dann grüßten wir uns mit den Worten: »Heute in Jerusalem!«, und machten uns reisefertig.

Es gibt nur den einen Weg von Jericho nach Jerusalem. Der beim Aufstieg zu den roten Felswänden.

Dort stieß ich auf sie, die Galiläer. Und inmitten der Pilgergruppe entdeckte ich ihn. Jesus.

Ein paar Schritte hinter ihm folgten seine Anhänger. Vierzig, fünfzig, sechzig an der Zahl. Dazwischen erkannte ich seine ständigen Begleiter, die schon in Kapernaum um ihn gewesen waren.

Die Brüder Jakobus und Johannes, dann Thomas und Philippus, Judas, Matthäus. Und natürlich Andreas mit seinem Bruder

Simon, den man auch Petrus nannte. Jesus ging ihnen voran. Allein, den Blick auf den Weg, auf die Berge gerichtet. Hinter denen Jerusalem auf ihn wartete.
Sollte ich zu ihm laufen? Mich ihm in den Weg stellen? Und sollte ich ihm sagen, dass es mir leid tat? Sollte ich wie der Ausreißer-Sohn sprechen: Rabbuni, ich habe dir unrecht getan! Nein, das wäre mir zu aufdringlich gewesen. Ich wollte mich damit begnügen, in seiner Nähe zu sein. Den Mann im Kapuzenmantel würde er irgendwann wiedererkennen.
Andreas war es, der mich unter den am Weg Stehenden bemerkte.
Er lief auf mich zu, und während er mich umarmte, rief er: »*Idou, Tobit ex ethnon Alexandriou!* Wo bist du gewesen, Alexandriner?«
»In Jerusalem war ich«, erklärte ich ihm lachend in seiner Sprache. »Und, wie du hörst, habe ich euer Hebräisch sprechen gelernt!«
Andreas zog mich zu Petrus: »Schau, Simon, wen wir hier haben! Den Ausreißer. Er war fort und jetzt ist er wieder bei uns!«
Auch Petrus schloss mich in die Arme, wünschte mir Schalom und sagte: »Gelobt seist du, Ewiger, unser Gott, du bist gut und du tust uns Gutes!«
Ich freute mich. Eine derart herzliche Begrüßung hatte ich nicht erwartet. Keinen Augenblick. Ich war den Tränen nahe und konnte kein vernünftiges Wort hervorbringen.
Andreas spürte meine Verlegenheit. Er fragte mich nicht aus. Er redete, erzählte und sprach weiter, als hätte er nur darauf gewartet, dass ich zurückkommen würde.
Ihr Rabbi, sagte er, sei in der letzten Zeit sehr verschlossen gewesen. Dann, vor ein paar Tagen, habe er sein Schweigen gebrochen. »Wir ziehen hinauf nach Jerusalem!«, habe er ihnen angekündigt. Und da hätten sie alle gewusst, dass dies die Stunde ist. Das Reich Gottes werde anbrechen.
»Wir werden den Himmel offen sehen, und die Engel hinauf- und hinabfahren auf ihn, auf Jeschua, den Gottessohn!«, flüsterte

Andreas mir zu. »Und wir, seine zwölf Vertrauten, wir werden auf goldenen Sesseln sitzen und wir werden den zwölf Stämmen Israels das Recht sprechen!«

So sprach Andreas. Und seine Augen leuchteten, als sähe er sich jetzt schon in seinem goldenen Sessel sitzen.

Dann unterbrach er sich.

»Verstehst du auch, was ich sage?«, erkundigte er sich.

»Fast alles«, antwortete ich. »Nur, ich muss mich an eure galiläische Sprechweise gewöhnen. In Jerusalem klingt das Hebräische anders.«

Er lächelte. »Ich weiß, in der Stadt spricht man stocksteif und vornehm«, sagte er. »Bei uns in Galiläa ist Musik in der Sprache. Aber das meine ich nicht. Ich wollte dir sagen, Tobit, dass du großes Glück hast! Du bist gerade im richtigen Augenblick gekommen. Tobit, du wirst nämlich mit eigenen Augen sehen, was sich in Jerusalem zutragen wird. In den nächsten Tagen, in der nächsten Woche. Ich meine die Wunderwerke, wenn das Reich Gottes sich Bahn bricht!«

Ich wusste nicht, was ich dazu sagen sollte. Vor mir sah ich die Gestalt von Jesus, seinen Rücken, während er dem Weg folgte, der empor zu den Blutklippen stieg. Für Andreas war sein Jeschua ein Wundermann. Für mich war er mehr. Ich war von Alexandria gekommen, weil ich hoffte, in Israel zu finden, was ich mir ins Herz setzen konnte. Und war dann Jesus begegnet und wusste, dass ich das, wonach ich suchte, gefunden hatte. Einen Messias von innen. Seine Worte, seine Taten brauchte ich nicht, um es zu wissen. Ich brauchte nur ihn. Seine Nähe. Mit ihm und um ihn zu sein. Das füllte mich so aus, als wäre ich endlich jetzt zur Welt gekommen. Wirklich geboren, wiedergeboren worden.

Wir passierten den Schluchtenweg. Und ich sagte Andreas, dass mir gestern seine Geschichte von dem Samaritaner wieder eingefallen war.

Ich fragte ihn: »Sammelt ihr eigentlich die Jesusworte? Und seine Geschichten? Schreibt sie jemand auf?«

»Wieso?«, fragte er verwundert. »Das Gottesreich kommt! Wir werden mit ihm in seinem Reich leben. Schon in den nächsten Tagen! In der *malkhuta delaha* sitzen wir mit ihm zu Tisch. Mit den Vätern, zusammen mit Abraham, Isaak und Jakob. Tobit, im Reich Gottes braucht es keine Bücher! Seine Torah wird inwendig in unseren Herzen sein. Wozu sollen wir die Worte unseres Rabbis in Buchstaben festhalten? Auf Papyrus, den doch morgen die Motten und die Würmer fressen?«
Ich antwortete nicht. Mit Andreas fühlte ich mich freundschaftlich verbunden. Doch mich mit ihm auseinandersetzen konnte ich nicht. Unsere Denkart war zu verschieden. Ich denke auf die griechische Art. Wie ich es von Philon und Platon gelernt hatte. Andreas dagegen kannte nicht mal deren Namen, oder den Namen von irgendeinem anderen Philosophen. Im Grunde dachte er wie Abba, wie Simon aus Sepphoris und wie alle anderen Israeliten, denen ich begegnet war. Sie dachten in einem völlig anderen Weltbild. In dem die Engel Gottes leibhaftig aus dem Himmel herabstiegen und wo Löwen Stroh fressen wie das Rind.
In meiner Philosophie gab es das alles nicht. Um die Welt zu verstehen, brauche ich Worte. Buchstaben und Bücher.
Wir durchzogen die blumenbesetzte Hochebene. Ohne wie andere Pilgergruppen zwischendurch zu rasten. Schließlich stiegen wir zu dem Dorf Bethanien auf. Wo mich gestern die junge Mutter am Brunnen erfrischt hatte. Der Rabbi, sagte mir Andreas, war durch frühere Wallfahrten mit einer Familie im Ort freundschaftlich verbunden. Mit zwei Schwestern, Maria und Martha, die in Bethanien ein kleines Anwesen bewirtschafteten.
In ihrem Hof trafen wir am frühen Nachmittag ein. Noch andere Pilger und auch Dorfbewohner gesellten sich dazu. Und die Menschen drängten Jesus, zu ihnen zu sprechen. Auf einem umgestürzten Futtertrog nahm er Platz. Wir ließen uns um ihn nieder. Ich wurde dabei so weit nach vorn gedrängt, dass ich neben Simon Petrus zu sitzen kam.
Der Rabbi hob die Hand und sagte: »Morgen werden wir das

Gotteshaus sehen. Ich erzähle euch eine Geschichte, die sich im Tempel zuträgt.«

Die Gespräche verstummten.

Und Jesus sprach: »Zwei Männer gingen ins Gotteshaus. Der Erste war einer von den Torah-Hütern, ein Pharisäer*. Der Zweite war aus dem gewöhnlichen Volk und arbeitete bei der Zollabfertigung. Der Pharisäer stellte sich an die Schranke beim Altar, hob die Hände zum Gebet und sprach bei sich: Gott, gut, dass ich nicht bin wie andere Leute. Die stehlen, Unrecht tun, ehebrecherisch leben, und dass ich nicht so einer bin wie dieser Steuereintreiber. Wöchentlich faste ich zweimal und gebe ein Zehntel von meinem Einkommen für gute Zwecke. Der Steuereintreiber aber blieb hinten im Vorhof stehen. Er traute sich nicht, die Augen emporzuheben, schlug die Hände vors Gesicht und sagte: Gott, habe Mitleid mit mir. Ich bin so fern von dir.«

Der Rabbi hielt inne. Er schaute um sich und fragte: »Was meint ihr, welcher der beiden Männern stand Gott näher? Der Erste oder der Letzte?«

Welche Antwort Jesus erwartete, war offensichtlich. An dem Gemurmel merkte ich, dass sich aber auch Widerspruch erhob.

Und in der Tat, wer von den Leuten im Hof wollte zum Beispiel nicht lieber den Pharisäer zum Schwiegersohn haben? Lieber als jenen Zöllner? Dem es egal war, was die Leute von ihm dachten, wenn er nur Kasse machte? Noch schlimmer, der den Besatzern in die Hände arbeitete! Der also unrein vor Gott sich ins Heiligtum Israels wagte?

»Morgen werden wir in Jerusalem sein«, fuhr Jesus fort. »Und viele werden sich meinetwegen entzweien. Der Sohn vom Vater, die Tochter von der Mutter. Wegen mir werden sich die eigenen Hausleute entzweien. Bittet, dass euch das Schlimmste erspart bleibt. Die Versuchung wird groß sein, das Gottesreich zu verleugnen und zu verraten. Ich bete darum, nicht in Versuchung zu

---

* »Pharisäer«, hebräisch »die Abgesonderten«, Partei der Torah-Aktivisten.

fallen. Bittet auch ihr um Kraft, Gott und seinem Reich die Treue zu halten.«

Jesus senkte den Blick und schwieg.

Petrus an meiner Seite flüsterte mir zu: »Er ist der Messias Gottes! Sein himmlischer Vater wird ihm mit Legionen von Engeln zu Hilfe kommen!«

Jesus hob seine Augen und blickte in die Runde.

»Viele von euch werden von mir abfallen. Sie werden schwören, den Menschen kenne ich nicht!«, sagte er dann.

Mich überlief es.

Petrus aber hielt es nicht länger.

Laut rief er in die Runde. »Und wenn alle untreu werden, bleibe ich dir doch treu, Rabbuni!«

Jesus warf ihm einen stummen Blick zu, entdeckte dabei auch mich, den Kapuzenmann an Simons Seite. Mir war, als fliege ein Lächeln um seine Augen. Und sein Lächeln ließ mich die ganzen Schreckensszenen vergessen, die er eben heraufbeschworen hatte. Eine Frage aus der Runde holte mich zurück in die Gegenwart. Jemand wollte wissen: »Rabbi, wann kommt das Reich Gottes? Wie kündet es sich an?«

Jesus antwortete: »Das Gottesreich kommt nicht von außen. Und das Reich Gottes ist auch kein Ding, auf das man mit den Fingern zeigen könnte: Da, dort ist es!« Der Rabbi sah fragend um sich, dann sagte er: »Versteht ihr nicht? Das Reich Gottes ist mitten unter euch!«

Das waren seine eigenen Worte: Das Reich Gottes ist bereits Gegenwart! Mitten unter euch! Obwohl keine Löwen zu sehen waren, die Stroh fraßen! Auch keine Engel, die auf den Rabbi herabstiegen!

»Mitten unter euch«, so hatte er sich ausgedrückt, wenn ich die beiden hebräischen Worte *legaw men* richtig verstanden hatte. Vielleicht hatte er aber auch gemeint: »Inwendig in euch« ist es gegenwärtig? Welche Wortbedeutung richtig war, konnte ich nicht entscheiden. Es war mir auch einerlei. Ob in seiner Person oder unter den Leuten, die um ihn saßen. Oder inwendig in mir und in dir: Das Gottesreich war da! Wir brauchen nicht darauf zu warten, wir müssen es nur finden.

Ich frohlockte. Denn plötzlich sah ich eine Brücke, die von Philon, meinem Lehrer, zu Jesus führte. Denn Philon vergleicht häufig die Seele mit der Gottesstadt: Euer Inneres ist die Stadt, in der sich Gott ergeht! So drückt Philon sich aus. Das war für mich bisher nur ein schönes Bild, ein Wortgebilde gewesen. Jetzt wusste ich, dass es wirklich so war! Jenes Licht, das nach den Worten meiner Mutter schon das Kind in ihrem Leib erleuchtet, kann nicht verloren gehen. Wir müssen es nur wiederfinden. Und ich sprach bei mir: Gelobt seiest du, Ewiger, du lässt Menschen aus Fleisch und Blut an deiner Weisheit teilhaben – *schenatan mechochmato lebasar vadam*!«

Hinter mir, im Hofeingang, verlangte eine Frau mit lauter Stimme nach Maria. Wir drehten uns um und ich sah, dass es Martha war, unsere Gastgeberin, die nach ihrer Schwester suchte.

»Ich komme mit der Arbeit nicht mehr nach!«, rief sie dem Rabbi zu. »So viele Leute wollen bewirtet werden! Frauen aus der Nachbarschaft fassen schon mit an. Und Maria, meine Schwester hier, die sitzt bei dir! Sag ihr, dass sie mir zur Hand gehen soll!«

Unschlüssig erhob sich unweit von mir eine Frau. Maria, mit einem verlegenen Gesicht.

Jesus machte ihr ein Zeichen, sich wieder zu setzen.

Und er sagte zu Martha: »Martha, danke, du machst dir viel Arbeit mit deinen ganzen Vorbereitungen! Doch wichtig ist nur eins, das Gottesreich. Maria hat sich dafür entschieden und keiner soll ihr da reinreden!«

Martha verschwand und Jesus wandte sich wieder der Hofrunde zu.

Und ich dachte bei mir: Er stellt alles auf den Kopf! Jedenfalls, solange ich in Jerusalem war, habe ich unter den Zuhörern eines Torah-Gelehrten noch nie eine Frau angetroffen. Wieso auch? Die meisten Gebote der Torah betrafen nur die Männer. Israels

Torah zu studieren und zu diskutieren war darum Männersache. Diese Maria war eine mutige Frau, sagte ich mir. Dass sie in eine Männerdomäne einbrach. Mir fiel dabei eine Geschichte aus dem alten Griechenland ein. Da gab es eine philosophische Wander-Predigerin. Sie hieß Hipparchia. Für die Philosophie hatte sie alles aufgegeben. Ein vermögendes Elternhaus, die Freunde, ihre Heimatstadt. Mit einer Kuh zog Hipparchia an der Seite eines Philosophen durch die Lande. Und brachte ihre Frohbotschaft vom leichten Sein, der Besitzlosigkeit, unter die Leute. Natürlich wurde sie ausgelacht. Man rief ihr zu, sie solle lieber Kinder kriegen. Sich um Küche und Keller kümmern. Hipparchia antwortete: Bildung ist mir wichtiger als Weben!
Ich werde Andreas davon erzählen. Denn Marthas Schwester Maria ist eine Schwester der griechischen Hipparchia!
Doch abends gab es in Marthas Hof auch Speise und Trank. Genug und sogar übergenug: Dickflüssige kalte Soße mit Frühjahrskräutern, stapelweise warme Brotfladen und gewürzten Wein dazu. Der Rabbi hatte sich bald darauf mit Simon Petrus, Andreas und Johannes ins Haus der Schwestern zurückgezogen. Wir anderen suchten uns im Hof einen Schlafplatz unter freiem Himmel.
Ich schaute hinauf in die Sterne. Der Mond in seinem ersten Viertel war bereits hinter den Bergen Judäas verschwunden. Wenn er voll war, würden die Silbertrompeten des Tempels den Beginn des Passah-Festes ankündigen. Gerade über mir befand sich das Sternbild der Jungfrau mit ihrer Waage. Für die Griechen das Symbol von Dike. Der Göttin des Rechts. In Jerusalem erwartete Jesus die Entscheidung, Gottes Bestätigung seiner Botschaft. Wie würde die Waage der Dike sich neigen?

Erwartung lag in der Luft, als unsere Schar nach dem Morgengebet aufbrach. Jemand hatte für Jesus einen Esel besorgt. Man warf Kleider auf den Rücken des Tieres und Jesus ließ sich hinaufhelfen. Von Bethanien aus war es nicht weit bis nach Jerusalem.

Höchstens eine knappe Stunde. Seine eigenen Füße konnten ihn also leicht in die Stadt tragen.

Dass er auf dem Esel Platz nahm, war von sinnfälliger Bedeutung. Ich kannte aus den heiligen Schriften die Weissagung des Propheten. Wo es hieß: »Sagt der Tochter Zion: Sieh her, dein König kommt zu dir! Friedfertig kommt er und reitet auf einer Eselin!« Alle in der Schar kannten das Prophetenwort. Und Jesus kannte es auch. Er bekannte sich damit zu seiner Königswürde. Ich jauchzte ihm zu. Wie alle anderen. Wir jauchzten ihm zu wie einem König.

Zugleich fragte ich mich bange: War das nicht zu viel? Nie bisher hatte sich Jesus als Prophet ausgegeben. Auch nicht als messianisch Gesalbter. Geschweige denn als König. Bisher also hatte er vermieden, sich in die Mitte seiner Botschaft zu stellen. Als ich ihn vor Wochen in Kapernaum ansprach und »Guter Rabbi« zu ihm sagte, war er mir über den Mund gefahren: »Niemand ist gut! Außer Gott allein!« Das waren seine eigenen Worte. Damals. Warum ließ er es jetzt aber im Anblick der Davidsstadt zu, dass seine Galiläer ihn als König feierten?

Als wir den Ölberg umrundet hatten, Jerusalem in Sicht kam, brachen seine Leute frisches Frühlingsgrün von den Hecken und Sträuchern, schwenkten die Zweige und riefen aus voller Brust: »Hosiannah! Hoch lebe der Gottesmann! Hoch lebe der neue David! Hosiannah in der Höhe!«

Ich rief mit. Doch wieder unter Angst und mit Bangen. Denn ich dachte an Rufus. Den Centurio auf dem Turm der Antonia-Festung. Die Königsherrschaft übte in Israel der römische Imperator aus. Und der hieß Tiberius. Und nicht Jesus! Doch ich war offenbar allein mit meinen Ängsten. Auch im Gesicht von Jesus auf dem Esel entdeckte ich keine Spur von Zögern oder Besorgnis. In Jerusalem fällt die Entscheidung, hatte er gestern Abend gesagt. Jetzt suchte er sie. Demonstrativ.

Judas, einer seiner ständigen Begleiter, packte mich am Arm. Begeisterung leuchtete aus seinen Augen.

»Siehst du, kleiner Alexandriner? Siehst du, was passiert? Endlich traut er sich! Das Reich Gottes gehört den Draufgängern, den Dränglern. Jetzt endlich offenbart er sich, Israels Retter und Befreier! Es wurde auch Zeit!«

Ich löste mich aus seinem Griff. Und wies hinauf zum Tempel. Die weißen Riesenmauern hingen über unseren Köpfen. »Zweimal zehntausend zählen die Priester, Tempelland ist Priesterland«, sagte ich zu Judas. »Denkst du, die da oben, die Priesterschar mit ihrem Hohenpriester, die fürchten sich vor euch? Vor einem Rabbi? Vor einem Zimmermann?«

»Zimmermann«, schnaubte Judas verächtlich. »Du bist erst kurz dabei, Alexandriner! Du kennst ihn nicht. Ich sage dir, ein Wort von ihm und der Aufstand bricht los. Diese korrupte Bande da oben, diese verfluchte Priestersippschaft, die fegt das Volk mit einem Handstreich hinweg! Denk an meine Worte!«

Damit ließ er mich allein. Und stürmte mit großen Schritten an die Spitze des Zuges, riss sein Obergewand vom Leib und breitete es wie einen Teppich vor dem Eselstier mit Jesus aus. Andere folgten seinem Beispiel. Riefen und schrien ihr Hosiannah, dass die Jerusalemer vor die Stadt gerannt kamen.

»Was ist denn los?«, schrien sie. »Wer ist das? Der Mann auf dem Esel da vorn?«

»Das ist Jeschua, der Prophet aus Galiläa!«, riefen seine Leute zurück. »Heißt ihn willkommen, lasst ihn hochleben in Jerusalem!«

Während ich mit Tinte und Schreibrohr diese Worte zu Papier bringe, zittert die Erregung in mir nach. Immer noch, Monate darauf. Ich schaue auf den Leuchtturm über dem Hafen. Hier in Alexandria hat noch kein Mensch was von einem Propheten aus Nazareth gehört. Beim Schreiben sehe ich den schwarzen Kapuzenmann vor mir. Mich inmitten der jubelnden und Zweige schwenkenden Menge, die durchs Wassertor in Jerusalem einzieht. Der Kapuzenmann tut mir leid. Ich tue mir leid.

Denn der Kapuzenmann weiß nicht, dass ein paar Tage später eine Welt für ihn zusammenbricht.
Und noch mehr trauere ich um ihn. Um Jesus, meinen Rabbuni. Den Judas später in einer dramatischen Aktion versucht zum Handeln zu zwingen. Den Volksaufstand auszurufen. Ich sehe, während meine Rohrfeder schreibt, meinen Rabbuni vor mir, der sich stattdessen in Fesseln abführen lässt. So sah ich ihn zum letzten, zum allerletzten Mal. In Fesseln ging er an mir vorbei.
Ich kämpfe mit meinen Tränen beim Schreiben. Mein Buch geht zu Ende. Ich erzähle von ihm. Und ich schreibe von mir. Ich schreibe dieses Buch für mich.
Darum gehört auch die schwarzweiße Katze dazu. Die mit dem goldenen Ohrring. Die mir heute, jetzt in dieser Nacht, einen Besuch abstattete. Nach so langer Zeit zum ersten Mal wieder. Ich hatte sie schon aufgegeben. Wie in der Ausreißergeschichte von Jesus der Vater seinen verlorenen Sohn. Da sprang sie durchs offene Fenster und war mit einem Satz auf meinem Schreibpult. Mit ihren Pfoten auf dem Papyrus, mitten in meinen Worten. Ich streichelte sie, Miu schnurrte, als sei sie niemals weggewesen. Und als ich ihr über den Rücken fuhr, hatte ich das dumme und doch tröstliche Gefühl, dass das Leben weitergeht. Wenn ich auch nicht weiß, wie.

Die Jerusalemer sind wie die Alexandriner. Wo es was zu sehen gibt, laufen sie zusammen. Und wo gefeiert wird, da feiern sie mit. So war der Zug, mit Jesus auf dem Esel in seiner Mitte, immer stärker angeschwollen, während er sich langsam durch die Unterstadt hinauf zum Tempelplatz bewegte. Bei den Tauchbecken unterhalb der Treppen kam der Zug zum Halt. Der Brauch verlangt, zuerst durch eins der Tauchbäder zu waten. Damit der Besucher rein vor Gott den heiligen Boden seines Hauses betritt. Jesus hielt sich nicht auf damit.
Sobald er abgesessen war, stieg er durch eins der überdachten Treppentore zum sogenannten »Vorplatz der Völker« hinauf, der

für die Allgemeinheit zugänglich ist. Die Menge, die hinter ihm herströmte, war mittlerweile auf hunderte angewachsen. Die Leute drängten durch die Toreingänge, unrein, wie sie von der Straße gekommen waren. Und es waren Straßenkinder darunter, auch missgebildete Bettler, sogar Blinde ließen sich über die Treppen in den Säulenhof führen. Im Gedränge hatte ich Mühe, mich in der Nähe von Jesus zu halten.

Der Morgen war bereits weit vorgeschritten. Auf dem riesigen Tempelvorhof drängten sich die Menschen um die Tische und Stände der Opferverkäufer, der Geldwechsler und Andenkenhändler. Noch zahlreicher als an einem normalen Tag. Denn die Festtage standen ja doch unmittelbar bevor.

Mit ausgreifenden Schritten durchquerte Jesus den Platz bis zur Mitte. Dort hielt er inne und sah sich um, warf seine Arme in die Höhe und seine Stimme füllte den Vorhof bis unter die Säulengänge. »Soll nicht das Gotteshaus ein Bethaus sein?«, rief er. »Steht es nicht so geschrieben?«

Er blickte wortlos um sich. Als warte er auf eine Antwort. Eine ungewohnte Stille legte sich über den Platz. Nur aus dem Tempelinneren vernahm ich den Schrei eines Opfertieres. Nichts sonst unterbrach die unwirkliche Stille.

»In Stein sperrt ihr Gott ein! Und dann verkauft ihr ihn, den Heiligen Israels. Für Drachmen und Schekel. Räuberbrut! Zum Räubernest habt ihr sein Bethaus gemacht«, fuhr er fort.

Wieder verstummte er.

Dann stieß er Tische und Stände in seiner Reichweite um. Drachmen und Schekel landeten auf dem Boden. Sodann öffnete er die Taubenverschläge, einen nach dem anderen, dass eine Wolke von schreienden Vögeln aufflog. Keiner fiel ihm in den Arm und niemand wehrte ihm.

Ich hielt den Atem an. Gleich musste etwas passieren. Die Tempelpolizei würde ihn festnehmen. Rufus konnte mit seinen Leuten aufmarschieren. Mindestens die Opfertierhändler und die Geldverkäufer würden sich auf ihn stürzen.

Doch nichts von all dem geschah.
Auch der Himmel öffnete sich nicht, keine Engel stiegen auf Jesus nieder. Die Geldverkäufer lasen ihre Münzen aus dem Dreck, die Taubenhändler verschwanden, um ihre Verschläge neu zu füllen. Nichts, aber auch gar nichts in der Welt hatte sich geändert.
Seine Anhänger bildeten um ihren Rabbi einen Kreis und geleiteten ihn die Treppen hinunter in die Unterstadt.
Ich blieb auf dem Platz. In den Säulenhallen hatten sich mehrere Gruppen von Männern gebildet, die offenbar den Vorfall diskutierten. Jetzt kreuzte auch die Tempelpolizei auf und patrouillierte zwischen den Ständen. Die Normalität kehrte wieder ein. Im Handumdrehen.
Sein triumphaler Königs-Einzug in die Stadt, mit Hosiannah-Rufen und Zweigeschwenken, seine spektakuläre Tempelaktion, der ganze große Auftritt von Jesus in Jerusalem war ein Schlag ins Wasser gewesen. So sah ich es. Und Jesus selbst? Wie mochte ihm jetzt zumute sein? Und Petrus? Und Judas? Und wie würden seine eben noch himmelhoch gestimmten anderen Begleiter ihre Enttäuschung verwinden? Wahrscheinlich kehrten sie mit Jesus nach Bethanien zurück. Zum Haus der Schwestern, zu Maria und Martha. Ich wollte nicht mit dabei sein. Nicht wenn seine Leute hinterdrein das heulende Elend überkam.
Also kehrte ich zurück in das Gästehaus der Synagoge, das ich vor drei Tagen verlassen hatte.

Im Gebetsraum standen Männer zusammen, die einen erregten Wortwechsel führten. Einige davon kannte ich. Sie begrüßten mich mit einem kurzen Kopfnicken und fuhren in ihrer Diskussion fort.
»Was soll denn das?«, rief einer laut. »Der Mann, das ist doch ein völlig harmloser Zeitgenosse! Der könnte keiner Fliege was zu Leide tun.«
»Du magst ja recht haben, Melchi«, widersprach ein anderer. »Aber unter seinen Leuten gibt es Hitzköpfe. Einen davon kenne

ich persönlich. Er stammt aus demselben Ort wie ich. Aus Kerijjot, im Süden. Dieser Judas hasst den ganzen Hannas-Klan*, die Hohepriester-Familie. Er beschuldigt die Leute, sie hätten seinen Vater um den Landbesitz gebracht! Und so viel ich weiß, stimmt das sogar.«

Ein anderer Mann mischte sich ein: »Und ich bleibe dabei, dieser Jeschua ist gefährlich. Brandgefährlich sogar! Der ist doch nicht normal! Ich habe gesehen, wie der auf dem Esel saß, sich wie ein König feiern ließ. Der Mann spielt doch mit dem Feuer. Seit vorgestern ist Pilatus in der Stadt, und erfährt der Römer davon, macht er kurzen Prozess.«

»Und wenn das eben auf dem Tempelplatz nur eine Kostprobe war?«, sagte mein Nebenmann. »Wer weiß, was sich der Galiläer noch alles einfallen lässt! Eins jedenfalls hat er erreicht. Die ganze Stadt redet über ihn!«

Jetzt sprach Melchi mich an: »Fremder, du verstehst das sicher nicht«, sagte er zu mir. »Du bist aus Alexandria, höre ich. Also verglichen mit Jerusalem lebt ihr dort auf einer Insel der Seligen, wie es bei den Griechen heißt! Bei uns in Jerusalem genügt ein Funke und die Stadt steht in Flammen!«

»Doch, ich verstehe euch«, antwortete ich. »Und ich wünsche euch eine glückliche Hand für unser Land.«

Damit wandte ich mich zum Gehen. Wohin? Ich wusste es nicht. Wusste auch nicht, was ich mit mir anfangen sollte.

Ziellos durchstreifte ich die Stadt. Die Gottesstadt machte sich fein fürs Fest. Kinder vor den Häusern kehrten die Straßen, frisches Grün, bunte Tücher schmückten die Fassaden, Fäkalienwagen räumten den letzten Unrat aus den Mauern. Überall schlugen Imbisshändler ihre Stände auf, die Schankwirte verlegten den Ausschank ins Freie. Singend zogen ständig neue Pilgerscharen durch die vielen Tore ein. »Dieses Jahr in Jerusalem!«, riefen sich

---

* Die einflussreichste und mächtigste hochpriesterliche Großfamilie.

die Pilgerleute auf Schritt und Tritt zu. Die Luft war lind. Eine unumwölkte Frühlingssonne tauchte die Paläste in warmes Licht und über dem Weiß des Tempels kräuselten die schwarzen Rauchsäulen in den Himmel. Schwaden von Weihrauch wehten durch die Gassen und Straßen. Und über ihre Dächer schallten die hellen Klänge der Silbertrompeten des Gotteshauses.

Ich aber fühlte mich jämmerlich. Dutzende von Malen war ich drauf und dran, nach Bethanien zu laufen. Wie aber würde ich ihn vorfinden? Zerfallen mit Gott und der Welt, niedergeschlagen, in Sack und in Asche? Niemals, so wollte ich ihn nicht sehen! Den Mann, an den ich mich gehalten hatte.

Also blieb ich in Jerusalems Mauern. Besuchte ein Badehaus, ließ mir den Bart ums Kinn stutzen. Und irgendwann fanden meine Füße wie von selbst in die Bibliothek der Synagoge. Und wie von selbst fanden meine Hände zu Platons Werken. Und ohne mich lange umsehen zu müssen, fand ich das Gesuchte: Die Schriftrolle mit der Verteidigungsrede von Sokrates*.

Unter der Anklage von Gottlosigkeit hatte man den Philosophen in Athen vor Gericht gezogen. Sokrates demoralisiere die jungen Leute, mit seinen Lehren gefährde er die Stadt, hieß es in der Anklageschrift. Der Philosoph gab jedoch nicht klein bei. Seiner Überzeugung schwor er nicht ab. »Im Auftrag des Gottes unterziehe ich die Menschen einer Überprüfung. Er hat mich dieser Stadt verordnet, euch Athener aus dem Schlaf aufzuschrecken«, las ich in der Rolle. Die Lektüre richtete mich auf. Auch wenn der Ausgang des Prozesses mir vor Augen stand. Sokrates wurde verurteilt, den Schierlingsbecher zu trinken. Und er führte den Becher sich selbst zum Munde.

Ich brauchte fast zwei Tage, um die Rede Satz um Satz, Wort für Wort zu lesen. Und immerzu stand mir Jesus dabei vor Augen.

---

* Sokrates (470–399), war der Lehrer Platons. Er wurde von den Athenern dazu verurteilt, mit einem Gifttrank aus dem Schierlingsgewächs sein Leben zu beenden.

Der Priester und Torah-Hüter öffentlich bezichtigt hatte, Gott für sich zu vereinnahmen. Und die würden den Vorwurf nicht auf sich sitzen lassen. Das war mir klar. Deswegen bangte ich um sein Leben.
Tags darauf, nach dem Morgengebet, erfuhr ich, dass der Rabbi den vorigen Tag lehrend und diskutierend in den Wandelhallen des Tempels zugebracht hatte. Während ich Platon las! Zu spektakulären Aktionen sei es dabei nicht gekommen. Doch das Volk habe an seinen Lippen gehangen. Und der Name des Propheten sei nun in aller Munde.
Ich ärgerte mich, ihn versäumt zu haben. Doch die Erleichterung überwog. Jesus hatte nicht den Kopf zwischen die Knie gesteckt. Er war zurückgekommen, hatte sich in das »Räubernest« hineingetraut. Und weder die Tempelpolizei noch die Besatzung der Antonia waren eingeschritten. Vielleicht würde doch noch alles ein gutes Ende nehmen!
Kurz entschlossen machte ich mich auf den Weg zur Römerfestung. Mit Brief und Siegel wies ich mich den Wachen aus und bat, den Centurio zu benachrichtigen. Kurze Zeit darauf erschien Rufus bei dem Torgebäude.
»Salve, *puer Alexandrinus*«, sagte er. »Ich bin unter Zeitdruck, wir haben erhöhte Alarmbereitschaft! Womit kann ich dir helfen?«
»Erhöhte Alarmbereitschaft?«, erkundigte ich mich erschrocken. »Was ist passiert?«
»Der verrückte Galiläer ist vor einigen Tagen hier aufgekreuzt. Und hat im Tempel das reinste Chaos produziert. Du hast sicher davon gehört! Und gestern erschien er von Neuem auf dem Tempelplatz. Und hat mit den Leuten diskutiert. Der ganze Mob ist ihm zugeströmt. Als hätte er gebratene Gänse zu verschenken. Bisher ist nichts groß passiert. Aber ich bin alarmiert. Und habe Abin von der Tempelwache zu mir zitiert. Er soll den Verrückten einkassieren. Unauffällig aus dem Verkehr ziehen. Bevor es zu spät ist.«
Mein Mund wurde trocken.

»Und«, fragte Rufus, »wozu hast du mich rufen lassen?«
»Deswegen«, antwortete ich. »Jesus ist mein Rabbuni. Ich möchte nicht, dass ihm was passiert.«
Rufus warf mir einen Blick zu, den ich nicht zu deuten wusste. Dann sagte er halblaut: »Dann lauf zu deinem Rabbi! Sage ihm, er soll sich aus dem Staub machen. Je eher, desto besser! Abin ist der Oberste der Tempelwache. Ich kenne den Mann. Der ist nicht zimperlich! Und du, halte dich aus der Sache heraus, *puer Alexandrinus*! Dass du nicht auch eins über den Kopf kriegst. Wäre doch schade. Du wärst nämlich ein guter Soldat geworden! – Und melde dich mal wieder. Nach dem Fest! *Tunc est bibendum*, dann heben wir einen.« Rufus fasste nach mir: »Lauf!«, sagte er eindringlich. »Und tu, was ich dir gesagt habe!« Mit einem Schlag auf die Schulter verabschiedete sich der Centurio und verschwand im Tor.

Mit dem Bündel überm Rücken machte ich mich auf den Weg. Es war später Mittag, die Zeit, wenn die Krähen flattern. Hinab ging es ins Kidron-Tal, vorbei an Absaloms Schandmal. Keine Kinder warfen diesmal mit Steinen danach. Es war der Tag, an dem die Lämmer geschlachtet werden, und mit dem Erscheinen der ersten drei Sterne des Seder-Abends* begann das Festessen. An diesem Tag gibt es keine ungehorsamen Kinder in Israel.
Hinter dem Ölberg tauchte Bethanien auf. Ein Stück weiter talwärts blieb ich stehen. Am Dorfausgang sammelte sich eine Pilgerschar. Wenig später war ich sicher, dass es der Rabbi und seine Begleiter waren. Sie kamen mir auf dem Weg nach Jerusalem entgegen, wo die Tempelpolizei nach den Galiläern suchte.
Panik stieg in mir auf. Am liebsten wäre ich ihnen schreiend entgegengelaufen: »*Birchu, birchu! Pheugete!* Flieht!« Doch ich zwang mich gewaltsam zur Ruhe und wartete, bis der Zug auf meiner

---

* »Seder-Abend«, (hebräisch »Seder«) ist der Auftakt des Passah-Festes. An ihm wird abends im Kreis der Familie oder der Gemeinde des Auszugs aus Ägypten gedacht.

Höhe war. Ich überflog mit meinen Augen die Schar, bis ich Andreas entdeckt hatte. Der ging neben seinem Bruder in der Mitte des Zuges. Jesus nickte mir mit einem Lächeln zu. Ich grüßte meinen Rabbuni mit der Hand an der Stirn. Dann drängte ich mich an die Seite von Andreas, griff nach seinem Arm.
Vor Erregung konnte ich kaum sprechen.
»Sie suchen in der Stadt nach euch! Die Tempelpolizei! Sag es dem Rabbi! Kehrt um, verlasst Judäa!«, brachte ich stockend heraus.
Andreas nahm meine Hand in seine.
»Du zitterst, Tobit, kleiner Bruder!«, sagte er. »Du musst dir keine Gedanken machen. Er weiß es. Jeschua geht trotzdem. Er feiert mit uns in der Stadt den Seder-Abend und hat Leute vorausgeschickt. Sie haben heut früh das Lamm geweiht und geschlachtet, für uns einen Raum gerichtet. Du bist eingeladen, mein Freund!«
Er verstummte, legte mir den Arm um die Schulter und ging schweigend mit mir weiter im Zug.
Jetzt erst nahm ich die merkwürdige Stimmung wahr, die über der wandernden Schar lag. Keine heiteren Rufe gingen hin und her, kein fröhlicher Wechselgesang ertönte. Es war, als beseele eine Art stummer Bereitschaft die Anhängerschaft des Rabbis. Der entschlossen war, seine Sache nicht zu verraten. Den Gegnern nicht die Initiative zu überlassen.
Ach, wie anders hatte ich mir mein erstes Passah in Jerusalem vorgestellt. Als Freudenfest! Begleitet von Tempelchören, unter priesterlichem Segen, beim Hall von Silbertrompeten. In einem Festsaal, in Licht getaucht. Gemeinsam mit anderen Pilgern würde ich an der Essenstafel lagern. Die beladen war mit dem »Brot des Auszugs«*, mit Bitterkräutern, süßem Fruchtmus und Wein. Und inmitten der Speisen würde das geröstete Passah-

---

* »Brot des Auszugs«, die sogenannte »Mazzen«, sind ungesäuerte Brotfladen. Man isst sie am Seder-Abend zur Erinnerung an den überstürzten Aufbruch aus Ägypten, als Israels Frauen keine Zeit blieb, normales Sauerteig- oder Hefebrot zu backen.

Lamm auf die hochgestimmten Gäste warten. Und nun befand ich mich in Jerusalem. Doch mir war einfach nur unbeschreiblich beklommen zumute.
Allerdings, ein festlicher Raum stand für den Rabbi und uns bereit. Geschmückt mit Frühlingsgrün, durchweht vom Duft wohlriechender Hölzer. Der Saal befand sich im Obergeschoss eines herrschaftlichen Hauses, das wir über eine Außentreppe erreichten. Unter den einflussreichen Bürgern der Stadt hatte Jesus offenbar doch auch Freunde. Das wenigstens empfand ich als etwas Beruhigendes.
Die Seder-Mahlzeit verlief nach denselben Regeln wie überall in der Welt, wo sich Israeliten am heutigen Abend an ihre Befreiung aus Pharaohs Knechtschaft erinnern. Jesus sprach den Text des Auszugs mit den Worten, wie Mose sie uns überliefert hatte.
So hielt es früher auch mein Vater Nathanael in unserem Haus. Und jedes Mal beschloss Nathanael seinen Torah-Vortrag mit der Mahnung: »Jeder Israelit ist verpflichtet, sich selbst so anzusehen, als habe der Ewige ihn persönlich aus Ägypten herausgeführt!«
Danach sprach Nathanael den Segen über das ungesäuerte Brot.
So tat es auch Jesus.
Dann brach er einen Brotfladen in Stücke und verteilte sie unter uns in der Runde.
Dabei sagte er: »Ich bin eins mit euch wie dieses Brot, das wir gemeinsam essen.«
Die Mahlzeit konnte beginnen. Wir aßen still. Jeder für sich. Und wenn wir miteinander sprachen, war es im Flüsterton.
Andreas hatte mir einen Platz neben sich gegeben. Auch wir beide wechselten nur die nötigsten Worte. Noch weniger war mir nach Essen und Trinken zumute. Mein Hals war wie zugeschnürt.
So mochte es allen gehen. Die Mahlzeit zog sich trotzdem in die Länge. Als wollten wir die Zeit anhalten, weil es vielleicht das letzte Mal war, dass wir in dieser Runde beisammen waren.
Zwischendurch stahl ich mich auf die Dachterrasse. Um Luft zu holen. Der volle Mond stand hoch im Süden. Sein stechendes

Licht ließ die Straßen wie schwarze Schluchten erscheinen. Nur aus den erleuchteten Fensterhöhlen sickerte etwas Helligkeit in die finsteren Straßenzüge. Vor lauter innerer Erregung kam ich jedoch nicht zur Ruhe. Mit mir allein zu sein setzte mir noch mehr zu als die düstere Stimmung drinnen in der Runde. So kehrte ich bald wieder in den Saal zurück.

Wie es der Tradition entspricht, segnete Jesus den Ausgang der Seder-Mahlzeit mit Wein.

Er richtete sich auf, griff nach dem Weinbecher, trank daraus und blickte in die Runde.

»Ich werde in euch sein wie der Wein in diesem Becher, aus dem wir trinken!«, sagte er uns. Damit reichte er den Becher weiter und sprach: »Trinkt alle daraus! Wo zwei oder drei von euch in meinem Geist zusammen sind, da bin ich mitten unter ihnen.«

Bei seinen Worten wurde es mir schwer ums Herz. Und das Herz wurde mir noch schwerer, als Jesus fortfuhr und sagte: »Ich werde mich den Behörden stellen. Allein. Es soll kein Blutvergießen in Jerusalem geben.« Wieder hielt er inne. Dann sagte er: »Ich habe Gott, euren und meinen Vater, gebeten, dass keiner von allen verloren geht, die er mir gegeben hat. Darum fürchtet euch nicht!«

Wie es der Brauch verlangt, endete die Seder-Mahlzeit mit dem Psalmlied, in dem es heißt: »Dankt dem Ewigen, denn er ist freundlich und seine Güte währet ewiglich. Er ist mit mir, darum fürchte ich mich nicht, was können mir Menschen tun? Ich werde nicht sterben, sondern leben und des Ewigen Werke verkündigen!«

Woher wir die Kraft nahmen zu singen, kann ich nicht sagen. Ich weiß es nicht. Ich denke, auch in diesem Augenblick wollten wir immer noch nicht wahrhaben, dass unser Weg mit ihm zu Ende war. Als hätten wir nicht im gebrochenen Brot seinen gebrochenen Leib gesehen, nicht im ausgegossenen Wein sein vergossenes Blut. Nein, wir wollten es nicht wahrhaben, dass er uns alleine ließ. Ja, und wir sangen. Jesus sang mit. Der Seder-Psalm war sein Todesgesang.

Durch eins der südlichen Tore verließen wir Jerusalems Mauerring. Der Weg ging hinab ins Kidron-Tal. Der Mond warf den Schatten von Absaloms Grab auf uns, als wir die Brücke zum Ölberg passierten. Wir waren auf dem Weg, der nach Bethanien führt. Doch Jesus hielt am Fuß des Ölbergs bei einem Baumgarten an.
»Ich möchte allein mit mir sein«, sagte er uns. »Bleibt in meiner Nähe, ich brauche euer Gebet.«
Darauf ging er ein Stück in den Garten hinein. Unter dem Schatten der Ölbäume verloren wir ihn aus den Augen. Mit einer stummen Gebärde bedeutete Petrus uns beieinanderzubleiben. Und zu wachen. Meine Augen aber waren schwer vor Trauer. Ich legte den Kopf auf meine hochgezogenen Knie und schlief ein.
Ein panisches Gefühl schreckte mich auf. Ich hörte laute Rufe. Waffen klirrten. Ich sah Fackellicht zwischen den Bäumen. Einen Augenblick war ich wie gelähmt. Mein eigener Körper hatte mich betrogen, ich war eingeschlafen. Mit einem Schmerzenslaut sprang ich auf. Rannte den Geräuschen, rannte dem Lichtschein entgegen. Und blieb dann wie angewurzelt stehen. Neben Andreas, Johannes und Petrus, die aus dem Dunkel aufgetaucht waren.
Einen Steinwurf entfernt stand Jesus auf einer Lichtung. Und ein paar Schritte vor ihm hatte eine Reihe von Bewaffneten Stellung bezogen. Leute von der Tempelwache, so schien es. Aber zwischen ihnen entdeckte ich Rufus, meinen Centurio, mit seinem gewaltigen Helmbusch. Und neben ihm, an seiner rechten Seite, erkannte ich Judas, einen der ständigen Begleiter des Rabbis.
Die Zeit schien einen Augenblick wie festgefroren.
Nichts geschah. Ich dachte: Was macht Judas unter den Leuten! Und wusste im gleichen Moment, dass Judas die Tempelwache hierhergeführt hatte! Zugleich dachte ich: Judas beschämt uns alle! Wie kein anderer glaubt er an seinen Jeschua. Sobald die Häscher Hand an ihn legen werden, muss Jesus tun, was er schon längst hätte tun sollen. Er wird dem Himmel befehlen, sich zu

öffnen. Und Legionen von Engeln werden ihm zu Hilfe eilen. Endlich bricht die Gottesherrschaft an!
Und so geht Judas auf Jesus zu, umarmt ihn. Flüstert er seinem Rabbi etwas ins Ohr?
Für die Häscher ist diese Geste das Zeichen: Das ist er! Jeschua, der Nazarener.
Während das Kommando auf ihn zuging, rief Jesus: »Wenn ihr mich sucht, hier bin ich! Meine Begleiter aber lasst in Frieden. Sie wissen, dass ich bereit bin!«
Petrus sprang vor. Ich sah, er hatte ein Schwert unter seinem Mantel versteckt. Er griff danach, wollte es ziehen, seinen Rabbi verteidigen.
Doch Jesus sagte: »Nein, Petrus, tu es nicht! Wer das Schwert nimmt, wird durch das Schwert umkommen!«
Da wichen wir alle zurück.
Vielleicht hatte ich zu lange gezögert. Denn als ich mich umwandte, waren alle seine Begleiter bereits verschwunden. Ich rannte hinterher. Nach ein paar Schritten hielt ich inne. Versteckte mich hinter dem geborstenen Stamm eines Ölbaums. Und sah, wie man Jesus abführte. Vorbei an Absaloms Schandmal, hinauf die Straße zur südlichen Unterstadt.
Keine himmlischen Heerscharen waren ihm zu Hilfe geeilt. Er hatte auch nicht danach gerufen. Wozu Judas ihn provozieren wollte. Für den brach jetzt eine Welt zusammen. Die Dinge nahmen weiter ihren schrecklichen Lauf. Die Gottesherrschaft war ein ausgeträumter Traum.

Ich musste wissen, was jetzt weiter mit meinem Rabbuni geschah. Mein Rabbi gehörte mir nicht mehr! Man hatte mir Jesus geraubt, den ich mir ins Herz gesetzt hatte!
Eine Hand legte sich auf meine Schulter. Ich fuhr herum. Es war Simon Petrus, sein engster Vertrauter. Im Mondlicht sah ich Tränenspuren auf seinem Gesicht.
»Lass uns zusammenbleiben!«, sagte Petrus.

Wir erreichten die Tormauer. Unbehelligt ließen uns die Wachen passieren. Dann folgten wir dem Häscherkommando bis vor einen Palast. »Das Domizil von Kaiphas, dem Hohenpriester«, raunte Petrus mir zu.

Wir stellten uns in den Schatten einer Hauswand. Und sahen, wie Jesus über den Hof abgeführt wurde. Feuer brannten zwischen den Säulengängen, die Fenster des Palastes waren erleuchtet. Geschäftiges Treiben herrschte auf dem Hof. Nicht nur in der Antonia-Festung, auch am Sitz des Hohenpriesters befand man sich während des Festes in Alarmbereitschaft. Bei Tag und bei Nacht.

Der Hofeingang war bewacht. Dann erschien der Centurio am Portal. Ich nahm Petrus am Arm und zog ihn mit mir.

Rufus hob seine Augenbrauen, als er mich sah und zischte mir zu: »*Stulte!* Dummer Kerl!«

»*Locum teneo!*«, flüsterte ich zurück. »Ich halte die Stellung!«

Dann waren Petrus und ich im Hof, schauten uns um, beobachteten das Treiben und ließen uns schließlich an einem der Wachfeuer nieder. Das Tageslicht war nicht mehr fern, der Mond stand schon tief im Westen.

Unseren Rabbi konnte ich nirgends entdecken. Wahrscheinlich hielten sie ihn in einem Flügel des Palastes in Gewahrsam.

Eine Frau, die zum Gesinde gehören mochte, schlenderte über den Hof. Sie hielt in unserer Nähe an und schäkerte mit den Männern am Feuer. Dabei fiel ihr Blick auf Petrus.

»Du gehörst doch auch dazu«, sagte sie und wies mit dem Finger auf ihn. »Ich habe dich mit dem Nazarener gesehen!«

Petrus gab sich gleichmütig. Und sagte achselzuckend: »Von was sprichst du, Frau? Ich weiß nicht, was du willst.«

Guter Himmel, dachte ich. Gleich zeigt sie uns bei den Wachen an!

Die Frau aber ging zu dem gegenüberliegenden Gebäudeteil und verschwand dort in einem Eingang.

Als sie nach einer Weile wieder erschien, blieb sie ein zweites Mal

bei uns stehen. Sie beugte sich zu Petrus hinunter und sah ihm ins Gesicht.
Und sagte dann zu den Umsitzenden: »Ganz klar, der Mann hier, das ist einer von den Galiläern!«
Petrus hob seine Hände. Und beteuerte mit einem Schwall von Worten, das Ganze sei eine Verwechslung, ein Irrtum, er habe mit diesem Jeschua oder wen immer sie auch meine, nichts zu tun, auch nicht das Geringste.
Sein Nebenmann aber fasste Petrus am Arm und sagte: »Die Frau hat recht! Man hört es an deiner Sprache. Du bist einer von ihnen! Ein Galiläer.«
Petrus machte sich frei. Er sprang auf und ich mit ihm.
Dann schrie er dem Mann ins Gesicht: »Der Bauch soll mir platzen, wenn ich lüge! Ich schwöre bei dem lebendigen Gott, ich kenne euern Jeschua nicht!«
Die Männer schwiegen.
In der Ferne hörte ich Hähne um die Wette krähen. Der neue Tag begann. Der letzte vor den Festtagen.
In diesem Augenblick wurde Jesus in Fesseln über den Hof geführt. Als er Petrus und mich, den Kapuzenmann, sah, stockte sein Fuß. Sein Blick begegnete dem des Petrus. Danach meinem. Doch seine beiden Bewacher schoben ihn ungeduldig weiter.
Petrus reagierte mit einem Schmerzenslaut. An den Umstehenden vorbei stürzte er zum Hof hinaus. Ich rannte ihm nach, verlor ihn und fand ihn, gegen eine Hauswand gepresst, wieder. Laut aufschluchzend fiel er in sich zusammen und zog sich den Mantel übers Gesicht.
In diesem Augenblick war es auch mit meiner Fassung vorbei. Ich ließ Petrus, wo er war, flüchtete, rannte Hals über Kopf die Straße hinab. Nur mit dem Gedanken im Kopf: Bloß weg! Bloß weg von hier! Raus aus Jerusalem!
Wir alle hatten ihn verraten.
Und ich verriet ihn doppelt. Denn ich wollte, ich konnte nicht in der Stadt bleiben. Ich wollte nicht sehen, wie seine Sache ausging.

Welches Ende Jesus nehmen würde. Es ging über meine Kräfte.
Wie oft bin ich in diesem halben Jahr weggerannt! Aus Alexandria, aus Kapernaum, vom Toten Meer nach Jerusalem bin ich gerannt. Und jetzt rannte ich die abschüssige Straße entlang, die von Jerusalem hinab zum Hafen von Joppe führte.
Ich hastete weiter und weiter, dass mein Bündel auf dem Rücken hüpfte. Stolpernd im unsicheren Morgenlicht, mich wieder fangend, lief ich auf den in schrecklichem Rot erglühenden Mond zu, der am Himmelsrand ins Meer eintauchte. Wie von Furien gehetzt, sagt man auf Griechisch. Im Hebräischen sind es *Schedim* oder ist es ein Strafengel, der einen Flüchtigen vor sich hertreibt. Ich rannte vor mir selbst fort, das Gesicht voll Tränen, ich rannte, meiner Scham zu entkommen.
Als ich den Hafen von Joppe erreichte, durchbrach erstes Sternenlicht das Blau des Himmels. Um diese Stunde sammelt man sich zum Passah-Gebet. Ich aber suchte in Joppe nach keiner Synagoge. Ich suchte nach einem Schiff. Das morgen seine Segel setzte, um mich zum Pharos-Hafen zu bringen.
Zurück nach Alexandria.

Tobit von Alexandria
schreibt dieses Nachwort

Viel Geduld mit mir habe ich aufbringen müssen, um festzuhalten, was mir auf meiner Reise nach Jerusalem widerfahren ist. Mehrmals war ich drauf und dran, das ganze Schreibunternehmen abzubrechen. Denn was mein Schreibrohr in Worten festhielt, diktierten mir meine schmerzenden Erinnerungen.
Nachdem ich jetzt mein Buch hintereinanderweg, ohne Unterbrechung gelesen habe, durchlebte ich noch mal mein hilfloses Bemühen, mit den Geschehnissen zurande zu kommen. Selten bin ich den Situationen wirklich gewachsen gewesen. Bis zum Ende meiner Geschichte.
Ich hoffte mich auf dem Weg übers Schreiben mit mir selbst auszusöhnen.
Die Augen von Jesus haben mich beim Lesen nicht verlassen. Das Gefühl seiner Gegenwart hat sich in mir nur noch verstärkt. Seine Augen sind auf mich gerichtet, sein Blick bewahrt die Erinnerung an ihn. Seine Gegenwart in mir, die mich nie wieder verlassen soll. Sie ist das Teuerste, was ich besitze.
Heute ist Sabbath. Ich begebe mich heute zum ersten Mal wieder zu einem unserer Bethäuser. Die große weltberühmte Synagoge unserer Stadt meide ich. Dort kennt man unsere Familie. Und ich möchte mit niemandem ins Gespräch kommen.
Spät bin ich dran an diesem Sabbath-Morgen. Die Torah-Lesung ist schon vorbei, als ich den Betraum betrete. Gerade wird die Propheten-Lesung aufgerufen.

»Zwei auswärtige Gäste sind unter uns«, sagt der Vorsteher. »Ich habe sie gebeten, einen Abschnitt aus den Propheten vorzutragen.«
Er winkt zwei Männer ans Lesepult. Der Synagogendiener reicht ihnen die Prophetenrolle. Der eine öffnet sie, sucht in ihr und wendet sich an uns: »Ihr Männer, liebe Brüder in Alexandria! Diese Weissagung steht bei dem Propheten Jesaja geschrieben.«
Er wirft seinem Gefährten einen Blick zu, und dann verliest er den Jesaja-Text: »Wer hätte das gedacht, dass Gott so vorgehen würde? Sein Bote kam nicht prächtig und groß daher und sein Auftreten überzeugte uns nicht. Wir schauten auf ihn herab und wir mieden ihn, denn von Krankheit und Schmerzen war er gezeichnet. Doch was er trug, war unsere Schuld, und unseren Schmerz, den zog er auf sich. Wir aber dachten, für unsere Sünden lässt Gott ihn bezahlen! Dabei durchbohrte ihn unser Unrecht, und was wir verschuldet hatten, wollte er büßen. Er schwieg wie ein Lamm, das man zur Schlachtbank führt, wie ein Mutterschaf, das vor seinen Scherern verstummt, duldete er schweigend. Weil er für andere sein Leben gab, spricht Gott, darum jedoch soll mein Bote aufleben und sein Wirken soll überreiche Früchte tragen.«
Der Vorleser hält inne, sieht uns lange an, bevor er weiterspricht. »Ihr Männer, liebe Brüder!«, sagt er schließlich. »So steht es in unseren heiligen Büchern geschrieben. Wovon aber spricht der Prophet? Er redet von uns! Jesaja sah voraus, was jetzt in dieser Zeit, in unserer Gegenwart, sich zutragen würde: Die Ankunft seines Gesalbten, des Gottesboten.«
Das Herz schlägt mir bis zum Hals.
Ja, ich kenne den verlesenen Text. Besser gesagt, ich bin dem Jesaja-Wort irgendwann mal begegnet. Und hatte den Text überlesen, weil ich nichts damit anzufangen wusste.
Aber jetzt bei der Lesung sehe ich meinen Rabbuni vor mir. Jesus, der durch den Hof des Hohenpriesters Kaiphas geführt wurde. Wie ein Schaf zur Schlachtbank. Und spüre abermals sei-

nen Blick, der mich streift. Und ich sehe wieder, wie Petrus in die Dunkelheit hinausstürzt, weil er seinen Rabbi dreimal verleugnet hatte.

Inzwischen ergreift der Gefährte des Vorlesers das Wort.

»Liebe Brüder, bestimmt habt ihr gehört, was vor Wochen in Jerusalem geschah«, beginnt er. »Am Tag vor dem Passah hat das Oberste Gericht der Stadt den Propheten Jesus an die Römer ausgeliefert. Pontius Pilatus hat ihn kreuzigen lassen. Unter dem Vorwurf, Jesus habee sich zum König der Juden erklärt. Dieser Jesus aber, von dem ich rede, das war jener Gottesbote, von dem Jesaja spricht! Unsere Oberen und wir alle hatten ihn nicht erkannt. Wir hatten eine andere Vorstellung von Gottes Gesalbten. Wir dachten, der Himmel würde sich öffnen, sobald der Messias erscheint. Legionen von Engeln kämen ihm zu Hilfe. Um Israel zu befreien, das Königreich Davids wieder aufzurichten.«

Zornige Zwischenrufe werden laut.

»Willst du behaupten, dass dieser Jesus zu Unrecht verurteilt wurde?«, ruft einer.

Und ein anderer: »Du beleidigst unser höchstes Gericht!«

Ein Dritter fragt: »Hat nicht dieser Jesus den Tempel geschändet? Das Haus, das sich der Heilige Israels zum Wohnsitz erwählte?«

Der Gefährte des Vorlesers hebt die Hand.

»Bruder, wohnt der Höchste in einem Haus, das von Menschenhand gemacht ist?«, fragt er zurück. »Heißt es nicht: Der Himmel ist mein Thron, die Erde ist mein Schemel, spricht der Ewige, was für ein Haus wollt ihr bauen, dass ich darin wohnen soll?«

»Hört, hört!«, ruft jemand dazwischen. »Sollen wir etwa keine Tempelsteuer mehr zahlen? Dann ist der Tempel pleite! Von unserem Geld wurde das Gotteshaus erbaut. Und mit unserem Geld unterhalten wir Jerusalems Priester.«

»*Kataba! Kataba!* Aufhören, abtreten!«, tönt es jetzt von mehreren Seiten. In der Synagoge bricht ein Tumult aus. Hitzige Worte fliegen hin und her. Die einen verteidigen die Tempelsteuer, andere wollen sie abschaffen.

Schließlich gelingt es dem Synagogen-Vorsteher, sich Gehör zu verschaffen. Und er tadelt die beiden Fremden.
»Ihr stiftet Unfrieden! Wenn ihr noch etwas zu sagen habt, dann sagt es. Und dann tretet ab!«
»Wir wollen keinen Streit«, erklärt einer der beiden Jesus-Leute. »Die Zeit unserer Unwissenheit rechnet uns der Heilige Israels nicht an. Doch er will, dass wir umkehren! Darum hat er den Messias Jesus von den Toten auferweckt. Jetzt sitzt Jesus zur Rechten des Ewigen und vertritt uns. Denn Gott will, dass durch ihn allen Menschen geholfen werde!«
Seine letzten Worte gehen in erneutem Tumult unter. Jemand ruft: »*Anathema!* Verflucht sei dieser Jesus!« Andere lachen. Fäuste drohen. Bis auf einen Wink des Vorstehers die Synagogen-Diener am Lesepult erscheinen und die beiden Fremden aus der Synagoge führen.
Der Krawall berührt mich nicht.
Ich habe allein diese Botschaft im Ohr: »Gott hat Jesus von den Toten auferweckt!« In mir wiederholt sich dieser Satz. Wieder und wieder. In meinem Kopf, in meiner Seele: Jesus, mein Rabbuni lebt!
Ich stürme jetzt aus dem Bethaus. Ich hole die beiden ein und führe sie in mein Haus.
»Ihr Männer, wartet, Freunde!«, rufe ich ihnen nach, laufe los und baue mich vor ihnen mit ausgebreiteten Armen auf. »Tobit heiße ich! Erzählt mir alles, was ihr von Jesus wisst!«
Die Männer stellen sich mir als Stephanus und Philippus vor. Es sind zwei griechische Namen, und beide sind Griechen.
»Wir kommen von Jerusalem, wir reisen als Jesus-Boten«, sagt Philippus. »Wir waren schon in Gaza, zuletzt in Joppe. Ganz Israel soll erfahren, dass Jesus der Messias ist! Jetzt sind wir hier in eurer Stadt!«
»Seid meine Gäste!«, bitte ich die beiden.
Ich führe Stephanus und Philippus in mein Haus, geleite sie hinauf in meinen Schreibraum.

Sie berichten, was sie über die Kreuzigung von Jesus wissen. Und von der Überlieferung seiner Auferstehung. Dass er am dritten Tag auferstanden sei von den Toten. Frauen hätten sein leeres Grab gesehen. Und einen Engel, der ihnen sagte: »Was sucht ihr den Lebendigen bei den Toten?«
Und dann sei Jesus selbst dem Petrus erschienen, danach seinen engsten Begleitern.
»Woher wisst ihr das alles?«, will ich wissen. »Ich war bei ihm in Jerusalem, an euch beide aber kann ich mich nicht erinnern.«
»Damals gehörten wir noch nicht zu seinen Leuten«, erklärt Stephanus. »Das geschah erst später. Nachdem Jesus ihnen erschienen war, versteckten sich die Freunde nicht mehr. Sie gingen unter die Menschen und verkündeten: Jesus ist auferstanden, er ist wahrhaftig auferstanden! Damals kamen Philippus und ich mit dazu.«
»Und es werden täglich mehr!«, sagt Philippus. »Wir legen unseren Besitz zusammen. Verkaufen Grundstücke, oder was wir sonst an Wert besitzen. Den Erlös verteilen wir unter den Armen.«
Bei den Philosophen Griechenlands ist zu lesen: Freunden ist alles gemeinsam! *Koina ta philon*, sagt Pythagoras. Ich zitterte vor Freude. Das war für mich der Beweis, dass Jesus unter ihnen ist. Wie er gesagt hatte: Wo zwei oder drei in meinem Geist zusammen sind, da bin ich mitten unter ihnen!
Mich interessieren keine leeren Gräber. Nicht die Wundertaten des Auferstandenen, von denen Stephanus und Philippus erzählen. Mir genügt es zu wissen, dass sein Bild nicht allein in meinem Herzen wohnt. Sondern dass Jesus in den Herzen vieler Menschen lebt, spricht und gegenwärtig ist.
»Und täglich werden es mehr und immer mehr Menschen, die mit Jesus leben«, sagt Stephanus.
Ich frage die beiden: »Was muss ich tun, damit ich dazugehöre?« Und sie antworten: »Lasse dich taufen, Tobit! Auf seinen Namen!«
Ich frage: «Kann es gleich sein?»

Morgen also werde ich mich im Wasser des Nils untertauchen lassen. Danach werde ich die Eltern in ihrem Philosophendorf aufsuchen. Nathanael gebe ich den Siegelring des Hauses Ariston zurück. Und ich überlasse beiden Eltern die Schriftrolle, an der ich bis jetzt geschrieben habe.
Stephanus und Philippus ziehen weiter, sie tragen seine Frohbotschaft hinaus in die weite Welt.
Ich aber werde morgen den Kapuzenmantel überziehen, mein Bündel auf den Rücken werfen, um mich aufzumachen nach Jerusalem. In Jerusalem und in Galiläa werde ich nach Ohrenzeugen suchen, die Aussprüche meines Rabbunis sammeln und aufschreiben. Dass keins von seinen Worten verloren geht. Damit sein Reich unter uns zunimmt und weiter in uns wächst.

Nachwort
von Arnulf Zitelmann

Wer einen Jesus-Roman schreibt, muss sich bei seinen Lesern entschuldigen. Dass er es trotzdem tut. Ein Erzähler denkt, fühlt und lebt sich in seine Figuren ein. Wer aber wollte behaupten, er könne sich in Jesus hineinversetzen? In sein leibliches Leben, in seine Gefühls- und Gedankenwelt? Jesus ist schließlich keine Figur, er ist eine Ikone, ein inneres Andachtsbild. Wie Mose, Konfuzius, Buddha, Muhammad. Und eine Ikone kommt aus einer anderen Welt, die nicht die Welt unserer Worte ist.
Der Jesus in meinem Roman ist ein Jesus, wie Tobit ihn sieht. Ich sehe Jesus also durch ein Winkel-Objektiv, sozusagen um die Ecke, und nicht, indem ich die Kamera direkt auf ihn richte.
Tobit, mein junger Erzähler aus Alexandria, ist Jude, ein griechischer Jude. Tobits Namen entlehnte ich der jüdischen Geschichte. Die »Tobiaden« waren eine der führenden Familien Israels, die in der Zeit vor Jesus eine wichtige Rolle im wirtschaftlichen und politischen Leben des Landes spielten.
Zwischen Alexandria und Jerusalem liegen Welten.
Alexandria ist das Technologiezentrum des Römischen Reiches, eine Stadt, in der die Wissenschaften zu Hause sind.
Jerusalem ist eine Provinzstadt. Ihre überregionale Bedeutung verdankt sie allein dem Umstand, dass Jerusalems Tempel für die Juden in aller Welt das Religionszentrum ist.
Hunderttausende von Juden lebten damals in Alexandria am Nil. Fern vom Tempel, fern vom Heiligen Land.

Ihr innerer Halt sind die heiligen Schriften Israels. Die seit Jahrhunderten aus der jüdischen in die griechische Sprache übersetzt worden sind. Und die alexandrinischen Juden sind treu dem Tempel ergeben. Silber und Gold fließen aus ihrer Stadt in den Tempelschatz. Jährlich wallfahrten zudem ganze Pilgerscharen auf dem Land- oder Wasserweg ins gelobte Heilige Land.

Einige Werke jüdischer Schriftsteller aus jener Zeit sind uns bis heute erhalten. Sie sind allesamt in griechischer Sprache abgefasst, der Verkehrs- und Wissenschaftssprache des Römischen Reiches.

Einer dieser Autoren ist Philon von Alexandria. Philon ist Bibelwissenschaftler. Sein vielhundertseitiges Werk gibt uns Einblick in die Gedankenwelt griechischer Juden. Dem Leser begegnet Philon in meinem Buch als Tobits Lehrer.

Philon bewundert den griechischen Philosophen Platon, der Jahrhunderte vor ihm unterhalb der Akropolis in Athen lehrte. Und das Werk Philons macht massiv Anleihen bei dem Griechen. Das heißt, Philon versucht Mose an Platon anzupassen, beide kompatibel zu machen. Philon, der griechisch schreibende Bibellehrer, geht dabei so weit zu behaupten, Platon verdanke seine Philosophie Mose, Israels Lehrer. Das aber ist barer Unsinn. Umgekehrt wird ein Schuh draus. Philon ist bei Platon in die Schule gegangen.

In Philons Heimatland Israel existieren zu dieser Zeit viele religiöse Gruppierungen. Gemäßigte und radikale. Der Wunsch nach Befreiung ist ihr gemeinsamer Nenner. Die Wiederherstellung der nationalen Autonomie Israels.

Seine Autonomie hatte Israel seit Langem verloren. Erst stand es unter Vormundschaft der Perser, dann eroberte Alexander der Große das Land, danach herrschten dessen Nachfolger in Palästina. Und seit zwei Generationen vor Jesus steht Israel unter römischem Besatzungsrecht.

Viele warten darauf, dass Gott seinem Volk einen Retter aus der Not schenken wird. Einen von ihm gesalbten Helden, den Messi-

as. Man lebt in der Endzeit. Der Messias wird das alte Königreich Davids wieder errichten und unter seiner Führung wird Israel zum Reich Gottes werden. Der Ewige, Gott in Person wird die Herrschaft im Heiligen Land übernehmen. Und endlich wird Friede auf Erden sein. So denkt man in Israel.
Am Nil haben die Juden andere Sorgen. Sie leben in einem eigenen Stadtteil von Alexandria. Nach ihren eigenen Sitten und Gebräuchen. Viele sind wohlhabend. Manche bekleiden höchste Verwaltungsposten der römischen Kronkolonie. Und Rom ist die Schutzmacht der alexandrinischen Juden. Seine Herrscher haben den Juden am Nil besondere Privilegien eingeräumt. Als Dank. Denn die Juden Ägyptens sind loyale Untertanen und gelegentlich helfen sie den römischen Imperatoren sogar mit beträchtlichen finanziellen Zuwendungen aus.
Diese Sonderstellung der Juden macht sie bei der überwiegend griechischen und römischen Bevölkerung der Stadt unbeliebt. Das Klima ist vergiftet. Wäre nicht Rom, würden die Alexandriner ihre Juden lieber heute als morgen ins Meer treiben.
Im Land Israel ist Rom die ungeliebte Besatzungsmacht, am Nil sind Römer die Schutzmacht der Juden.
Anders als in Israel existieren in Alexandria darum auch keine messianischen Befreiungsbewegungen. Die alexandrinischen Juden wissen, was sie an ihren römischen Schutzherren haben. Für ein Gottesreich macht Philon sich nicht stark, er verwendet nicht einmal den Begriff. Auch die messianische Sehnsucht seines Mutterlandes ist ihm fremd. Ein Messias passt nicht in Philons Weltbild. Er braucht keinen Erlöser. Die Torah von Mose lehrt den Menschen, sich vom Irdischen innerlich zu lösen, um den Himmel zu gewinnen. So lehrt Philon. Das Reich Gottes findet Philon nicht draußen, sondern inwendig drinnen.
Das lehrt auch Platon. Nach Platon ist die Seele im Leib gefangen, wie ein Vogel im Käfig. Das Heimweh nach dem himmlischen Vaterland lässt ihm die Flügel wachsen. Erst der Tod befreit die Seele vom Gefängnis des Leibes. Dann aber wird sich die Seele

aufschwingen zum göttlichen Sein, um die Erfüllung ihrer Sehnsucht zu finden.
Das ist die Gedankenwelt, in der Tobit zu Hause ist. Seine Pilgerreise nach Jerusalem jedoch versetzt ihn in eine andere Welt. Das Reich Gottes, um dessen Kommen Jesus betet, ist dem jungen jüdischen Griechen fremd. Dem Begriff und der Sache nach. Genau wie das Drängen der Jesus-Begleiter, ihr Rabbi möge sich endlich als Gottes Gesalbter offenbaren. Die Fremdartigkeit der messianischen Weltsicht bemerkt Tobit allerdings anfangs nicht, weil er der hebräischen Sprache nicht mächtig ist. Es ist dann auch nicht die Lehre, sondern die Person von Jesus, die sein Herz gewinnt. Jesus wird für Tobit zum Seelenführer und das jüdische Reich Gottes denkt er sich griechisch als innerliches Seelenreich. Ganz im Sinne Platons, ganz im Sinne Philons.

Im Heimatland der Juden grenzt man sich um diese Zeit energisch von den Nicht-Juden ab. Auch Philon, auch die Juden Alexandrias ziehen eine deutliche Trennungslinie zwischen sich und den sogenannten Gojim: den Völkern außerhalb des Gottesbundes. In Israel jedoch befestigt man den Zaun zwischen sich und den anderen mit noch größerer Entschiedenheit. Die anderen können auch sogar Juden sein, denen die Frommen Israels das Judensein absprechen. Weil sie nicht entschieden genug der Torah des Ewigen gehorchen.
In der Zeit von Jesus zerfällt Israel in eine religiöse Zwei-Klassen-Gesellschaft. Auf der einen Seite stehen die Frommen, die sich ein Übersoll an Gebotserfüllungen auferlegen. Um den Gott Israels zu ehren. Ihnen gegenüber steht der sogenannte *Am haaretz*, das religiöse Proletariat. Der *Am haaretz*, wörtlich »das (dumme) Landvolk«, ist ein Produkt religiöser Überregulation. Er rekrutiert sich aus Leuten, die den verschärften Religionsgesetzen nicht Folge leisten. Die meisten Leute vom *Am haaretz* sind jedoch gar nicht in der Lage, den verschärften Torah-Geboten zu gehorchen. Weil sie von der Hand in den Mund leben. Sie können nicht

gleichzeitig beten und arbeiten, wie es die Rabbiner verlangen. Also müssen sie mit dem ewig schlechten Gewissen leben, Sünder zu sein.
Tobit hat große Mühe, die überregulierte Frömmigkeit der gottergebenen Religionsspezialisten nachzuvollziehen. Die aus jedem einzelnen Gebot der Torah immer neue Nebengebote herauslesen. Zum Beispiel aus dem Sabbath-Gebot 39 zusätzliche Gebote. Und die Warnung der Torah, kein Böckchen in der Milch seiner Mutter zu kochen, erweitern die Torah-Hüter durch zahllose Zusatzgebote. Sie führen in den frommen Häusern Israels zu einer wahren Küchenrevolution. Fleischiges und Milchiges sind strikt voneinander zu trennen. Beim Kochen und Essen ist verschiedenes Geschirr für beides zu verwenden.
Weil sie nur wenig Halt an den ausdrücklichen Bestimmungen der schriftlichen Torah haben, hängen die verschärften Torah-Weisungen der Rabbiner wie »Berge an einem Haar« über den Menschen. So heißt es selbstkritisch in der Mischna, dem frühen Talmud*. Darüber droht die religiöse Selbstbestimmung verloren zu gehen. Es ist doch etwas Quälendes, von Gesetzen beherrscht zu werden, in denen man sich nicht auskennen kann.
Glauben wir der frühchristlichen Jesus-Überlieferung, dann hatte Jesus eben diese Gesetzes-Überregulierung zurücknehmen wollen. Er predigte ein verinnerlichtes Judentum. Zu dessen Leitfigur er mit seinem Tod und Sterben wurde.
Den jungen Griechen Tobit wählte ich zum Erzähler, weil erst auf dem Umweg über griechisches Denken Jesus zu einer Ikone geworden ist. Alle frühchristlichen Schriften sind in griechischer Sprache abgefasst. Jesus aber sprach kein Griechisch. Seine Muttersprache ist das Aramäische, eine jüngere Form des Hebräischen.

---

* »Talmud« (hebräisch »Lehre«), Sammlung der Gesetze und religiösen Überlieferung Israels. Neben der hebräischen Bibel ist der Talmud das bedeutendste jüdische Schriftwerk. In seiner Druckfassung umfasst er etwa zehntausend Seiten.

Vermutlich waren es griechische Christen, welche die mündlich überlieferten Worte von Jesus erstmals sammelten. Aus dem Aramäischen übersetzten und schriftlich festhielten. Als die neue Torah der Christen. In deren Mittelpunkt das Liebesgebot steht: »Nur eines ist wichtig, dass wir uns lieb haben. Denn von Gott kommt Liebe.«

Aus Jeschua wurde dabei der griechische Jesus. Aus dem jüdischen Boten diesseitiger Gottesherrschaft wurde ein platonischer Seelenführer, der den Erlösungsweg ins Jenseits weist. Und aus seinem messianischen Gottesreich wurde die Kirche als die Gemeinschaft der Jesus-Gläubigen.

Jede Übersetzung ist bestenfalls ein Echo, las ich irgendwo. Das ist gewiss auch so mit der Jesus-Überlieferung. Der jüdische Jeschua ben Miriam aus Israel ist im Treibsand der Geschichte verloren gegangen. Jener Jesus, den die urchristlichen Schriften verkünden, der Jesus seiner Gläubigen, ist in ein griechisches Gewand gekleidet.

Geschichtswissenschaftler versuchen aus dem Echo der griechisch tradierten Jesus-Worte den Original-Ton der jesuanischen Botschaft zu rekonstruieren. Ein wenig erfolgversprechendes Unternehmen. Gerade mal eine Handvoll der aramäischen Worte des Jeschua ben Miriam sind uns überliefert.

Doch wer weiß, womöglich haben die griechischen Christen Jesus besser verstanden als seine jüdischen Freunde? Tatsache ist, dass gerade die Griechen ihm in hellen Scharen zuliefen. Für sie war Jesus das erlösende Wort. Sie müssen bei ihm gefunden haben, wonach sie suchten. Wie Tobit in meinem Roman. So wurde das Echo gleichsam zum Originalton. Jesus wurde von einem Außenbild zum Innenbild. Das Jesus-Bild zur Ikone, zu einem Messias von innen. Den seine griechischen Freunde hinaustrugen in die weite Welt, bis an die Grenzen der ihnen bekannten Erde.

Mein halbes Leben habe ich mit dem Schreiben von Büchern verbracht. Und wusste stets, dass ich mich irgendwann an einem Jesus-Buch versuchen würde. Jetzt liegt es fertig geschrieben vor mir. Ich habe dazu alle mir erreichbaren Texte der Jesus-Zeit aufmerksam gelesen und studiert. Den Talmud, Philons Werke, die Schriften altjüdischer Geschichtsschreiber. Und obendrein eine Unzahl von Abhandlungen moderner Historiker, Bibelwissenschaftler und Altertumsforscher. Von ihrer Arbeit habe ich ungemein profitiert. Anders hätte ich mich nicht getraut, dieses Buch zu schreiben.*

Arnulf Zitelmann, im Mai 2009

---

* Lesern, die sich einen Überblick über den derzeitigen Stand der wissenschaftlichen Forschung zum Leben von Jesus verschaffen wollen, empfehle ich das Buch von Martin Hengel und Anna Maria Schwemer, »Jesus und das Judentum«, Tübingen 2007.

Der Kampf um Ägyptens Thron

Ägypten vor 3300 Jahren: Das Mädchen Isikara wird Zeugin einer Verschwörung. Der Hohepriester will den ältesten Sohn der toten Pharaonin umbringen, um den jüngeren Bruder als Marionette auf den Thron zu setzen. Es gelingt Isikara, den Prinzen Thutmosis zu retten und mit ihm zu fliehen. Eine gefahrvolle Reise durch Ägypten beginnt, denn nicht nur der teuflische Hohepriester ist hinter Thutmosis und Isikara her, um seinen Plan zu vollenden. Ein Nomadenstamm nimmt die beiden gefangen, doch bevor sie als Sklaven verkauft werden, können sie dank der Hilfe einer geheimnisvollen Tänzerin fliehen.

Ab 13 Jahren. 256 Seiten
ISBN 978-3-7941-8084-4

www.sauerlaender-jugendbuch.de

Krystians Reise zu den Mongolen

Wegen einer schlangenähnlichen Hautveränderung am Arm wird der polnische Junge Krystian in Krakau als »Schlangenmensch« ausgestellt. Als Mongolen die Stadt angreifen, wird Krystian beinahe von einem Krieger entführt. Ein Mönch rettet den Jungen und nimmt sich seiner an. Von dem Angriff hat Krystian ein Amulett zurückbehalten, das er dem Krieger entrissen hat. Es zeigt ein schlangenartiges Wesen. Gibt es noch mehr Menschen wie Krystian? Vielleicht bei den Mongolen? Als der Mönch Wilhelm zu einer Missionsreise in die Mongolei aufbricht, sieht Krystian seine Chance: Er ist entschlossen, das Rätsel der Schlangenmenschen und seiner eigenen Herkunft zu lösen. Eine Reise voller Gefahren beginnt ...

Ab 13 Jahren. 376 Seiten
ISBN 978-3-7941-8068-4

www.sauerlaender-jugendbuch.de